MANFRED THEISEN

Der Pate von Ehrenfeld

MANFRED THEISEN

Der Pate von Ehrenfeld

KRIMINALROMAN

Immer informiert

Spannung pur – mit unserem Newsletter informieren wir Sie
regelmäßig über Wissenswertes aus unserer Bücherwelt.

Gefällt mir!

Facebook: @Gmeiner.Verlag
Instagram: @gmeinerverlag

Besuchen Sie uns im Internet:
www.gmeiner-verlag.de

© 2022 – Gmeiner-Verlag GmbH
Im Ehnried 5, 88605 Meßkirch
Telefon 0 75 75 / 20 95 - 0
info@gmeiner-verlag.de
Alle Rechte vorbehalten
3. Auflage 2024

Lektorat: Claudia Senghaas, Kirchardt
Herstellung: Mirjam Hecht
Umschlaggestaltung: U.O.R.G. Lutz Eberle, Stuttgart
unter Verwendung eines Fotos von: © Superbass (https://commons.wiki-
media.org/wiki/File:2020-01-20-Bumann_Sohn-8292.jpg), Ausschnitt und
Farbe, https://creativecommons.org/licenses/by-sa/4.0/legalcode
Druck: CPI books GmbH, Leck
Printed in Germany
ISBN 978-3-8392-0117-6

WIE ES ZUR GESCHICHTE KAM

Ich: »Ich würde gerne eine Geschichte schreiben, die in Köln-Ehrenfeld spielt.«

Jen: »'ne Mafiastory?«

Ich: »Wie meinst du das?«

Jen: »Man kennt sich, man hilft sich, eine kölsche Familie und Klüngel. Eigentlich musst du dir nicht viel ausdenken. Vielleicht noch ein Kommissar, die Mentalität der Leute und ein Augenzwinkern.«

BLÄCK FÖÖSS UND EIN PISSOIR

»Ich lasse keinen anderen mehr an meine Füße. Ich hab Zucker, aber das Mädchen spürt den Schmerz, den ich nicht mehr fühle. Guck sie dir an, wie sie Nägel schneidet. Das ist wie beim Chirurgen.«

Sie waren zu sechst und saßen im Kreis um Samantha herum. Die kniete in der Küche auf einer Matte, und die Uhr tickte etwas zu laut an der Wand. Rechts von Samantha lag ausgebreitet ihr Pediküre-Set, links ein Stapel angewärmter Handtücher. Sie spürte die Blicke der Alten auf sich ruhen und das kühle Metall ihrer Nagelzange in der Rechten. Köln schwitzte seit Wochen, jeder Kanaldeckel war heiß wie eine Sonnenbank.

»Das Mädchen macht es am besten«, redete Rita weiter. Sie sprach absichtlich Hochdeutsch. Das klang würdiger, um ihren Worten mehr Gewicht zu verleihen.

Samantha führte die Spitze der Zange ganz vorsichtig tiefer unter den gelblichen Nagel von Rita, es machte klick und noch einmal – klick! Rita wuchsen die Nägel immer fies wie Haken ins Fleisch. Hätte sie keinen Zucker gehabt, so hätte sie jetzt geheult, aber so redete und redete sie unbeeindruckt. Das Gebiss saß und jeder Satz ebenfalls. Samantha legte den abgeknipsten Nagel mit der Pinzette in das durchsichtige Kästchen zu den übrigen Nägeln von Rita. Denn der Aberglaube in dem Kölner Stadtbezirk Ehrenfeld besagt: *Wenn einer deine Haare hat, dann hat er deine Seele. Wenn einer deine Zehennägel hat, dann hat er dein Herz.*

Deshalb bestand Rita auf ihre Nägel. Klick!

»Sie können schon mal die Socken auszuziehen«, sagte Samantha zu Hannes, einem der zwei Männer in der Runde. Während Samantha Ritas Füße einpuderte, vom Handtuch hob und ein neues angewärmtes Handtuch vor Hannes auf den gekachelten Boden legen wollte, fragte Rita: »Weshalb tust du das? Der Hannes und ich sind verheiratet, seit 56 Jahren. Der kann seine Füße ruhig auf mein Handtuch setzen. Wat glaubst du, worauf der schon gesessen hat. Das Handtuch hat jetzt genau meine Fußtemperatur. Das mag er, oder, Hannes?«

Samantha schaute fragend zu Hannes auf.

Der nickte. »Nä, neues Handtuch brauch ich nicht, wenn die Rita dat sacht, dann is dat so.«

Die anderen im Kreis amüsierten sich. Hannes und Rita waren schon immer verheiratet, und seit jeher war klar, wer das Sagen hatte. Hygiene fand niemand wichtig in der Runde. Auch während der Corona-Pandemie hatte ihre Runde stattgefunden, unveränderbar wie Ebbe und Flut. Die sechs Rentner fühlten sich befreit, keiner unter 70, alle auf Zucker, Hüfte, Rücken und lebensfroh. Samantha wandte sich Hannes' Füßen zu, sehr dünn, sehr adrig, sehr verhornt, aber sauber.

Es klingelte.

»Ich mach auf«, sagte Silvia und drückte sich das lilafarbene Haar zurecht. Sie trug es turmhoch, außerdem hatte sie zu rote Wangen und roch stets ein wenig nach Likör. *Eckes Edelkirsch.* Barfuß ging sie zur Tür und öffnete. Die Stimme, die nun vom Hausflur in die Wohnung drang, war dunkel und gefiel Samantha. Ruhig, rau und männlich. Und sie gehörte zu Marlon, der ein Pissoir in Händen hielt.

»Ich muss mal durch«, sagte er. »Bitte geh weg. Das Ding ist schwer.«

Silvia sagte: »Sofort«, und blieb trotzdem stehen. Marlon setzte das Pissoir auf der Fußmatte ab und wiederholte: »Das Ding ist schwer.«

»Aber nicht so schwerhörig wie dat Silvia!«, rief Rita aus der Küche.

Marlon schrie das Gesicht unter dem Haarturm an: »Du musst jetzt zurück in den Stuhlkreis, Tante Silvia! Hast du das verstanden? Ich muss ins Bad damit. Das ist Opas Pissoir!«

Manchmal hörte Silvia sehr gut, manchmal hörte Silvia sehr schlecht. Kein Arzt wusste, warum das so war. Es mochte am *Edelkirsch* liegen oder am Wetter. Ruhig rangierte Marlon mit beiden Händen Silvia ein wenig vorwärts Richtung Küche. »Setz dich bitte wieder zu den anderen.« Er selbst nahm das Pissoir und schleppte es ins Bad, setzte es vorsichtig auf den Fliesen auf, betrachtete noch einmal sein kantiges Gesicht im Spiegel des Badezimmerschränkchens, begutachtete sein zurückgekämmtes Haar und schlenderte entspannt zur Pediküre-Runde in die Küche.

Dort gab er seiner Oma Rita einen Kuss auf die Wange.

»Ja, und wie soll ich dat Ding an die Wand kriegen?«, fragte diese sogleich vorwurfsvoll.

»Gar nicht. Ist nur Deko, Oma. Opa muss weiter wie bisher ins Waschbecken pinkeln.«

»Sehr witzig«, sagte Rita ein wenig eingeschnappt. Austeilen konnte sie, aber einstecken war nicht ihr Ding. Alle anderen fanden die Bemerkung jedoch lustig. Peter betonte, dass der Junge klasse sei. Marlon ging zum Kühlschrank und holte sich den Käse heraus, Emmentaler in Plastik.

»Haben wir noch Brot?«

»Ja.« Auch Pumpernickel hatten Rita und Hannes geholt, extra für Marlon, ihren Lieblingsenkel. Schließlich hatten sie ihn erwartet. Der strich sich Erdbeermarmelade auf den Käse und biss hinein. Es gab nichts Besseres als selbstgemachte Erdbeermarmelade auf Pumpernickel mit Emmentaler.

Samantha schaute etwas verlegen von Hannes' Füßen zu Marlon auf. So musste sich Sir Edmund Hillary gefühlt haben, als er sich zur Besteigung des Mount Everest aufmachte. Marlon gefiel ihr, der gepflegte Bart, die blauen Augen, und egal, was er trug, es sah immer lässig aus. Aber sie machte sich keine großen Hoffnungen. Schließlich studierte er Betriebswirtschaftslehre an der Universität, und sie machte Nägel.

»Hier spielt die Musik«, sagte Hannes, und dass ihm die Füße langsam kalt würden, wenn sie nur noch Augen für Marlon hätte. Samantha fühlte sich ertappt, sie lief unmerklich ein wenig rot unter ihrem Make-up an. Marlon lächelte nur freundlich, was sollte er auch sonst tun? Er mochte Samantha, die ihm inmitten all der Füße leid tat. Sie war nicht viel älter als er, aber die Jahre an der Nagelfront hatten sie schon gezeichnet.

»Mach jetzt, Mädchen«, drängte Rita weiter.

Samantha griff zur Zange und hätte Hannes am liebsten den kleinen Zeh abgeknipst. Aber das waren nur die wilden Fantasien einer Fußpflegerin.

Dann fragte Rita Marlon aus: »Wie ist es denn im Hafen? Viel zu tun?« Als Marlon antworten wollte, unterbrach sie ihn gleich wieder. »Ich weiß! Alles, was du beim *Ikea* kaufen kannst, alles, was du beim Baumarkt kriegst, alles, was es im Gartencenter gibt, einfach alles muss vorher durch den Hafen. Wusstet ihr das?« Sie schaute prüfend in die Runde.

Jeder wusste, dass im Niehler Hafen jede Menge Waren umgeschlagen wurden. Aber Blumen und Möbel? Doch alle taten jetzt sehr erstaunt. Denn wenn Rita ihre persönlichen Fakten auf den Tisch legte, wollte sie diese entsprechend gewertschätzt wissen. Sie schob eine weitere Frage an ihren Enkel nach: »Der Pissklo ist auch von da?«

»Ja«, sagte Marlon. »So ist es. *Villeroy und Boch.* Falls noch einer ein Pissoir braucht, muss er mir nur Bescheid geben. Onkel Albert hat noch Restposten.«

»Wie teuer?«, wollte Peter wissen. Aber seine Frau Gisela fuhr ihm sogleich über den Mund und sagte, dass es dafür keinen Platz mehr in ihrem Bad gäbe. Sie hätten schließlich schon den Whirlpool.

»Das Teil bläst dich weg wie 'n Tsunami, is super, ein Jungbrunnen«, sagte Peter, der unter Bluthochdruck litt, was sich in seinem ziegelroten Gesicht widerspiegelte. »Dank Albert nochmal dafür. Wie jeht et im överhoup?«

Marlon belegte sich eine weitere Scheibe Pumpernickel und sagte: »Wie immer. Onkel Albert tut, was er kann.«

»Bist ein guter Junge«, erklärte Rita. »Andere saugen ihre Eltern bis auf den letzten Cent aus fürs Studium. Du hilfst einfach deinem Großonkel.« Dabei zog sie Marlon am T-Shirt, der bückte sich, ihre Hand berührte seinen Nacken, und sie verpasste ihm einen Kuss auf die Wange. Es klang, als habe sie gerade einen Kinderpfeil mit Gummisaugnapf von der Scheibe abgezogen.

Was sie nicht sagte, war, dass Marlon seit seinem achten Lebensjahr keine Eltern mehr hatte, sie waren beide auf der A3 gestorben. März, Blitzeis – ab diesem Zeitpunkt war sein Großonkel Albert sein Vater gewesen, seine Großtante Silke seine Mutter. Und das, obwohl Albert und Silke selbst drei Kinder hatten, eine Tochter und zwei Söhne: Saskia, Sandro und David.

Nach der Mittleren Reife war Marlon nach Köln gezogen, eine preiswerte Wohnung hatte er über Hannes und Rita in der Landmannstraße in Neuehrenfeld bekommen und nach einem erfolglosen Jahr Schreinerlehre sein Abitur nachgemacht. Schreiner war nichts für ihn, obwohl die *Schreinerei Wohlfahrt* direkt ums Eck lag und er es also nicht weit bis zur Arbeit gehabt hatte. Und nun stand er in Ritas Küche, wo es nach Füßen und Erdbeermarmelade roch.

Marlon wich Samanthas Blicken aus, er war schließlich verliebt. Schon eben, als er das Pissoir getragen hatte, war er verliebt gewesen, als er bei Rita und Hannes geklingelt hatte, war er verliebt gewesen, als er heute Mittag von der Uni weggegangen war, war er verliebt gewesen, als ihm Smilla in der Kantine Zeilen aus Hartmann von Aues mittelalterlichem Versepos *Erec* vorgelesen hatte, war er verliebt gewesen – und er war auch jetzt verliebt, genau in dem Moment, als Samantha die Feile aus der Hand legte, ihr Haar zurückstrich wie eine blondierte Madonna, und ihn von der Seite anlächelte. Ihre Wimpern klimperten, doch er wollte zurück an die Uni, zurück zu Smilla.

»Ich muss los.«

»Und Kaffee, Jung?«, fragte Rita.

»Nein, mir ist zu warm für Kaffee«, sagte er. Tatsächlich war es drückend heiß. Nicht umsonst hatte Köln den Spitznamen »Kalkutta am Rhein«, auch weil es ähnlich hygienische Verhältnisse vorwies.

»Mach, Hannes! Der Jung will Kaffee«, befahl Rita und ignorierte Marlons »Nein«. In der nächsten Sekunde stand Hannes schon an der Maschine und legte eine Kapsel ein – Espresso intensiv. »Die Maschine haben wir schließlich auch dir zu verdanken.«

»Nicht mir, sondern der Familie«, korrigierte Marlon seine Oma.

»Du redest schon wie dein Onkel«, sagte sie.

Jetzt nickten alle, denn alle gehörten zur Familie. Durch alle Füße floss das gleiche Blut. Alles, was hier geredet wurde, blieb in der Familie. Und Samantha unterlag dem Arztgeheimnis, schließlich hatte sie ein offizielles Diplom der *Kosmetikschule Hannekamp & Mannting Düsseldorf*.

»Ich muss jetzt weiter«, sagte Marlon.

»Wohin?«, fragte Silvia.

»Zum Hafen! Für Albert!«, log er laut, damit sie es verstand.

»Zum Schlafen?«, sagte Silvia. »Ich würde auch gerne noch ein bisschen schlafen. Aber morgens bin ich immer hellwach, schon um 4 Uhr, wenn sogar der Hahn noch schläft.«

»Nicht schlafen, Hafen hab ich gesagt. Hafen!«

Für eine Sekunde schauten nun alle zu Silvia hinüber, doch die grinste nur: »Glaubt ihr, ich bin völlig doof oder wat? Ich bin ausgeschlafen.«

»Jedenfalls …«, hob Marlon an, und Rita unterbrach ihn mit: »Soll ich den Kaffee etwa wegkippen? Du trinkst den. Tu ihm Milch rein, Hannes.«

Nein, wegkippen war dem Kaffee nicht zuzumuten, also blieb Marlon und betrachtete die Füße von Peter. Der war automatisch vorgerückt, weil Opa Hannes ja Marlon den Kaffee machen musste. Nägel – knips, Hornhaut – schab. Diese beiden Geräusche hätte man hören können, hätte Rita nicht ständig geredet. Die Füße von Peter wurden massiert und gepudert, dann kamen Hannes' Füße dran und die kleinen Plastikkästchen füllten sich mit Zehennägeln. Bald schon hatte, bis auf Silvia, jeder sein Kästchen in der Hand. Marlon war gelangweilt, aber es war Ehrensache, dass er so lange blieb, bis seine Oma ihm sagte, dass er sich aufmachen könne.

Sein Handy vibrierte. Er schaute darauf und gleichzeitig auf Samanthas Tattoo an der Schulter. Es zeigte den Namen ihrer Tochter Marie Tamara Rosi, die gerade mal zwei Jahre alt war und schon so einen langen Namen hatte. Auf dem Handydisplay stand »Smilla«. Sie schrieb, dass sie jetzt fort müsse. Falls er noch nicht auf dem Weg zur Uni sei, müsse er wegen ihr nicht mehr los – zu spät.

Er ärgerte sich. Schon die Fahrt mit dem Pissoir vom Hafen hierher hatte ihn Zeit gekostet – und nun auch noch das Gerede und Kaffeegetrinke. Sein Herz pochte, er schrieb: »Sollen wir heute Abend was machen?«

»Wo und wann?«

Die beiden verabredeten sich und Rita forderte ihn parallel auf: »Jetzt du, Jung.«

»Wie? Was ist denn los, Oma?«

»Ich will ding bläcke Fööss sin. Mach dich nackisch.« Womit sie meinte, dass er sich die Strümpfe ausziehen sollte. Alle lachten über das Wort »nackisch«, nur Samantha nicht.

»Nicht jetzt«, wiegelte Marlon ab.

»Wann dann?«, fragte Rita.

»Oma, lass mich. Ich muss weg.«

»Dabei hat der Junge so schöne Füße. Die musst du pflegen, Samantha.«

Es klingelte.

Marlon nutzte die Chance, stellte die leere Kaffeetasse in die Spüle und öffnete die Wohnungstür. Rudolf Kleinmuth trat ein. Der hatte einen ausufernden Strauß gelber Rosen für Rita. Und bedankte sich offiziell bei ihr, dass sie Hannes dazu gebracht habe, ihm den Hausmeisterjob im nahegelegenen Sankt Franziskus Hospital zu verschaffen.

»Das wäre doch nicht nötig gewesen. Man kennt sich doch und hilft sich«, sagte Rita. »Du kannst dir gleich die

Strümpfe ausziehen. Minge Jung will nicht mitmachen. Der ist unruhig.«

»Ich muss jetzt wirklich weg«, sagte Marlon. Er nutzte die Gelegenheit des Kommens und Gehens und gab seiner Oma Küsschen rechts und Küsschen links.

»Du denkst dran, Jung: Dat Ding im Bad muss ja noch an die Wand.«

»Natürlich«, sagte Marlon. »Aber jetzt bin ich weg.«

Die Tür klickte hinter Marlon ins Schloss und Rudolf Kleinmuth zog statt seiner die Socken aus.

DIE SCHÖNHEIT DÄNEMARKS
AUF EINMETERACHTZIG

Marlon entdeckte sie sogleich in der Menschenmenge, die über die Ampel auf die Eisdiele zustrebte. Smilla trug einen kurzen Rock, ein schulterfreies Top, alles an ihr war leicht gebräunt, makellose Junibräune, kein Tattoo, sie selbst war das Gemälde, ihr spitzes Gesicht gerahmt von schulterlangen blonden Locken, Dänemark at it's best. Er erhob sich, ruckelte den Bistrotisch ein wenig zur Seite und umarmte sie.

»Hübsch hier«, sagte sie. »Der perfekte Platz zum Eisessen unter Linden.«

»Deshalb ist auch kein einziger Stuhl mehr frei.« Marlon entdeckte winzige Grübchen neben Smillas Mundwinkeln. Am liebsten hätte er sie jetzt geküsst, einfach so. Aber er sagte: »Ich hab eben auf einen freien Tisch warten müssen.«

»Dank dir«, sagte sie ehrlich und schaute zur Backsteinkirche auf der anderen Straßenseite.

»Sankt Peter«, sagte er.

»Du kennst dich hier aus.«

Damit hatte sie den Nagel auf den Kopf getroffen. Oma Rita hatte ihrem kleinen Marlon im *Eiscafé Liliana* schon den Pinocchio-Eisbecher gekauft. Smillas Duft wehte Marlon verführerisch an.

Die Bedienung nahm die Bestellung auf. Marlon merkte, wie selbst die Kellnerin in Smillas Nähe nervös wurde.

Was sie wolle? Erdbeerbecher.

Was er wolle? Erdbeerbecher.

Dann kam das Gespräch auf die Uni. Er hatte keine Lust, über Statistik zu reden, sie aber über die Dozentin für mittelalterliche Literatur, die wie Rapunzel aussähe. Die Bedienung servierte das Eis. Es war noch genau einen Monat hin bis zu den Semesterferien. Smilla probierte bei Marlon, Marlon probierte bei Smilla, obwohl sie beide Erdbeerbecher hatten. So geht Eisdielengemeinsamkeit. Er erzählte ihr, dass sein Großonkel ihn großgezogen habe.

»Ist das dieser Onkel, für den du auch im Hafen arbeitest?«

»Ja.« Das hatte sie sich also gemerkt, dachte Marlon.

»Was machst du da genau?«, wollte Smilla wissen.

»Am Hafen gibt es immer was zu entladen.«

»Mein Vater arbeitet auch am Hafen in Kopenhagen, er ist beim Zoll, Oberzollinspektor.«

Das Wort »Inspektor« erinnerte Marlon sofort an Polizei. Was sollte er sagen? Die Polizei diente dem Recht, sein Onkel der Gerechtigkeit. Smilla registrierte sein kurzes Kratzen mit dem Löffelende an der Stirn, ehe er den Eislöffel neben den Becher legte.

Sie wechselte das Gesprächsthema: »Habe gehört, dass hier in Neuehrenfeld einige Influencer wohnen.«

»Du könntest auch Influencerin sein.«

Sie fühlte sich geschmeichelt. »Wie ist denn dein Großonkel so?«

Eigentlich war er nicht zum Eisessen gegangen, um über seinen Onkel zu reden. Statt also auf ihre Frage einzugehen, schaute er zur Bedienung und hob die Hand.

»Sollen wir zahlen?«, fragte er Smilla.

Die nickte und ließ die Bedienung die Rechnung auf ihrem Handgerät tippen. Er hatte für sich und Smilla zahlen wollen, aber jetzt zahlte sie für sich und ihn. Smilla hatte ihm seine großzügige Geste einfach so weggefischt.

»Mein Onkel hätte genau das nicht erlaubt«, sagte Marlon.

»Was?«

»Dass du zahlst.«

»Das hätte mir auch gefallen«, lachte sie. »Quatsch! Ich zahle gern.«

Smilla war frech und schnell im Kopf. Das imponierte ihm.

Sie standen auf und schlenderten die Straße entlang, ließen Sankt Peter hinter sich, passierten die Fahrschule am Eck und das *Restaurant Maifeld*. Marlon überlegte, wann er sie in den Arm nehmen durfte. Die Figuren an den Fassaden schauten auf den jungen Mann und die junge Frau hinunter, er braunhaarig, sie blond, sie groß, er ein wenig größer, weiße Turnschuhe, Bart, graue Stoffhose, Siegelring, Haare zurückgekämmt, ein schönes Paar, das noch kein Paar war.

Sie sagte: »So würde ich auch gerne leben.«

»Wie?«

»In einem von diesen Häusern. Ich mag hohe Decken, große Fenster, das ist alles so luftig.«

»Ich auch. Aber eine gute Altbauwohnung kostet einiges.«

»Das ist in Kopenhagen nicht anders.«

Smilla wollte wissen, was der Unterschied zwischen Ehrenfeld und Neuehrenfeld sei.

»Hier ist Neuehrenfeld«, sagte Marlon.

»Und Ehrenfeld?«

Er drehte sich kurz um: »Hinter der großen Straße am *Liliana*, also jenseits der Subbelrather fängt Ehrenfeld an. Da ist auch der *Heliosturm*. Kennst du den?«

»Ist das der Turm, der wie ein Leuchtturm aussieht?«

»Das ist ein Leuchtturm. Wie so eine Art gigantische Leuchtreklame ist das. Der Turm hat zwar nie an der Küste gestanden, aber die *Helioswerke* haben schon vor 150 Jahren für das Licht in den Leuchttürmen auf Borkum, Sylt und Wangerooge gesorgt. Und in Ehrenfeld wurde die Technik entwickelt«, erzählte Marlon. »Vielleicht habt ihr in Kopenhagen auch einen Leuchtturm ›made in Ehrenfeld‹ und du weißt es gar nicht.«

Smilla wusste nicht, ob er sie veralberte, weil Marlon so schelmisch dreinschaute.

»Ehrlich. Du kannst mir glauben.« Am liebsten hätte er jetzt das Handy gezückt, um es Smilla zu beweisen. »Bis zur Eingemeindung nach Köln 1888 war Ehrenfeld sogar für ein paar Jahre selbstständige Stadt, mit eigenem Wappen, Bürgermeister und Freiwilliger Feuerwehr. Jedenfalls ist Ehrenfeld älter als Neuehrenfeld, aber wir wohnen alle zusammen im Stadtbezirk Ehrenfeld.«

»Marlon?« Jemand rief ihn. Marlon und Smilla schauten zur anderen Straßenseite. Nun erkannte Marlon seinen ehemaligen Schulkameraden, der winkend auf ihn zukam. »Jonas?«, rief Marlon ungläubig. Denn der hatte die Haare hochgesteckt und die Augen geschminkt.

»Das ist Smilla«, stellte Marlon vor. »Und das ist Jonas.«

»Was machst du jetzt?«, fragte Marlon.

»Ich hab die Akademie in Düsseldorf geschmissen. Wohne in Kalk. Hab mir ein Atelier im *Kunstwerk* ergattert.« Es war schon immer so gewesen, dass Jonas gerne von sich redete. Er war keiner von den Künstlern, die mit ihrer Kunst hinter dem Berg hielten, sondern eher einer von jenen, die mit ihren Bildern und Skulpturen auf dem Berg standen und sich und ihre Werke zur Schau stellten.

Jonas sagte: »Falls du – oder ihr? – mal vorbeikommen wollt, hier ist meine Karte.«

»Läuft's denn?«

»Corona …«, sagte Jonas.

»Das ist doch vorbei.«

»Die Seuche hat den Leuten die Portemonnaies zugeklebt.«

Marlon nahm die Karte und tippte kurz den Namen und die Adresse von Jonas' Atelier ein. Er gab sie ihm mit der Bemerkung zurück: »Karte brauch ich nicht, verlier ich nur.«

»Ich muss weiter«, sagte Jonas. »Muss einen Kollegen besuchen, der am Takuplatz wohnt. Es gibt eine Möglichkeit für eine Ausstellung.« Und schon ging Jonas schnellen Schritts weiter. Mit keinem Wort hatte er sich danach erkundigt, wie es Marlon seit dem Abitur ergangen war. Aber das hätte Marlon auch überrascht. Für Smilla hatte Jonas ebenfalls keinen Blick übrig, was Marlon ebenso wenig überraschte.

Auf dem Lenauplatz setzten sie sich auf die einzige freie Bank. Überall hockten Leute, hielten Wasser-, Cola- und *Kölsch*-Flaschen in Händen, einige hatten Coffee to go, andere rauchten, alle quatschten, es war laut wie in einem Busch mit Spatzen. Marlon legte seinen Arm um Smillas Schulter. Sie ließ es zu. Er überlegte, ob er sie nun küssen sollte. Aber er tat es nicht. »Früher bin ich mit kurzen Hosen auf den beiden herumgeklettert.« Er zeigte auf den Max und Moritz-Brunnen. »Und da am Kiosk hat mir mein Opa immer bei Herrn Jojoe Kratzeis geholt.«

»Jojoe?«

»Der erste Chinese, der sich hier niedergelassen hat. Ich kenne ihn nur unter Herr Jojoe.«

»Das kann doch nicht sein wirklicher Nachname sein.«

»Weiß nicht. Ich hab das nie hinterfragt. Vermutlich nennt er sich so, weil er uns Deutsche für unfähig hält, seinen Namen richtig auszusprechen. Ich glaube, er ist einer der ersten Flüchtlinge gewesen, die es überhaupt in Ehrenfeld gab. Herr Jojoe.«

Smilla fand das bemerkenswert und noch bemerkenswerter, dass Herr Jojoe auf einem Ständer vor dem Büdchen zwischen all den Zeitschriften und Comics die thailändischen Instantnudeln von *Yum Yum* in zig Varianten ausgestellt hatte. Die ganzen Plastikverpackungen in Rot, Rosa, Grün, Lila, Blau, Braun, Gelb in den Geschmacksrichtungen Huhn, Japanese Chicken, Ente, Rind, Shrimps, Gemüse, Curry und Grilled Chicken leuchteten ihr entgegen. Smilla erzählte: »Ich hab die als Schülerin geliebt, und meine Mutter wollte nicht, dass ich das Zeug esse.« Sie sagte, dass es ihr Traum gewesen sei, in Deutschland zu studieren. »Ich wollte nach München, aber München wollte mich nicht. Und sonst gibt es nicht so viele gute Unis in Alpennähe.«

»Warum Alpen?«

»Ich hatte mal ein Hobby.«

»Das war?«

»Egal. Jedenfalls bin ich heute in Köln, und bis jetzt bin ich jede freie Minute zurück nach Kopenhagen geflogen und …«

»… und jetzt?«, unterbrach er sie.

Für eine Sekunde war sie verwirrt. Er nahm sie stärker in den Arm. Und küsste sie. Die beiden saßen da und knutschten und wollten gar nicht mehr aufhören.

Dann sagte Marlon: »Der *Rewe* da drüben war früher mal ein Kino. Geboxt wurde da auch.«

»Du kennst hier jeden Stein.«

»Naja, meine Oma wohnt um die Ecke, die kennt jeden Stein. Vincent Weiß hat hier auch ums Eck eine Wohnung. Und der vom *ZDF*, der immer diese *Late Night Show* macht …«

»Böhmermann?«

»Genau der, der hat oder hatte hier in der Gegend ein Häuschen. Und Pastewka ...«

»Wer ist Pastewka?«

»So ein Komiker. Etwas älter, nicht unlustig. Der hat sich im *Maifeld* in der Serie *Pastewka* immer den Pinocchio-Becher bestellt. Auch Lutz van der Horst läuft ständig hier rum.«

»Und du ...? Bist du auch berühmt?«

Marlon schluckte. Plötzlich war ihm sein Namedropping von Prominenten etwas peinlich. Dann sagte er aber ironisch: »Na klar. Frag Herrn Jojoe, der kennt mich. Nur nicht meinen Namen.«

Zehn Minuten später waren sie auf dem Weg zu seiner Wohnung. Als er schon den Schlüssel in der Hand hielt, stockte sie, schaute zur anderen Straßenseite und sagte: »Ein Teeladen?«

»Ja, *Tee de Cologne*.«

»Wir Dänen mögen Tee.«

»Von meiner Wohnung aus kannst du direkt draufgucken.«

»Trinkst du Tee?«

»Für dich tue ich alles«, versprach er und steckte den Schlüssel ins Schloss. Aber sie wollte plötzlich ins Autokino. Marlon war erstaunt: Er hatte auf den 50 Metern vom Lenauplatz bis hierher von seinem alten Golf erzählt, und dass er damit in der Coronakrise mehrmals im *Autokino Porz* gewesen war.

Er sagte: »Das Autokino fängt erst mit Einbruch der Dunkelheit an.«

»Das ist ein schlagendes Argument.«

Die Tür öffnete sich wie von selbst, ein kühler Hausflur, Stuck an der Decke, Engel aus Gips, der Handlauf aus

Kirschholz. »Wirklich hübsch«, sagte sie noch, und zwei Treppen später waren sie in seiner Wohnung.

»Schuhe aus«, befahl sie keck und lief barfuß. Er wollte mit ihr erst einmal in die Küche, aber sie fragte ihn frech, wo sein Bett sei.

»Da«, sagte er und öffnete die Tür zu seinem Schlaf- und Arbeitszimmer.

»Ein Boxer?« Sie hatte das Poster über seinem Bett gesehen.

»Müllers Aap«, sagte Marlon. »War 'ne Boxlegende in Köln. Das Foto ist von 1952.«

»Haut der gerade den Ringrichter k. o.?«

»Ja, weil der ihn wegen Klammerns ›Zigeuner‹ genannt hatte. Müllers Aap hat später gesagt: ›Da hab ich ihn ausgemacht.‹ Womit er natürlich den Ringrichter meinte.«

»Naja, dann leg dich schon mal hin.«

»Und du?«, fragte er.

»Muss noch ins Bad.«

So warf er sich aufs Bett, blickte nochmal schräg nach oben zu Peter Müller und fühlte sich überrumpelt von dieser Dänin, gegen die er einfach keine Abwehrkräfte besaß. Sollte er sich ausziehen? Er wusste es nicht. Es war taghell, das einfallende Licht gleißend. Und er ein bisschen prüde. Was erwartete sie von ihm? Marlon spielte Gedankenbillard. Smilla war Dänin. Und dänische Frauen waren angeblich locker drauf. Also zog er sich bis auf die Unterhose aus und kroch trotz der Hitze katholisch schamhaft erst mal unter die Bettdecke. Halb sitzend, mit ausgebreiteten Armen und behaarter Brust, wartete er – und wartete und wartete. Nichts passierte, es war ruhig, sein Schreibtisch mit dem *iPad* darauf bewegte sich nicht, nicht der Fernseher, der an einem Arm an der Wand hing, nicht die Jeans von gestern, die noch über dem Stuhl hingen. Was machte sie so lange im Bad? Er dachte an das Bartpflege-set, das offen auf der Ablage über dem Waschbecken lag. Endlich hörte er die Tür, Schritte auf dem Flur, sie blieb stehen. Smilla kam ins Zimmer: immer noch den Rock, immer noch das Top an und mit einem schlanken Buch in der Hand.

»Hölderlin, Gedichte, gebunden«, sagte sie. »Ich mag Hölderlin.«

»Ich hab das Buch von …« Es war vom Vormieter. Der hatte einen Karton Bücher im Keller gelassen, und Mar-lon hatte sie einfach einsortiert, weil es gut aussah und das Regal voll werden sollte. Die BWL-Lektüre hatte er online. Die machte sich im Regal ohnehin nicht gerade gut aus. Da ihr das Buch gefiel und er mit Hölderlin ange-ben konnte, sagte er: »Das Buch hab ich vom *Feussner* die Straße rauf.«

»Die meisten Buchläden führen nur das Übliche: Kri-mis, Fantasy, Abenteuer, aber keine Feinkost.«

»Und das ist Feinkost?«, fragte er.

»Das weißt du doch sicherlich selbst, sonst hättest du das Buch nicht.« Sie setzte sich mit Hölderlin auf den Bettrand und las: »Es gibt große Stunden im Leben. Wir schauen an ihnen hinauf.«

»Das steht da?«

»Nein, aber ich hab Hölderlin im Kopf. Ich liebe seine Gedichte.«

»Ich kann nur das Kölsche Grundgesetz.«

»Was ist das?«

»Hängt am Kühlschrank. Artikel zwei besagt: Et kütt wie et kütt. Und du kommst jetzt am besten ins Bett.« Dabei grinste er frech.

Sie klappte den Hölderlin zu und zog sich ihr Oberteil aus. Ihre Brüste waren klein, ihr Po war klein, eigentlich nicht Marlons Typ, aber die wachen grünen Augen, die Locken und diese Grübchen erregten ihn. Er wollte nicht mehr reden und einfach nur bei ihr sein.

Während er zwischen den Laken bald schon den Kinobesuch vergessen hatte, wies sie ihn nach Einbruch der Dunkelheit darauf hin, dass sie sich doch noch etwas vorgenommen hätten.

»Stimmt. Aber ich hab tierischen Durst. Willst du auch ein Glas Wasser?«

Sie nickte. »Liebe macht durstig. Nur durch die freie Lust sind wir mit dem All verbunden.«

Erstaunt drehte er sich im Türrahmen stehend um.

»Ist von Capital Bra«, sagte sie.

»Echt?«

»Natürlich nicht.«

»Hölderlin?«

»Wer sonst? Bring mir bitte ein großes Glas.«

Nach dem Duschen und erneutem Sex unter der Dusche fanden sie sich auf dem Gehsteig wieder. Der Abend roch wie Italien und Kuba zusammen. Die Landmannstraße war voller Menschen, jeder war jetzt draußen, als hätte jemand 20-Euro-Scheine in die Luft geworfen. Die meisten hielten *Kölsch* oder Wasser in der Hand, redeten miteinander und genossen den Abend. Und am Lenauplatz war es voller als voll. Die Bänke überladen, selbst auf dem Stromkasten und der steinernen Tischtennisplatte saßen die Leute und redeten. Überall Worte. Smilla war entzückt, aber Marlon hatte keinen Blick dafür. Er wusste nicht mehr, wo er seinen Golf geparkt hatte.

Sein Handy klingelte. Das war kein *iPhone-*, kein *Samsung*-Klingeln, das klang nach 90er-Jahren.

Marlon sagte: »Das ist mein Onkel.«

Albert hatte ihm das fast schon antike *Siemens Mobile*

10 geschenkt. Jeder von Alberts Partnern hatte ein solches Geschäftshandy.

»Wo bist du?«, wollte Albert wissen. Seine Stimme war tief und dunkel wie der Marianengraben. »Ömer wartet an der Verlade auf dich.«

Marlon hatte den Termin im Niehler Hafen glattweg vergessen.

»Ich …«, setzte Marlon an – und erklärte Smilla zugewandt: »Sekunde, muss was besprechen. Ist wichtig.« Die hob die Augenbrauen und sagte in rheinischem Singsang: »Wischtisch, sehr wischtisch.«

»Schick das Mädchen weg«, befahl Albert, der Smillas Stimme hörte. »Denk mal nicht mit dem kleinen, sondern mit dem großen Kopf. Da wartet der Laster aus Frankreich. Die Heizstrahler für die Gastro müssen umgeladen werden.«

»Okay, okay. Muss nur noch zum Wagen.«

Als Marlon das Handy wieder wegsteckte, ärgerte er sich über Ömer. Warum hatte der sofort seinen Onkel angerufen? Der Typ war so einfach gestrickt wie die Karte einer Imbissbude.

Smilla fragte: »Kein Autokino?«

»Ich muss arbeiten.«

»Es ist gleich 22.30 Uhr.«

»Der Rhein macht keine Pause. Ich muss die Ware am Hafen kontrollieren.«

»Deshalb das alte Handy.«

»Was meinst du damit?«

»Dein Onkel mag wohl nicht, wenn jemand mithört.«

»Wie kommst du darauf? Er hatte es übrig.«

»Na klar. Am Hafen sind alle Geschäfte legal … auch die illegalen«, sagte sie schelmisch.

»Dinge wechseln halt den Besitzer …«

»… und sie finden auf diese Weise den richtigen Adressaten«, vollendete sie seinen Satz.

Sie liefen durch die Gottfried-Daniels-Straße, in der ihnen ein Schwarm Radfahrer entgegen kam. »Fast wie in Kopenhagen«, sagte sie.

»Dürfen die bei euch auch wie hier gegen die Einbahnstraße fahren?«

»Die Frage ist falsch. Sie muss heißen: Dürfen die Autos gegen die Einbahnstraße fahren. Du musst mal nach Kopenhagen kommen. Wir denken nicht, dass die Autos den Verkehr bestimmen, sondern die Radfahrer.« Marlon hatte keine Ahnung von Kopenhagen und eigentlich auch nicht von Dänemark. Er wusste ja nicht einmal, wo sein Auto stand. Am Ende der Straße lag ein Platz, und die folgenden Straßen waren so zugeparkt wie ein Termitenbau. Dann sah Marlon endlich seinen Golf: gelb, ein wenig rostig, aber er lief.

»Soll ich dich schnell zur Haltestelle der Linie 13 bringen?«

Smilla verneinte: »Ich komme mit zum Hafen. Und warte im Wagen auf dich.«

Der Gedanke, dass er den Rest der Nacht mit ihr verbringen würde, gefiel ihm. »Wenn die im Autokino wieder eine halbe Stunde Werbung laufen lassen, könnte es mit dem Film auch noch klappen. Und falls nicht …«

»… fahren wir zu dir und gucken *Netflix*.«

»Ganz sicher.« Er wollte sie küssen.

Doch sie schüttelte abwehrend den Kopf: »Nein, Marlon. Wir sollten uns beeilen. Du bist spät dran. Und wer weiß, was heute Nacht noch passiert.«

»Du bist verrückt.«

»Das Leben ist sonst langweilig. Meinst du, ich habe Lust, Geschichten nur in Büchern zu lesen? Klettern und Wingsuit-Fliegen hab ich schon hinter mir.«

Marlon legte den Gang ein. »Wingsuit-Fliegen. Du meinst das, wo die Leute sich einen Anzug mit Flügeln anziehen und vom Berg hinunter gleiten?«

»Ich hab dir doch gesagt, dass ich ein Hobby hatte und deshalb gern in Alpennähe studieren wollte.«

»Du machst Witze.«

Sie zog ihr Handy heraus und tippte ihren Namen bei *YouTube* ein. Dann zeigte sie ihm ein Video. Marlon nahm es, hatte die Linke am Lenkrad und mit der Rechten hielt er ihr Handy und staunte nicht schlecht. Es war Smillas Kanal, und sie hatte immerhin 3.428 Abonnenten. Und was sie zeigte, war ziemlich halsbrecherisch.

»Ist in Indonesien gewesen.«

»Da warst du schon?«

»Ja. Einmal will ich aber mindestens noch in den Anzug steigen. Und zwar bei der Stadt Zhangjiajie, dort gib es die coolste aller Locations. Du fliegst direkt vom Yuhu Peak …«

»Das ist nicht dein Ernst. Heißt der Berg echt Yuhu?«

»Ja, klingt 'n bisschen lustig, aber so heißt er. Da gab es auch schon die Wingsuit-Weltmeisterschaft.«

»Und was sagen deine Eltern dazu?«

»Papa findet das nur gefährlich. Der hat überhaupt kein Verhältnis zu Adrenalin. Er würde am liebsten auch jeden Abenteuerurlaub bei der *AXA* versichern.«

Die beiden plauderten, sie durchquerten Mauenheim, wo die Häuser so hutzelig waren, das eigentlich nur Hobbits darin wohnen konnten, und ließen die Pferderennbahn links liegen. Marlon wurde klar und klarer, dass diese Frau zwar wie ein Model rüberkam, aber ganz schön abenteuerlustig war. Sie wollte was erleben.

EIN NAGEL IM KOPF

Es war absolut windstill. Im Hafen brannte gedimmt das Licht wie in einer billigen Bar. Die Container ruhten am Stapelkai. Über ihnen schwebten stumm die Kräne, sie reckten wie Giraffen ihre gebogenen Hälse in die laue Sommernacht.

Er sagte: »Du wartest hier. Ich bin in einer halben Stunde zurück.«

»Ich schaue was.« Smilla deutete auf ihr Handy, und Marlon küsste sie flüchtig, als würden sie sich schon länger kennen. Smilla genoss die Aufregung. Es war, als würde sie Marlons Adrenalin riechen, als habe ihr jemand Brausepulver direkt in die Adern gespritzt. Dazu musste sie sich nicht einmal mit 130 Stundenkilometern im Wingsuit vom Tafelberg herunterstürzen. Ihr Vater würde ausflippen, wenn er wüsste, dass sie sich nachts am Kölner Hafen herumtrieb und ihr Freund irgendwo für seinen Onkel darauf aufpasste, dass ein paar Dinge den Besitzer wechselten. Aber er würde ihre Eskapade diesmal auch nicht mitkriegen. Denn das hier konnte sie nicht posten. Einen Einbruch, einen Mord oder wirklich guten Sex kannst du nicht posten. Dazu ziehst du keine Helmkamera an.

Marlon ging zügig den Kai entlang und bog zwischen den Containern ab. Dort stand auf einem freien Platz schon ein Mercedes Sprinter mit weit geöffneten Hecktüren vor einem Container mit ebenfalls geöffneten Flügeltüren.

Ömer wartete. Er war klein und gedrungen und hatte die Glatze von einem Deoroller. Der Schweiß stand ihm in den Falten der Stirn. Perle an Perle. »44 Minuten. Ich und meine Leute warten schon so lange auf dich. Was …?«

Marlon entgegnete frech: »Jaja, lass uns loslegen. Ich hab nicht ewig Zeit.« Dabei ging er näher auf Ömer zu und zischte ihm ins Ohr: »Beim nächsten Mal rufst du mich an, nicht gleich meinen Onkel. Ich ruf ja auch nicht gleich bei deinem Boss Soylu an, wenn du Russentesto verhökerst.«

Ömer war geschockt. Er fragte sich, woher Marlon davon wusste.

»Wo hast du das Russenzeug überhaupt her? Das wird doch aus Föten gezogen.«

Ömer schwieg. Seine Quelle würde er niemals Preis geben. Es gab das künstliche Testosteron zu 260 Euro à 40 ml, was sich sogar Robbie Williams hätte spritzen lassen können. Und das russische für 40 Euro, von dem die Hoden schrumpften.

25 Heizstrahler wurden verladen, mit denen sie im Winter auch bequem das FC-Stadion hätten beheizen können. 16 davon waren für Hammed Soylu, den Boss der türkischen Familie Soylu, acht für Albert – und einer war für Marlon. Während Ömers Helfer unter dem flackernden Licht der Laterne schwitzten und Marlon mit Ömer plauderte, schaute sich Smilla im Wagen alte Folgen einer US-Comedy an. Ganz so spannend wie gedacht, war das hier doch nicht. Smilla wischte sich ein bisschen durch *Instagram* und schickte ihrer Freundin Ida ein Foto von sich im Wagen.

Die schrieb zurück: »Wie sieht dieser Marlon aus?«

»Gut. Dunkelblondes Haar, breit, aber nicht zu breit, eher sehnig, leider Bart, so ein Musketierbart.«

»Oh nein.«

»Doch. Aber er ist garantiert bereit, ihn abzurasieren. Er braucht nur die richtige Freundin.«

Dann telefonierten die beiden über den Messenger, und Smilla zeigte mit ihrem Handy, wo sie sich im Hafen befand.

»Was für Geschäfte macht der denn da mitten in der Nacht?«

Da brach die Verbindung ab und war nicht wieder herzustellen. Smilla fluchte auf Dänisch, aber auch die Zaubersprache hatte keine Wirkung auf den Empfang. Und Telefonieren war ihr zu teuer.

Irgendwie war das im-Auto-Sitzen gar nicht so spannend. Kurz überlegte sie noch, Marlon hinterher zu gehen, aber vermutlich würde er bald schon wieder zurückkehren. Sie entschied sich für eine US-Serie, die sie sich runtergeladen hatte. Alle acht Sekunden prasselte ein Gag auf sie ein. »Auch gut«, sagte sie zu sich und lehnte den Kopf nach hinten. Smilla genoss den Flow und die Wärme der Sommernacht, die sie umgab. Es war gemütlich wie im Wohnzimmer.

Da legte jemand aus der Dunkelheit heraus durch das Fenster seine Hand auf ihre Schulter.

Smilla schreckte auf, sie schrie »Hey!« und versuchte, die Scheibe hochzufahren, aber der Kerl drückte auf den Holm der Tür.

»Wir kennen uns«, sagte er.

»Glaube ich nicht, dass wir uns kennen«, entgegnete ihm Smilla, die intuitiv durch die Wiederholung seiner Behauptung Tempo aus der Situation nehmen wollte. Im Augenwinkel entdeckte sie noch einen zweiten Typen. Sie versuchte erneut, die Scheibe hochzudrücken.

»Hör auf, du Nutte!«, schrie der Kerl vor ihr.

»Wer seid ihr?«

»Kenan ist der da hinten – und ich … du kennst meinen Namen.«

»Was wollt ihr?«, fragte Smilla.

»Was wir immer wollen.« Der Kerl, der seinen Namen nicht sagte, griff seelenruhig nach ihrer Brust – als sei es das Natürlichste auf der Welt, als habe er ein Recht dazu. Doch sie drückte seine Hand weg. »Hey, was soll das?«

»Die klingt irgendwie anders«, sagte Kenan von hinten. »Bist du aus Russland?« Er öffnete die Tür zum Rücksitz. Der Wagen ging in die Knie, denn der Typ glich einem Walross im Muskelshirt.

»Lasst mich!«

»Wir zahlen auch«, sagte nun wieder der Kerl neben ihr, der nach Alkohol roch. Sein schmales Gesicht war im unteren Teil voller Akne, rechts und links reichte sie ihm an den Wangen bis hinunter zum Hals. Die beiden unterhielten sich in einer Sprache, die italienisch klang, aber es war kein Italienisch, auch kein Spanisch, kein Portugiesisch. Smilla schätzte die Männer auf Mitte 20. Dunkle Typen. Was sollte sie tun? Ruhig bleiben? Schreien? Sie nahm ihr Handy und wählte blitzschnell Marlons Nummer.

Auf dessen Display leuchtete ihr Name auf: Smilla.

»Sie ist ungeduldig«, sagte er launig zu Ömer.

»Wer?«

»'ne Frau, hab ich an der Uni kennengelernt, sie wartet im Wagen auf mich.«

200 Meter entfernt spitzte sich die Situation für Smilla zu, während Marlon ruhig ins Handy fragte: »Hallo, Smilla. Was ist los?« Statt einer Antwort hörte er nur ihren Hilfeschrei.

»Smilla!«, sagte Marlon geschockt ins Handy. »Smilla? Was ist …?« Ihre Stimme klang, als würde sie von Weitem ins Handy rufen.

Genauso war es auch. Sie hatte das Handy neben sich in den Spalt zwischen Tür und Sitz fallen lassen – absichtlich!

Der Kerl neben ihr war sauer: »Was haste gemacht, Schlampe?«

Kenan versuchte derweil, auf dem Boden mit der Hand unter Smillas Sitz zu gelangen. Aber die Hand war zu fett und er insgesamt zu ungelenkig, er atmete schwer, fluchte in dieser fremden Sprache und beschwerte sich bei seinem Kumpel, den er jetzt Malush nannte. Smilla konnte die Namen keiner Sprache zuordnen. Wer hieß schon Malush?

»Hast du die Polizei gerufen? Du Nutte!«, schrie Malush sie an. Er griff in den Wagen, packte Smilla am Hals. Ganz nah war sein Gesicht an ihrem, sie war starr vor Ekel und schlug ihm gegen die Brust. Er ließ los und lachte über ihre Notwehr. »Du Nutte kommst hier nicht mehr weg!«

Marlon rannte den Kai entlang und sah bald schon seinen Golf und die beiden Männer. Die bemerkten ihn ebenfalls. Außer Atem hielt Marlon ein paar Meter vor dem Wagen inne, sein Brustkorb hob und senkte sich vor Anstrengung. Die Schärfe des Schweißes, der ihm in die Augen floss, spürte er nicht, er sah nur Smilla, die vorn im Wagen hockte und von Kenan festgehalten wurde. Marlon fühlte ihre Panik, und er war magisch mit ihr verbunden. Eben noch hatten sie zwischen den Laken geschwitzt, und jetzt sah er die Angst in ihren Augen.

»Lasst sie!«, schrie Marlon.

Kenan legte seinen Arm wie einen Schraubstock um Smillas Hals, und Malush sagte abschätzig: »Die Bitch ist deine Freundin?«

Marlon sah den Typen nur an, was Malush noch mehr provozierte. Der redete aggressiv weiter: »Du Wichser, was willst du?«

»Lass sie!« Marlon wollte Ruhe in die Situation bringen. Diese Typen schienen ihm leicht entzündlich zu sein. Er wiederholte: »Lass sie!«

»Und wenn nicht? … Deine Nutte hatte ich schon. Mein Schwanz hat Augen, er hat sie wiedererkannt.«

»Was redest du da?«, sagte Marlon leicht irritiert.

»Los, Nasti. Sag ihm, womit du dein Geld verdienst.«

Kenan lockerte den Griff, damit Smilla antworten konnte. Doch die drehte sich um, schlug Kenan auf die Nase und schrie und schlug. Sie hatte nicht mehr zwei, sondern 1000 Arme. Malush versuchte sie von vorn zu greifen, da stürmte Marlon auf ihn zu und riss ihn zu Boden, woraufhin Kenan aus dem Wagen kletterte und sich von hinten auf Marlon stürzte. Der drehte sich, auf dem Boden liegend, um und schlug zu, traf Kenan mit dem Siegelring direkt am Kinn, der neben ihm niedersank. Malush rappelte sich auf, griff nach einem Brett und wollte auf Marlon einschlagen. Doch der rollte zur Seite, lenkte noch mit dem Fuß das Brett ab, das statt seiner Kenan am Kopf traf.

»Du Arschloch!«, schrie er Marlon an und wollte jetzt ihn mit dem Brett hauen, aber er bekam das Brett nicht mehr von Kenans Gesicht. Er hebelte es hoch und runter und hoch. Blut und Flüssigkeit spritzten aus Kenans aufgebrochener Stirn. Ein dicker Nagel hatte im Brett gesteckt.

Smilla stieg aus dem Wagen und wollte Marlon helfen, doch Malush schlug ihr ins Gesicht, sie fiel zurück auf den Sitz, während Marlon das Brett zu fassen bekam und jetzt auf Malush eindrosch. Er traf ihn mit dem Nagel an der Schulter, wieder spritzte Blut, Marlon wurde wild vor Raserei und schlug und schlug. Seine Lunte war lang, aber jetzt explodierte er wie eine Bombe. Marlon schlug auf den Brustkorb, wieder auf den Arm, den Rücken, dann brach der Kerl zusammen.

Marlon warf das Brett weg, drehte sich um und nahm Smilla in den Arm. Sein Herz pumpte wie eine Maschine.

Ganz ruhig, sagte er sich. »Ganz ruhig«, flüsterte er ihr ins Ohr. »Alles gut?«

Sie nickte, ihre Lippe blutete leicht.

Marlon nahm ein Taschentuch aus dem Handschuhfach und gab es ihr: »Drück das dagegen.«

Sie setzte sich und schaute in den Schminkspiegel der Sonnenblende. Dann hob sie das Tuch, die Lippe hatte schon aufgehört zu bluten, sie war nur noch ein wenig angeschwollen.

»Tut es weh?«

»Nein«, sagte sie. Tatsächlich war die Verletzung halb so wild.

Malush bewegte sich derweil zusammengekrümmt wie ein Wurm auf dem Asphalt, der andere schien tot zu sein. Aus seinem Kopf rann immer noch Flüssigkeit vermischt mit Blut. Marlon zitterte. Mitten in diesen Albtraum hinein klingelte sein *Siemens S10*. Es war Albert, der ihn erst gar nicht zu Wort kommen ließ. Ömer hatte sich bei ihm über Marlon beschwert, weil er weggegangen sei bevor der Job beendet war.

»Onkel Albert, bitte Stopp. Hier ist die Hölle los …«, unterbrach ihn Marlon und erzählte, was passiert war.

»Mach dir mal keinen Kopf, Junge«, sagte Albert ruhig. »Hast du schon den Tischler benachrichtigt?«

»Nein.«

»Dann tue ich das. Keiner ist so genau wie er. Er wird alles bereinigen. Bring du das Mädchen mit zu mir. Die soll auf keinen Fall zum Arzt gehen, Ärzte stellen Fragen.«

»Ja«, sagte Marlon.

»Kennst du das Mädchen näher?«, erkundigte sich Albert noch.

Marlon schaute Smilla an und sagte: »Ich mag sie.« Dabei war es viel mehr.

»Klingt kompliziert. Bring sie trotzdem mit. Ich kümmere mich.«

Marlon fiel ein Stein vom Herzen. Wenn sein Onkel sagte, dass er sich kümmern würde, dann würde alles gut.

PLÜSCHMETT UND DIE LETZTE MONTECRISTO

Die Villa von Marlons Onkel befand sich in Obererde, einem unscheinbaren Flecken am äußersten Zipfel von Rösrath. Obererde war der Speckgürtel der Speckgürtel. Das einzig erwähnenswerte in Obererde war die Kirche Sankt Sebastian mit den Reliquien der heiligen Laurentia. Die Villa der Nagels war die Krönung des Ortes, das teuerste Grundstück. Ionische Säulen zierten das weiße Haus im neurömischen Stil, und eine mit Kies bedeckte Zufahrt plus Springbrunnen sollten auf den erlesenen Geschmack des Eigentümers hinweisen. Zurzeit lag Albert Nagel auf einer Liege am beleuchteten Pool, blickte zwischen seinen nackten Füßen hinunter auf Köln und hörte in seinen Kopfhörern Musik von Bruce Springsteen.

Den Dom, den Rhein, alles konnte Albert von hier aus sehen, nur Groß Sankt Martin nicht. Denn das Hochhaus in Deutz – Spitzname *KölnTriangle* – versperrte ihm die Sicht. Dieter Bohlen hatte unter der Schädeldecke des Wolkenkratzers regelmäßig die *Deutschland sucht den Superstar*-Kandidaten durch den Rost fallen lassen. Jetzt war Bohlen weg und der Wolkenkratzer noch da. Auf den Gliedern seiner Zehen hatte Albert kleine graue Haare, es waren die einzigen grauen Haare an seinem Körper, alle anderen waren gefärbt. Er paffte eine *Montecristo* und trank einen *Don*

Papa Rum. Der Geruch, der Qualm, der Geschmack und der Ausblick erinnerten ihn daran, wie weit er es gebracht hatte.

Er träumte inmitten seiner selbstgequalmten Wolken Träume, die nicht mehr in die digitale Zeit passten. Wer hielt schon noch etwas auf Ehre? Auf Verlässlichkeit? Auf Familie? Wer verstand noch etwas von Genuss? Von Zigarren und Rum? Von Köln? Alle wollten gesund leben und hatten Angst vor dem Tod wie die Karnickel vor der Schlange. Albert kannte diese Angst nicht, denn nur die Harten kommen an den Pool. Und er hörte das Klingeln an der Haustür nicht, denn in seinen Kopfhörern sang Bruce Springsteen von einem Cowboy und der unendlichen Freiheit der Prärie.

Sein jüngster Sohn David hatte das Läuten gehört. Er ging zum Eingang und empfing Marlon.

»Hat dir Papa nicht gesagt, dass du deine Freundin mit hereinbringen sollst?«, fragte David.

»Doch.«

»Und warum sitzt sie noch im Wagen?« David kratzte sich am Hinterkopf, sodass Marlon seinen Bizeps sehen musste: fest und groß wie eine Handgranate.

Marlon sagte: »Smilla muss noch schnell ihre Mutter anrufen.«

»Na gut. Dann warten wir halt auf deine Smilla. Ist sie blond?«

»Warum fragst du?«

»Wenn eine schon Smilla heißt, dann steht auf dem Beipackzettel ganz sicher blond.«

»Laber keinen Scheiß. Sie kommt aus Dänemark. Da heißen Frauen halt so.«

Die beiden jungen Männer standen oben vor der Eingangstür und schauten die fünf Stufen des Portikus' hinunter zum Golf.

»Von Leasing hast du auch noch nichts gehört. Oder?«, fragte David und boxte Marlon gegen die Schulter. Es schmerzte leicht, aber er verkniff sich jede Regung. »Gefällt dir der Wagen nicht?«

David schaute nach rechts. Dort stand sein Wagen. Sportlich, elegant, italienisch.

Marlon war erstaunt: »Grau? Ist das ein neuer Maserati?«

»Du kannst die Karren echt nur an den Farben unterscheiden.« David schickte Marlon ein kleines Lächeln hinüber und er eines zurück. Er ahnte, dass der neue Maserati noch teurer war als der alte, und er wusste jetzt schon, dass es nun einen Vortrag geben würde.

»Quattroporte Trofeo. Die Kunst der Geschwindigkeit«, sagte David, der diese Worte im Prospekt gelesen und für immer in sich aufgesaugt hatte. »Wenn du mit dem die Schallmauer durchbrichst, also …« Während David von seinem Wagen redete, blitzten plötzlich die Augen des toten Angreifers im Hafen vor Marlon auf. Ihm war nicht gut, er schwitzte, wischte sich mit dem Handrücken den Schweiß von der Stirn – und hörte etwas von »580 PS. Acht Zylinder, V8. Ich sag dir, damit hebst du ab auf der A3. Nachts geb ich richtig Gas, da …« Es war, als würde Marlon abwärts rasen, seine Knie waren weich und der Fallschirm öffnete sich nicht. Die Erde kam näher und näher. »In der Stadt brauch ich nicht mal 18 Liter.« Marlon wollte nicht mehr an den Vorfall im Hafen denken, er versuchte, sich auf Davids Worte zu konzentrieren, er musste sich beruhigen und sagte schlicht: »Beeindruckend. Italiener halt.«

Und David meinte: »Stimmt. Ich würde gerne mal nach Rom.«

Marlon hörte seinen eigenen Herzschlag, der langsam runter fuhr. Der Fallschirm hatte sich geöffnet. Gott sei Dank hatte David nichts von der Attacke mitgekriegt.

Marlon sagte: »Keine Kühlung in Sicht. So eine Nacht.«

»Rom«, wiederholte David. »Da ist es immer so im Sommer. Ich liebe Sommer, obwohl es natürlich nicht gut für die Haut ist. Ich bin empfindlich wie ein Babypopo.«

»Wie geht es eigentlich Marie?«

»Julia kümmert sich um sie«, erzählte David, dabei schaute er kurz nach oben, wo das Zimmer von Marie war. »Tagsüber schläft die Kleine und nachts hält sie uns wach. Dreimonatskoliken. Manchmal fahre ich mit ihr nachts durch die Stadt, damit sie besser schlafen kann. Die Autofahrerei beruhigt sie immer. Das ist für sie wie zurück im Mutterleib. Ich lass dann extra klassische Musik laufen: *Brings*, *Bläck Fööss* ... Klassik ist gut fürs Hirn. Ich persönlich mag ja keine Klassik – außer ›Superjeile Zick‹.«

Marlon war Maries Patenonkel und zweifelte manchmal an Davids Verstand. Keiner sonst aus der Familie war so einfach gestrickt. Wäre er ein Auto, so wäre er ein Polo. Onkel Albert hatte Marlon zu der Patenschaft überredet. Aber bislang hatte sich Marlon, abgesehen von den üblichen Geschenken und der Taufe, nicht um Marie gekümmert, sie war für seinen Geschmack einfach noch zu klein, zu zerbrechlich. Er wollte sie auf keinen Fall verletzen.

»Jedenfalls schlafen wir keine Nacht mehr. Die Schreierei und die Brustwarzenentzündung«, redete David weiter. »Julia wird langsam verrückt.«

»Was meinst du damit?«

»Manchmal, da lügt sie und macht irgendeinen Mist. Vielleicht wird sie schizo. Ich weiß es nicht. Das ist jedenfalls unheimlich.«

»Da musst du was tun.«

»Du hast gut reden. Wie soll ich mich so vernünftig ums *Breitstein* kümmern?«

»Die Disco läuft doch von allein.«

»Ich komm jedenfalls zu nix, nicht mal Pumpen geht. Ich war schon seit Wochen nicht mehr beim *McMuscle* trainieren. Und Papa lässt mich nicht mehr an die Bank zum Drücken. Als ob ich seine Hanteln kaputtmachen würde.«

Marlon war entsetzt von dem, was sein Cousin erzählte.

»Hallo, Jungs!«

Marlon schaute sich um, hinter ihnen stand Albert, barfuß und mit ausgebreiteten Armen. Sein Oberkörper glich dem eines Berggorillas in Boxershorts. Sportlichkeit war seine Natur, ansonsten fehlten ihm jegliche Utensilien für den klassischen Kriminellen: keine fette Goldkette und kein Tattoo. Nichts ließ darauf schließen, dass er in der Kölner Unterwelt einen Namen wie Al Capone hatte, eher hätte man ihn für den Geschäftsführer von *Hilfiger* oder *Hugo Boss* halten können. Ja, es gab angeblich arabische Clans, die alles beherrschten. Aber über Köln herrschte ein Buchhalter.

»Was ist, Junge?«, fragte Albert und nahm seinen Lieblingssohn in die Arme. Das war ein gutes Gefühl, ein Gefühl von Geborgenheit. Albert strahlte genau die Ruhe aus, die Marlon jetzt brauchte. Capone war auch Buchhalter gewesen, leicht aufbrausend, aber mit der Fähigkeit, dich ganz in Ruhe in den Arm zu nehmen oder auszuknipsen. Albert drückte fester zu, und in Marlons Wirbelsäule knackte es, als sei dort ein Grissini verbaut gewesen, das nun zerbrochen worden war. »Ein bisschen Muckibude könnte dir auch nichts schaden, Junge«, foppte er ihn. »Guck dir David an. Der tut was. Aber was rede ich? Das machst du mit dem da wieder wett.« Albert tippte gegen Marlons Stirn. »Hirn, ganz viel Hirn. Das sollst du nutzen und nicht irgendwelche Idioten im Hafen plattmachen. Was ist denn da passiert, Junge? So kenn ich dich ja gar nicht.«

»Sie haben Smilla vergewaltigen wollen.«

»Wo ist die Frau, für die du einen Mord begehst?«

»Sitzt im Wagen.«

»Hol sie«, befahl Albert daraufhin David.

Der verschwand sogleich im Wohnzimmer, während Albert sich ein Hemd überwarf, es zuknöpfte und zum Servierwagen mit den Getränken ging. »Mach es dir bequem, Marlon.«

Der setzte sich auf die Liege.

»Schön, die Lichter da unten«, sagte sein Onkel. »Eine Stadt wie ein Sternenhimmel. Ich liebe solche Nächte. Das ist Köln, ein riesiges Schachbrett. Und wenn das tägliche Spiel von Macht und Ohnmacht zu Ende ist, kommen Bauer und König in dieselbe Schachtel.«

Albert philosophierte und Marlon streckte die Beine aus. Die Turnschuhe waren nicht mehr ganz weiß, ein Blutspritzer hatte seine Schnürsenkel erwischt. Hier auf der Terrasse seines Onkels war alles terrakottahübsch wie aus *Schöner Wohnen*. Sogar das Sprungbrett in den Pool war in diesem rötlichen Braunton gehalten. Marlon war wieder ruhig, sein Puls normal. Sein Onkel würde Nervosität ohnehin als Schwäche auslegen.

Ein leises Grummeln kam vom Pool. Marlon schaute auf eine runde karierte Luftmatratze, auf der ein heller Mops lag. Schon hörte er seinen Onkel rufen: »Halt die Schnauze, Plüschmett!« Plüschmett hieß eigentlich Gabbana und musste pieseln. Aber das Machtwort seines Herrchens hatte ihn eingeschüchtert. Allein käme er nicht auf trockener Pfote zum Beckenrand. Er brauchte einen Menschen, der ihn mit der Poolstange zum Ufer zog.

»Möchtest du was trinken?«, fragte Albert. »Oder willst du meine letzte *Montecristo*? Dir gebe ich sie.« Er deutete auf den Humidor, der auf dem Servierwagen befestigt war. Handverlesene Zigarren ruhten darin und durften nicht dem Kölner Klima ausgeliefert werden.

»Nein, danke«, winkte Marlon ab. Albert foppte Marlon immer damit, dass er nicht rauchte, und brachte seinem Neffen ein Glas Rum. Es lag mit seinem massiven Kristallboden schwer in seiner Hand.

»Das ist Kuba«, sagte sein Onkel. »*Don Papa* Rum.«

Sie schluckten und Albert schaute hinunter auf Köln. Er ließ den Rest Rum im Glas kreisen, blickte nun ins Glas, ehe er den Rest Kuba hinunterspülte. Kuba im Blut und die Lichter der Domstadt vor Augen, so liebte er es.

»Wo ist Silke?«, fragte Marlon. »Schläft sie schon?« Er hatte nur etwas Belangloses sagen wollen, weil alles so heftig war. Aber das war ein Fehler, denn die Frage wühlte Albert auf:

»Ja, sie schläft, aber nicht bei uns, sondern im Stall. Prinz Porz ist krank, hat heftige Koliken. Der Gaul ist mit seinen Spritzen und Arztbesuchen bald so teuer wie ihr alle zusammen.« Marlon hatte das Pferd bislang nur auf Videos gesehen. Es stand in Köln-Weidenpesch an der Galopprennbahn. Onkel Albert hatte den Galopper teuer gekauft, aber ständig war er »in der Werkstatt«, statt Preise einzuheimsen. »Ich hätte mich nie darauf einlassen sollen. Deine Tante hat zwei Pferde zum Reiten im Königsforst. Das reicht schon, um eine Ehe zu zerstören. Aber jetzt schläft sie auch noch beim Prinzen.«

Marlon hatte ein sensibles Thema angerissen. Glücklicherweise wurde er jetzt unterbrochen.

»Papa.« David betrat die Terrasse.

Albert schaute zur Schiebetür und Smilla erschien.

»Du bist also Marlons Freundin«, stellte Marlons Onkel wohlwollend fest. Doch statt zu ihr zu gehen, legte Albert seine Hand auf Marlons Schulter und befahl sanft: »Bleib entspannt, Junge. Deine Freundin und ich können uns schon alleine gegenseitig vorstellen.« Dann widmete er sich ihr und schritt auf sie zu, als würde er sich Chancen bei ihr ausrechnen. »Du bist ja verletzt, Mädchen.«

»Ach, das ist nichts«, sagte sie.

Albert fasste Smilla an der Schulter und schaute sie genau an. »Ich schlage vor, dass wir dir ein kühles Steak auf die Lippe legen. Das wirkt Wunder. Ist ein kölsches Rezept.«

Für eine Sekunde schien Smilla den Vorschlag ernst zu nehmen. Dann lächelte sie, was Albert noch mehr entzückte.

Er fragte: »Wie, sagtest du, ist dein Name?«

»Smilla.«

»Auch hübsch. Es gibt doch einen Film, der so heißt. Oder?«

»*Fräulein Smillas Gespür für Schnee.*«

»Aber heute sagt man ja nicht mehr ›Fräulein‹. Oder?«

Smilla zuckte mit den Schultern. »Ich glaube nicht. Aber der Film ...«

»Haben die den Film denn noch nicht umbenannt? Das Kulturmilitär benennt im Moment alles um. Selbst im Karneval sind die Indianer keine Rothäute mehr. Ich glaub, du darfst schon gar nicht mehr Indianer sagen. Das war früher alles Rassismus und falsch. Jetzt machen wir alles richtiger. Macht ihr in Dänemark auch alles immer richtiger, so von Tag zu Tag?«

Marlon spürte, wie sein Onkel seine Freundin abcheckte. Jede Antwort von Smilla wurde sofort von Albert eingeordnet. Er liebte Schubladen. Smilla steckte noch in keiner. Hatte sie Humor? War sie ein ernster Typ? Offen? Verschlossen? Welche Adjektive passten zu ihr? Das wollte er wissen.

Smilla sagte: »Wir feiern keinen Karneval.«

»Gute Antwort. Gefällt mir. Möchtest du auch was trinken?«

»Sollen wir nicht die Polizei rufen? Der Mann am Hafen ist tot.«

»Weck die Toten nicht mit Sirenen. Setz dich erstmal zu deinem Freund.«

Marlon nahm sie in den Arm. »Tut es noch weh?«

»Nein, alles gut. Ich bin nicht aus Zucker.«

»Und das hier ist nicht das Haus vom Nikolaus!«, sagte Albert unerwartet laut. »Ich hoffe, Smilla, du hast noch keinem von dem Vorfall am Hafen erzählt.«

»Natürlich nicht«, sagte Marlon für sie.

»Wie lang kennt ihr euch denn schon?«

»Seit Beginn des Studiums«, log Marlon. Smilla sagte nichts. »Auf sie ist Verlass.« Sein Onkel würde ihm den Kopf abreißen, wenn er mitbekäme, dass er gerade frisch verliebt in Smilla war und sie einfach angeschleppt hatte.

»Sie hat eben telefoniert«, petzte David, der mit verschränkten Armen wie ein Türsteher an der Terrassentür lehnte.

»Mit wem hat sie telefoniert?«, fragte Albert und schaute dabei zu Marlon.

»Mit ihrer Mutter.«

»Weiß die von dem Vorfall?«

Smilla ergriff nun das Wort: »Nein, sie hat heute Geburtstag. Ich habe ihr nur gratuliert. Was soll ich ihr auch erzählen? Dass ein Toter vor meinen Füßen lag? Dass mich ein Typ vergewaltigen wollte, weil er mich mit einer Prostituierte namens Nasti verwechselt hat?«

Albert war beeindruckt von ihrer kleinen Rede: »Du traust dich was.«

»Ihr Vater ist Zollinspektor«, erklärte Marlon.

»Zollinspektor?« Sein Onkel goss sich Rum nach und fragte ironisch: »Bestechlich oder unbestechlich?«

»Ganz unbestechlich«, sagte Smilla.

»Ehrliche Leute mag ich.« Jetzt leerte Albert die ganze Insel Kuba in einem Zug. »Ehrliche Leute sind wichtig für eine feine Gesellschaft. Hier oben bei uns befindest du dich aber in bester Gesellschaft.«

»Das weiß ich.«

»Und es macht dir nichts aus?«

»Das Leben schreibt die besten Geschichten. Wer später mal Schriftsteller werden will, der sollte was erleben.« Sie merkte sofort an Alberts Blick, dass sie etwas Falsches gesagt hatte. Ein Typ wie er legte keinen Wert auf Publicity. Albert zog kritisch die dichten Kaviarbrauen zusammen: »Mädchen, du siehst gar nicht so aus, als ob du die Dinge unbedingt aufschreiben oder weitererzählen musst. Das Wichtigste im Leben ist Vertrauen, du musst den Menschen vertrauen können. Kein Wort verlässt dieses Haus. Niemals. Guck dir den Jungen an. Der weiß, was Familie ist. Du brauchst nichts anderes im Leben.«

Sie nickte.

»Und du, Marlon, wenn du sie liebst, ist alles gut, dann darf das Mädchen auch alles wissen, dann fehlt nur noch der Ring bis zur Familie.« Albert stockte einen Moment, dann fragte er Smilla: »Liebt er dich?«

»Vor allem denke ich nicht, dass ich noch ein Mädchen bin.«

»Herrlich!«, hob Albert an. »Einfach herrlich. Das gefällt mir. Nur halte dich an die Regel. Was in Vegas passiert, bleibt in Vegas.«

»Und wenn nicht?«

Ein stechender Schrei durchschnitt die Nacht.

»Marie«, sagte David, der die ganze Zeit auf Stand-by gewesen war. »Das sind die Koliken. Ich geh hoch. Julia braucht mich.«

Albert sagte: »Dein Marlon ist der Patenonkel von dem Schreihals. Er liebt Kinder. Und wenn es deine eigenen sind, so geben sie dir normalerweise die Sicherheit, dass dein Name weitergetragen wird.« Den letzten Halbsatz hatte Albert vorwurfsvoll in Davids Richtung formuliert, der jedoch befand sich bereits auf dem Weg zur Treppe.

»Lass gut sein«, beruhigte Marlon seinen Onkel.

»Wie konnte er mir das nur antun?«

Smilla schaute Marlon an, der knapp: »Er hat ihren Namen angenommen«, über die Lippen brachte.

Albert gab Smilla ein Glas und prostete den beiden zu: »Auf die Zukunft! Skal. So sagt ihr doch in Kopenhagen?«

Die Gläser klirrten.

Albert tippte auf sein Ohr. »Seid mal bitte kurz still. Der Tischler ist dran.« Jetzt erst registrierte Marlon die Kopfhörer in Alberts Ohren. »Ja, Rene, rede. Was ist los, Mister Akkurat?«

Am anderen Ende der Leitung war Rene de Groot, Wanderer zwischen den Welten. Albert hörte ihm aufmerksam zu, dann schaute er Marlon ernst an: »Hör mal, wie hat der Typ ausgesehen, der überlebt hat?«

»Etwa einsachtzig, Akne Narben unten am Gesicht und am Hals.«

Albert nickte und befahl de Groot: »Versenke die Leiche nicht, bring sie zu Bogdani auf den Schrottplatz.«

Marlon dämmerte, was passiert war. Offenkundig waren die beiden Angreifer vom albanischen Bogdani-Clan gewesen. Ausgerechnet. Die Albaner waren unberechenbar und skrupellos, Organhandel und Schrott waren ihr Metier.

Albert widmete sich wieder Marlon: »Du hättest Malush gleich mit erschlagen sollen. Der hat nichts am Hafen zu suchen. Das ist unser Revier. Die sollen in Vogelsang, Bocklemünd und Longerich bleiben. Malush ist komplett missraten und tanzt seinem großen Bruder Elsaid wie ein Funkenmariechen auf der Nase rum. Jetzt hat der dreckelige Kähl auch noch 'nen fetten Elektrodaimler. Der is zu nix gutem Nutze. Der vertickert nebenher sogar Russentestosteron und was weiß ich noch …« Jetzt war Marlon klar, woher Ömer den Stoff hatte. »Wenn das mein Sohn wäre, dem würde ich …« Vor zwei Jahren war Malush in Köln aufgeschlagen und hatte sich bei den Arabern in Chorweiler sofort eine blutige Nase geholt. »Was hat der überhaupt in unserem Hafen zu suchen? Auf alle Fälle wird Elsaid den Mörder finden wollen und …«

»… deshalb …« Smilla war das Wort »deshalb« herausgerutscht.

Es verschlug Albert den Atem. Wenn er redete, redete niemand anderer. Das war wie bei Rita – genetisch halt! Aber er sagte souverän: »Sprich ruhig. Sach, wat denkst du?«

»Der korpulente Angreifer hatte auf dem Oberarm einen doppelköpfigen Adler auf rotem Grund. Das Wappentier der Albaner.«

Albert kippte den Rum runter: »Mensch, Mädchen. Nicht nur Dänin, auch noch Wappenkundlerin. Stimmt. Dein Marlon hat einen Schläger der albanischen Mafia gekillt.«

»Er nicht. Das war Malush selbst.«

Albert schenkte sich einen Doppelten ein. »Wenn ich es mir so recht überlege, hätte uns gar nichts Besseres passieren können.«

Smilla fragte sich, wie viel Albert schon getrunken hatte.

»De Groot deponiert heute Nacht die Leiche bei den Bogdanis. Elsaid wird sie spätestens morgen finden und dann wird der Verdacht auf dich fallen.« Er zeigte mit dem Glas auf Marlon.

»Glaub nicht. Malush kennt meinen Namen nicht.«

»Ich werde dafür sorgen.«

»Dann muss ich aber abtauchen.«

»Ne, du wirst auftauchen.«

Albert ging zum Humidor, nahm die letzte Montecristo, hockte sich an den Beckenrand, zog das Hemd aus und ließ die Füße im Wasser baumeln. Offenkundig hatte er sich auch die Rückenhaare rasiert. Zikadenruhe herrschte. Sogar Gabbana, dem gleich die Blase platzen würde, schwieg, während sich Albert die Zigarre anzündete. »Mit deiner Aktion hast du 'ne Botschaft an die Bogdanis geschickt«, sagte er und drehte sich nicht zu seinen Besuchern um, sondern sprach direkt in die Nacht hinein. »'ne Botschaft, die da lautet: Wenn ihr mich ficken wollt, dann fick ich euch. Respekt werden die Albaner haben. Respekt vor meinem Neffen.« Er paffte und wie ein zu groß geratenes Glühwümchen leuchtete das Ende der Montecristo auf. Albert war zufrieden mit sich und seinen Worten. Er genoss die Situation und den Klangteppich der Zikaden. Dann erhob er sich: »Für heute ist genug passiert. Wir sollten schlafen gehen. Was meinst du, Smilla?«

Die nickte und Albert deutete auf seine Zigarre: »Das war die letzte. Du weißt, was das bedeutet?«

Marlon nickte, und während sie das Haus verließen, ließ Gabbana einfach los, und ein gelbliches Rinnsal lief unbemerkt die Luftmatratze hinab ins warme Wasser. Manchmal sind Siege einfach nur erleichternd.

WER VIEL RAUCHT, MUSS AUCH
MAL DAMPFER FAHREN

Es war gegen 11 Uhr. Marlon kreiste zum dritten Mal um den Neumarkt auf der Suche nach einem Parkplatz. Vor 1.000 Jahren hatten die Kölner den Neumarkt angelegt, um den Marktplatz am Rathaus zu entlasten. Damals gab es hier Vieh- und Pferdemärkte und Feste, jetzt gab es hier vor allem eines: keine Parkplätze – und im Winter den Circus *Roncalli*. Marlon parkte bei *Foto Gregor* im Halteverbot. Sein Ziel lag ums Eck und hieß *Tabak Schneider*.

Kein Porsche, kein Bugatti, nicht mal ein aufgemotzter Daimler parkten davor, es war zu früh für Prominenz. Von außen war der Laden langweilig wie ein Cordanzug: Pfeifen in der Auslage, Whiskyflaschen und eine Pyramide aus Zigarrenkisten. Als er durch die Glastür ging, schlug ihm ein Geruch entgegen, der sich aus den Aromen sämtlicher Tabake der Welt zusammensetzte. Erdig, ledrig, süßlich, bitter. Düfte aus Kuba, Nicaragua, Schwarztabak, Tabak mit viel, mit wenig Zucker, holländische Zigarren aus Sumatra, Zedernholz, *Cohiba Shorts*, *Davidoff*, Zigarillos und Pfeifentabak.

Carlito Schneider strich sich die Haare zurück, als er Marlon sah, dann zog er auf der Theke etwas ganz Besonderes aus einem Umschlag. »Du kommst genau richtig. Schau dir das an.« Der blonde Carlito hielt eine blau-weiße Packung mit der Markenaufschrift »Sprachlos« in der Hand. »Ist noch aus der DDR. 20 Stück *Sprachlos* für 2,40 Mark. Hab ich auf *eBay* geschossen. Auf *eBay*.« Er sagte das Wort noch drei Mal, als sei es eine Zauberformel.

»Auf *eBay*?«, fragte Marlon ironisch nach. Aber Ironie war Carlito hier und jetzt fremd wie dem Tiger der Kopfsalat, denn sein Vater hatte ihn runtergeputzt. Das hatte er noch nicht verdaut.

»Soll ich mal aufmachen?«, fragte Carlito.

Marlon winkte ab. »Die fallen bestimmt auseinander, zerfressen vom Honecker-Wurm.«

»Wetten, dass nicht?«

Marlon wollte nicht wetten. Erst vor wenigen Tagen war er mit Carlito in Bad Neuenahr im Spielkasino gewesen. Offener Porsche Cabrio und dann die B9 vom Kölner Ring entlang bis hinter Bonn und die Ahr hoch. Samstagnacht im Spielkasino. Resultat: Marlon hatte seine 100 Euro hin und her geschoben auf dem Roulettetisch und Carlito fast 4.000 Euro bei *Black Jack* und *Texas Hold'em* verloren. Nein, zum Spielen sollte keiner Carlito verleiten.

Carlito sagte: »Ich glaub, wenn du davon auch nur eine Einzige rauchst, machen alle deine Arterien sowieso dicht – shut down.«

Carlitos Vater war Inhaber Maximilian Schneider. Er hatte Carlito den Namen des dominikanischen Zigarrenherstellers Carlito Fuente gegeben, weil er Fuente aufgrund seines Geschmacks bewunderte. Jetzt war der kleine Carlito ein blonder Hüne von 21 Jahren und hatte den bescheuerten Kindernamen Carlito am Hals, und seine Mutter war irgendwo, aber nicht mehr bei Schneiders im Haus.

Marlon durchquerte die untere Etage des Ladens und stieg die enge gewundene Holztreppe hinauf. Die Stufen knarrten, als würden sie gleich zerbröseln. Er ging am Klimaraum mit den teuren Einzelstücken vorbei und direkt auf die 16 Tresorfächer zu. Auf jeder der schwarzen Türen stand eine rote Nummer. Alberts Tresor war die Acht. Marlon fasste das silberne Rädchen des Tresors und bewegte es vor und zurück.

Wer hier ein Fach besaß, der besaß Zugang zu den exklusivsten Zigarren und Spirituosen der Welt. Denn Schneider ersteigerte im Auftrag seiner Klienten nur das Beste vom Besten. Egal, was er verlangte, sie legten die Summe hin. Obendrein war Schneider eine der wenigen *Casa del Habano*. In Kuba wurden eigens für ihn spezielle *Havannas* gerollt. In Alberts Tresor standen zwei Flaschen Rum von einer kleinen schottischen Brauerei und eine Kiste *Havannas* sowie seine geliebten *Montecristo Nr. 2*.

Marlon packte alles in seinen Rucksack wie ein Dieb, verschloss das Fach und machte sich auf. Weit kam er nicht, ausgerechnet Kommissar Rolf Gemüth schnaubte ihm auf der Wendeltreppe entgegen. Behäbig wie eine Robbe auf Urlaub. Er trug trotz der Hitze einen Pulli über seinem strammen Bauch. Für eine Sekunde hoffte Marlon, dass Gemüth ihn schlichtweg übersehen würde. Aber seine Augen waren nicht müde, seine Augen waren wach und blutunterlaufen.

»Hallo«, sagte er und blieb auf der obersten Stufe der Treppe stehen. Er füllte damit den gesamten Einstieg zur Treppe aus.

»Hallo«, sagte Marlon.

»Tag. Siehst gut aus. Wie geht es deinem Onkel?«

»Gut.«

Marlon hielt das »gut« für eine ausreichende Antwort, aber Gemüth machte den Weg nicht frei. Er wollte plaudern. »Du kommst echt auf deinen Onkel. Die gleichen Augen.« Was hatten die beiden nicht schon alles erlebt?

Sie hatten die Italiener kommen sehen, die Griechen, die Türken, die Araber, und jetzt kamen die Albaner; sie alle kamen, um in Köln zu bleiben; sie brachten ihre Sitten und ihre Mafia mit. Und wenn sie zu sehr über die Stränge schlugen, waren Albert und Gemüth immer da, um zu schlichten.

»Köln ist ganz schön bunt geworden«, sagte Gemüth.

»Ich kenne es nur so.«

»Dein Onkel und ich haben all die Farben sortieren müssen. Die Türken nach Ehrenfeld, die Russen an den Ebertplatz und nach Chorweiler und …«

»Ich weiß«, unterbrach ihn Marlon. »Alles ist aufgeteilt. Jeder weiß, wo er hingehört.« Er wollte nur eines: an Gemüth vorbei. »Bin ein bisschen im Stress.«

»Ist es wegen den Bogdanis? Hab gehört, dass sie wildern.«

»Ne, ne, alles gut.«

»Sehe ich deinen Onkel auf der Tour?«

Marlon schaltete nicht sofort.

»Die Bootstour, Jung. Du weißt doch, am letzten Augustwochenende machen wir uns sonntags alle mit dem Zigarrendampfer *Drachenfels* auf zur Bastei in Bad Godesberg. Motto: Wer viel raucht, muss auch mal Dampfer fahren.«

Jetzt war Marlon alles klar. Die gesamte Unterwelt und Gemüth würden dann an Bord sein.

»Ich weiß nicht, ob Albert …«

»… mitfahren darf? Er wohnt ja nicht in Köln. Ich glaube, er würde die Welt dafür geben. Dein Onkel ist der letzte echte Kölner und darf nicht mit. Das ist nicht gerecht.«

Wenn der Kommissar so redete, schien er aus einer anderen Zeit zu stammen. Aus einer Zeit, als die Filme noch schwarz-weiß waren und sich jeder *4711 – Echt Kölnisch Wasser* auf den Puls tupfte. »Aber ich darf ja auch nicht mit. Bin Polizei, Polizei hat man nicht gern dabei. Das ist das Los eines …«

Marlons Handy klingelte: »Ich muss wirklich ran.«

Gemüth machte Platz und Marlon nutzte die Chance. Smilla war dran. Sie war alleine aufgewacht.

»Wo bist du?«

»Da liegt doch ein Zettel auf dem Küchentisch.«

»Machen die Leute in Köln es so mit ihrer Freundin? Sie legen einen Zettel auf den Küchentisch?«

Eine halbe Stunde später stand Marlon bei seinem Onkel vor der Tür und klingelte. Es erklang der spitze Schrei Maries, als sei sie an eine Alarmanlage angeschlossen. Kurz darauf riss eine schlecht gelaunte Julia die Haustür auf. Die kleine Marie – rosa Strampler, rosa Schühchen und rosa Mützchen – lag in ihrem Arm und schwieg.

»Schnuller?«, fragte Marlon.

»Stopfen«, sagte Julia, presste ein wenig gegen Maries Schnuller, die sofort losnuckelte. Sie sah hübsch aus, ihre Augen waren grün wie das Gras auf der *Kerrygold*-Packung. Ihre Mama bewies wieder einmal, wie teuer es sein kann, billig auszusehen: lange, mit Strass besetzte, rosafarbene Fingernägel und *Prada*-Schläppchen mit Welpenfell.

»Was willst du?«, fauchte Julia unwirsch.

»Freundlich begrüßt werden«, sagte er zum Spaß. Aber sie schien keinen Spaß zu haben.

»Ich wollte euch nicht stören.«

»Ach, deshalb hast du Alarm geklingelt?«

»Ich möchte die Sachen für Albert abliefern. Kann ich kurz reinkommen?«

Sie machte ihm nicht Platz, vielmehr wies sie auf den Boden. »Stell den Rucksack einfach ab.«

»Marlon!«, rief eine Stimme von drinnen. »Marlon!«

Es war Sandro, Alberts ältester Sohn. Der erschien jetzt hinten im Flur. Blondes schulterlanges Haar, flüchtig geschlossener Bademantel. »Julia! Lass doch den Patenonkel rein. Komm, Marlon. Bin in der Küche!«

Marlon schob sich an Julia vorbei, streichelte Marie über die Wange und folgte dem Kaffeeduft. Die Männer umarmten sich.

»Wie geht's? Hab von Papa erfahren, dass du dir eine hübsche Dänin geangelt hast.«

Marlon setzte sich neben Sandro auf einen der Barhocker am Küchentresen. Die Küche war riesig, aber mittlerweile nur noch eine Garage für teure Geräte.

»Und das Studium?«, fragte Sandro.

»Noch kein Problem.«

»Hast du die *Montecristo* und den Rum im Rucksack?«

»Woher weißt du das?«

»Hat mir Papa erzählt. Er hat dir doch gestern den Auftrag gegeben.«

»Okay. Und ich dachte, ich könnte ihn überraschen.«

»Du kannst meinen Vater nicht überraschen. Er kennt dich einfach zu gut.«

Marlon schüttete sich Kaffeesahne in den Kaffee. Sie verschwand wie in einem schwarzen Loch.

Sandro erklärte: »Er ist jedenfalls am Hafen. Muss David einarbeiten. Der macht ja jetzt deinen Job, wenn du Ehrenfeld übernimmst. Ich soll dir die Telefonnummer von Kalef geben. Den musst du anrufen.«

»Braucht denn Albert noch lange?«

»Warten ist schlecht. Es gibt Ärger mit den Bogdanis. Nicht wegen dir, sondern weil Elsaid eine Kolonne in Nippes aufgestellt hat. Der ist so kackdreist. Die putzen jetzt in der Genossenschaft zum Kampfpreis gegen die Türken an. Das ist Soylus Business, der ist stinksauer. Aber egal, nicht dein Business.«

Sie hockten wie Vögel auf der Stange und schauten über die Theke und die Arbeitsplatte zum Fenster hinaus. Sandro erzählte, dass er die Leute von *Balloni* für ein Event am Eigenstein anfragen wolle. »Die dekorieren doch ganze Hallen, oder?«

»Denke schon. Du kannst doch auch die Balloni-Halle direkt mieten.«

»Ne, es muss am Eigelstein sein, ist ein kleines Start-up, die wirklich abgehen. Ein ehemaliger Kommilitone von mir.«

»Ich kenne nur den Laden in Ehrenfeld am Gürtel. Bislang ist da noch jede Freundin von mir drin versunken und zumindest mit 'nem Luftballon rausgeschwebt.«

Marlon plauderte mit Sandro und fühlte sich wohl. Es war irgendwie wie früher. Draußen stand die Kastanie trotz der Hitze in voller Pracht und Sandro meinte: »Du wirst jetzt wichtig für Papa. Faktisch hat er dich jetzt zum Captain gemacht und Kalef wird dein Soldat. Er kassiert ab und du besprichst alles mit Papa.«

Marlon sah die Narbe in Sandros gespaltenem Kinn. Er hatte sie seinem großen Bruder als Vierjähriger mit einem *Match Box*-Auto zugefügt. Er fragte: »Programmierst du eigentlich noch?«

»Nur für Papa. Auch wenn Corona vorbei ist, läuft jetzt mehr online.«

Marlon zog Zigarren und Rum aus dem Rucksack und legte alles auf die Theke. »*Tabak Schneider* macht demnächst wieder seine Bootstour.«

»Oh, ich hör schon Papa: Mimimi, ich darf nicht mit. Mimimi, ich bin kein Kölner mehr.« Dabei rieb sich Sandro die Augen, als würde er weinen.

»Hör auf mit dem Scheiß. Diesmal darf er mit. Dafür sorge ich.«

»Das wäre 'ne Überraschung. Der alte Schneider ist bein-hart, der hat Regeln.«

Marlon legte seinen Zeigefinger auf die Lippen. »Kein Wort zu Albert, dass ich ihm die Karten besorge.«

»Schon gut. Ich kann schweigen.«

STRESS IM BÜDCHEN
UND WOLKE SIEBEN

Marlon betrachtete sich im Rückspiegel. Warum hatte er das mit den Tickets nur preisgegeben? Sein Bruder konnte doch kein Geheimnis für sich behalten. Er schlug aufs Lenkrad. »Erst die Tickets, dann darüber reden; nicht, erst darüber reden, dann die Tickets.« Es war so heiß, da halfen auch keine offenen Fenster und Fahrtwind. Er rief Kalef an. Der erzählte, dass er an der Venloer Straße wohne, zehn Minuten zu Fuß von Marlons Wohnung, Ecke Gürtel. »Direkt über dem Dönerladen.« Der Mann mit der kratzigen Stimme war redseliger, als Marlon vermutet hatte: »Dein Onkel hat mir schon gesagt, wie es künftig …«

»Wann wollen wir uns sehen?«

»Heute Nachmittag?«

»Morgen ist besser.« Marlon wollte den Kerl zappeln lassen. Smilla wartete ohnehin schon auf ihn. Er bog von der Stadtautobahn nach Neuehrenfeld auf den Gürtel, fuhr in die Subbelrather Straße rechts, vorbei am Sankt Franziskus-Hospital, drehte eine Runde um Sankt Peter und am *Eisladen Liliana* vorbei. Aber keine Spur von Smilla. Tatsächlich saß sie in der Landmannstraße auf der Bank vor dem Teeladen und unterhielt sich mit einem sehr blassen Typen. Marlon drehte die Scheibe runter und rief, aber sie winkte ab. Er solle sich einen Parkplatz suchen. Zum Glück fuhr vor der *Lenau-Apotheke* jemand heraus.

Schon die Autotür in der Hand, sah er Malush, wie der humpelnd und noch leicht ramponiert von der Schlägerei die Apotheke verließ. Er trug Sonnenbrille und steckte eine Medikamentenschachtel vorn in den gelben Seidenhoodie. Malush beachtete weder Marlons Golf, an dem er nun vorbei ging, noch Marlon, der darin hockte. Am liebsten hätte Marlon ihm die Wagentür in die Seite gerammt. Stattdessen beobachtete er Malush, der direkt auf den Kiosk zusteuerte.

Was suchte der Kerl hier? Das war kein Albaner-Revier.

Marlon dachte nicht mehr an Smilla, in ihm erwachte Jagdtrieb. So überquerte er die Straße zum Lenauplatz. Die Tür hinter dem Kiosk war nur angelehnt. Er hörte Herrn Jojoes eingeschüchterte Stimme. »Ich kann nicht mehr zahlen.«

Marlon zog die Tür mit einem Ruck auf und sprach in die Dunkelheit hinein: »Das müssen Sie nicht!«

Malush blaffte Marlon dreist an: »Verfolgst du mich? Verpiss dich!«

»Wenn hier einer geht, dann du«, blieb Marlon ruhig. »Der Kiosk gehört meinem Onkel.«

»Du bist der Neffe von Nagel?«

Marlon tat einen halben Schritt zur Seite. Doch Malush schlich sich nicht raus, sondern stieß Marlon brutal gegen das Regal mit den Weinen. Zwei, drei Flaschen knallten auf den Boden. Und Malush schlug sofort schnell und unbarmherzig auf Marlon ein, der nun gegen den Kühlschrank prallte, traf ihn an der Schläfe, und beinahe wäre er endgültig zu Boden gegangen. Aber er bekam den Flaschenöffner zu greifen, der an einer langen Kordel am Getränkeschrank hing. Den hämmerte er Malush gegen den Kopf. Der sackte weg. Marlon hingegen stand wieder aufrecht, schloss die Tür und ließ das Rollo an der Durchreiche runter. Es war von einer auf die andere Sekunde dunkel im Büdchen. All die bunten Gummibärchen und Lollis waren plötzlich grau. Die Diode am Thermometer blinkte auf: 39,2 Grad. Das war kein Büdchen, das war eine Sauna. Ehe Malush sich aufzurappeln vermochte, schmiss Marlon ihn raus. »Hau ab! Und lass dich hier nie wieder blicken!«

Dann erst sah Marlon die vier Gesichter, die gegenüber in der Sonne saßen. Sie schauten von ihren Tellern mit Schnitzel, Pommes und Salatbeilage auf. Das war heute das Tagesmenü vom *Schmecklecker*. Alle starrten, verdauten, aber keiner bewegte sich, die Augen sahen nur dem weghumpelnden Malush hinterher. Und dann wieder zu Marlon.

»Weiterkauen«, befahl der. »Der Typ war ein mieser Erpresser.« Er zog die Tür wieder zu. Es war ein bisschen, wie wenn beim Glockenspiel in der Glockengasse 4711 die Marseillaise spielt. Tür auf, Figuren draußen, Rambazamba, Tür zu.

»Wie lang erpresst er dich schon?«

»Fünf Monate«, sagte Herr Jojoe. »Bis jetzt verlangte er 400 Euro, aber jetzt will er 600.«

»Die Ziege wollte einen langen Schwanz. Hat sie auch nicht gekriegt. Falls er nochmal kommt, ruf diese Nummer an.« Er notierte Kalefs Nummer neben der Kasse.

»Herrn Kalefs Nummer? Die habe ich schon angerufen. Er hat mir gesagt, ich soll bezahlen.«

»An Malush?«

»Ja. Er und Herr Malush sind Freunde.«

Marlon musste ruhig bleiben. Wenn er Chef sein wollte, durfte er sich nicht anmerken lassen, dass ihn sein Untergebener Kalef betrog. »Okay. Ich kümmere mich darum.« Herr Jojoe nickte hoffnungsvoll. Marlon fragte, ob er eine Tüte *YumYum* haben könne?

Jojoe griff in einen Karton mit den bunten Plastikverpackungen auf der Theke. »Chicken Flavour?«

»Ja. Warum nicht?«

Er gab ihm noch die Geschmacksrichtungen Wasabi und Curry mit.

Marlon verließ das Büdchen. Er war verschwitzt, aber er schritt wie der König der Löwen mit drei Packungen *YumYum* am *Schmecklecker* vorbei, wechselte die Straßenseite hinüber zum Parfümladen und dem Rotkreuzgeschäft und ging schnurstracks auf den Teeladen zu. Er war noch so voller Energie, dass er hier und jetzt Kalef mit dem Kopf in den Boden rammen wollte. Stattdessen spuckte er auf den Asphalt. Smilla saß auf der Bank vor dem Teeladen *Tee de Cologne*, und der hellhäutige Typ plauderte immer noch mit ihr.

»Hallo«, sagte Marlon.

Smilla sah ihn und konnte es kaum fassen. Er hatte *YumYum* dabei. »Das ist ja total süß von dir.« Sie küsste Marlon und klopfte auf den Platz neben sich. Er setzte sich, während sie die Packung mit Wasabi Flavour öffnete und die rohen Nudeln genüsslich knabberte, als sei es Kaviar. Marlon probierte ebenfalls, obwohl das Adrenalin in ihm noch pochte. Ihm schmeckte das überwürzte Pappzeug nicht, aber er machte gute Miene zum bösen Spiel und wurde mit einem Kuss belohnt.

»Willst du auch was?«, fragte sie jetzt den Hellhäutigen, der auch noch einen leicht roten Stich in seinem sonst so hellblonden Haar hatte.

»Nicht mein Ding«, sagte er und dass er Tobias heiße.

Marlon schmeckte den Namen ab: Tobias, Tobias, Tobias. Das war eine Mischung aus Schimmel- und Weichkäse.

»Kennt ihr euch?«, fragte Marlon und legte besitzergreifend seinen Arm um Smillas Schultern.

»Ich helfe hier nur aus«, sagte Tobias.

»Für die Teeladenbesitzerin?«

»Für wen sonst?« Tobias lachte und warf dabei den Kopf übertrieben zurück. Machte sich der Typ über ihn lustig? Smilla lachte ebenfalls. Zu Marlons Eifersucht gesellte sich Wut. Aber der König der Löwen besaß Selbstkontrolle.

»Er hat mir gerade erklärt, dass eine Kirche von oben wie ein Kreuz aussieht, und genau in der Mitte, da, wo die Bretter miteinander verbunden sind, das nennt man Vierung. Hast du das gewusst?« Nein, hatte er nicht. Es interessierte ihn auch nicht.

Smilla schien der Typ wirklich zu gefallen. »Er hat sich extra einen kleinen Dom unter den Bauchnabel tätowieren lassen.«

»Ist das so?« Hatte er ihr schon seinen Bauchnabel gezeigt?

»Da stehen die Koordinaten der Vierung.« Smilla deutete auf das Handgelenk ihres Gegenübers. Er musste entscheiden, was mit Kalef geschehen sollte, und der Typ hatte nur Kinderkram im Kopf und auf der Haut. Und Smilla goutierte das wie eine Eins in Statistik.

»Ich hab es deiner Freundin nur erzählt, weil genau von diesem Punkt unter dem Dom« – er zeigte auf das Tattoo – »die gesamten Straßen im Rheinland vermessen wurden. Der Dom ist extrem bedeutsam für Köln. Und wenn man in die Grabkammer unter dem Dom geht, sind einige der Steinsärge am Fußteil offen. Das sind die Särge, die nah am Altar liegen. Die Leute haben im Mittelalter geglaubt, sie würden dann direkt aus dem Sarg zu Fuß über den Altar in den Himmel kommen.« Dann erklärte er noch, warum das nun wieder etwas mit dem Ausdruck »stinkreich« zu tun hatte. Und zuletzt fragte Smilla ihn auch noch: »Studierst du Kunstgeschichte?«

Marlons Geduld war am Ende. »Wollen wir …?«, zischte er ihr zu, während Tobias erzählte, dass er kein Kunsthistoriker sei. »Ich hab mir auch die Kronen und Flammen auf den Nacken tätowieren lassen.« Er drehte sich um und zeigte das dezente Tattoo unter dem Haaransatz. »Die Kronen stehen für die Heiligen Drei Könige, elf Flammen für die Heilige Ursula und ihre 11.000 Jungfrauen und …«

»Super Hobby«, sagte Marlon. »Smilla und ich müssen los, ehe du dich ganz ausziehst.«

Smilla war Marlons schroffe Art peinlich. Doch sie sagte »gut« und dass sie sich den Tee namens *Sonnenaufgang* gekauft habe.

»Lass ihn dir munden«, rief Tobias ihr hinterher.

Marlon drückte die Haustür auf: »Ein bisschen blass ist der Typ schon.«

»Ach, er ist nett. Helle Haare, helle Haut, fast wie mein Vater.«

»Stehst du auf solche Typen?«

Seine Eifersucht schmeichelte Smilla.

Sie machte Tee, irgendwas mit roten Früchten.

Smilla mochte Marlons schlichte Küche, kein Schnickschnack: Tisch, vier Stühle, kleine zusammengestellte Kochzeile. Nicht schick, aber mit Flair. Daran grenzte die Tür zum Balkon, den sie nun betrat, während das Wasser aufkochte. Ihre Freundin Ida schickte ihr Fotos aus Kopenhagen. Ihr Sohn hatte seinen ersten Geburtstag. Icons mit Herzchen und Feierhütchen schickte sie zurück. Am liebsten hätte sie ihr von Marlon geschrieben, von der Wohnung und den vergangenen Tagen. Und der riesigen Tanne im Hinterhof. Aber das ging nicht. Smilla goss das Wasser ins Teesieb. Der Dampf stieg ihr entgegen. Und das Rot des Früchtetees breitete sich aus. Der Albaner war tot. Sie schloss die Augen. Es war alles so unwirklich, der Hafen, der Besuch bei Marlons Onkel, alles war so schnell passiert, als habe ihr jemand nur eine Geschichte erzählt. Sie roch die Beerenmischung und wartete einen Augenblick.

Marlon lag mit nacktem Oberkörper am Bett. Alles an ihm war Muskeln, kein Gramm Fett, so, wie es sein sollte.

»Tee?«

Er nickte. Wie schnell er von Kaffee auf Tee übergegangen war!

Ihre Mutter rief an. Marlon sagte leise zu Smilla: »Komm ins Bett.«

Aber ihrer Mutter ging es nicht gut: »Hast du dich mit Papa gestritten?«

Ihre Mutter weinte.

»Warum weinst du denn?« Weil sie es nicht mehr aushielt. Sie war unglücklich. Immer nur allein in diesem Reihenhaus, eine halbe Stunde S-Bahn bis Kopenhagen. Und einen Job, den sie sich nicht mehr zutraute.

»Komm doch einfach nach Köln, ist wie Urlaub. Dann kann Papa sich über sich selbst aufregen und lässt dich in Ruhe.«

Nein, sie könne ihn nicht einfach alleinlassen. Er müsse schon mitkommen.

»Papa arbeitet doch immer. Der will nie raus aus Kopenhagen.«

Doch ihre Mutter wollte noch darüber nachdenken. »Es war falsch, dich anzurufen. Ich weiß auch nicht, was mit mir los ist.« Ihre Mutter legte auf.

Marlon verstand kein Dänisch, nur das Wort »Farvel«, das die Unterhaltung jetzt beendete.

»Du bist sexy, wenn du telefonierst«, sagte er.

»Mir ist nicht nach sexy zumute«, sagte sie sehr erwachsen und setzte sich auf die Bettkante, den Tee in der Hand, als müsse sie sich wärmen. »Ich hab meiner Mama gesagt, dass sie nach Köln kommen soll. Papa ist echt ein Idiot. Der fährt trotz des Wetters nicht einmal an den Strand mit ihr.«

»Mag er keinen Urlaub?«

»Er mag nur seine Arbeit und Kopenhagen.«

»Wie Onkel Albert. Und Kopenhagen fängt auch mit K an. Wenn das mal keine Schnittmenge ist?«

»Lass die Scherze. Dein Onkel ist anders. Meine Eltern lieben sich einfach nicht mehr. Papa sperrt sie in unserem Reihenhaus ein. Da wohnen nur Familien mit Kindern. Und ihr Kind ist jetzt erwachsen und hockt hier bei dir. Dabei interessiert sich Mama für alles.«

»Was macht sie denn?«

»Sie war Bibliothekarin in der Königlichen Bibliothek Kopenhagen.«

»Deshalb liest du so gerne?«

»Sie könnte sicherlich in ihren Job zurück oder reisen.«

»Sie liebt ihn. Vermutlich will sie gar nicht alleine reisen.«

»Ich würde mich trotzdem nicht davon abhalten lassen.«

»Du hast deinen eigenen Kopf. Das gefällt mir.«

Marlon küsste sie in den Nacken und fasste sie an den Schultern. Doch Smilla setzte sich auf den Schreibtischstuhl. Das war ein deutliches Signal. Kein Bett! Kein Sex!

»Mama muss jetzt ein Haushaltsbuch führen.«

»Every Jeck is different, sagen wir in Köln.«

»Wieder nicht lustig«, sagte sie.

Obwohl er wusste, dass er nicht eingeschnappt sein sollte, war er jetzt beleidigt. »Ich hol den Boxsack aus dem Keller.«

»Hörst du mir eigentlich zu, Marlon?«

»Klar tue ich das. Haushaltsbuch, hast du gerade gesagt.«

»Und wie kommst du dann auf Boxsack?«

»Mein Vater war Boxer. Das hab ich dir schon erzählt. Aber du hörst mir ja nicht zu.« Das war eine billige Retourkutsche. Das Adrenalin hatte Marlon auf Angriff geschaltet. Er zog seine kurze Hose an, stieg hinunter in den Keller und schleppte den Boxsack die 34 Stufen hoch in die Wohnung. »Hab ich schon lange vorgehabt. Gib dem Sack einen Namen und schlag drauf. Das hat mir mein Vater gesagt, ist sein Boxsack.«

Jetzt lag Smilla im Bett. Nicht mal die Teetasse hatte sie mehr als Abwehrmaßnahme in der Hand.

»Ich hab ihn damals Justus genannt.« Er trat gegen den Sack, Staub schwebte durch die Luft. »Justus, du Sau, steh auf! Ich war in der zweiten Klasse und Justus in der dritten. Ich hatte keine Chance gegen ihn.« Wieder trat er gegen den Sack. Dann schaute er hinauf zur Decke. Dort hing der Haken.

»Soll ich dir helfen?«, fragte Smilla.

»Den häng ich selbst auf. Hat dich auch jemand in der Schule geärgert?«

»Eigentlich nicht.«

»Glück gehabt. Dieser Justus war ein Arschloch. Er hat mich auf dem Klo angepinkelt. Dieses miese Schulklo an der Nussbaumerstraße. Zwei seiner Freunde haben mich festgehalten.«

»Das ist ekelig.«

»Der Einzige, der damals zu mir gestanden hat, war Carlito. Ich hab dir von ihm erzählt. Jedenfalls ist er wegen mir auch angepinkelt worden.«

»Ich mag es nicht, wenn du so redest.«

Er holte einen feuchten Lappen und wischte den Sack sauber. »Ich hab heute Malush wiedergesehen. In Herrn Jojoes Büdchen. Er hat ihn erpresst. Und dieser Kalef macht gemeinsame Sache mit Malush.« Marlon musste all seine Kraft zusammennehmen, um den Sack am Haken einzuhängen. Jetzt hing er da wie ein fetter, glänzender Lippenstift.

Marlon schlug, plop, noch mal, plop, plop, rechte Gerade, noch eine, er stellte sich vor, es sei Kalef. Er wusste nicht, wie der aussah, was für eine hässliche Fratze er hatte. Kalef schluckte die Schläge, plop, baumelte der Sack nur langsam hin und her. Marlon schlug fester, schwitzte. Sein Vater hatte ihm Talent bescheinigt. Und er hatte diesen Justus mit einem Schlag umgepustet – direkt unter dem Vordach der Schule. Rechte Gerade, Schwinger, Ausleger. Plop, plop, plop.

»Du kannst das ja richtig gut«, sagte Smilla, die seinen Zorn spürte. »Hast du deinem Onkel schon von Kalefs Betrug erzählt?«

»Nein, ich regle das.« Er schlug zu. Bäm! Und wieder: Bäm! Bäm! Er redete außer Atem und schlug auf Kalef ein, pumpte sich leer an ihm. Er hatte es nicht anders verdient.

»Hei, Marlon. Hei.« Smilla bekam Angst um ihn. Er regte sich auf wie ein Stier. Doch er stoppte nicht. »Du musst mit ihm reden, nicht ihn töten.«

Er stoppte. »Ja, ja«, sagte er und ließ die Arme sinken. »Reden.« Und er schlug noch eine Kombination aus Magen und Haken.

Dann ging er unter die Dusche, legte den Kopf in den Nacken und sah hinauf in den Regen.

»Marlon!« Das war Smillas Stimme, die unerwartet neben der Dusche hinter dem Vorhang stand. »Komm rein«, sagte er. Sie sagte, dass sie gerade ein bisschen Angst vor ihm gehabt habe. »Bist du jähzornig?«

»Wenn es sein muss.« Er gab ihr einen Kuss aus der Dusche heraus. »Wer Wingsuit fliegt, muss keine Angst haben. Du wolltest doch Abenteuer.«

Smilla nickte und kam zu ihm.

SCHNEE AM FUSSE DES BRUNNENS

Es war 3.57 Uhr. Marlon und Smilla schliefen tief und fest in ihrem Nest im zweiten Stock. Unheimlich beleuchtete der Mond, der wie ein abgeknipster Zehennagel am Himmel stand, die Stadt und auch den Schrottplatz der Bogdanis an der Venloer Straße ganz am Rande von Köln. Das Gelände war riesig, Schrottpresse, Bagger, zwei Kräne standen bereit, die Autos waren fast komplett ausgeweidet, Autoreifen lagen bei Autoreifen, Stoßstangen bei Stoßstangen, Motoren neben Motoren. Es hätte im Finanzamt nicht mehr Ordnung herrschen können. Die Villa Bogdani stand im Zentrum des Platzes auf einem kleinen Hügel wie Neuschwanstein. Malush lag hellwach im Bett und leckte seine Wunden. Eine Creme hatte er auf die linke Braue aufgetragen. Seinem Bruder durfte er nichts von seinem erneuten Versagen am Kiosk erzählen. Der wusste nicht einmal, was Malush dort trieb. Vermutlich würde er ihm den Kopf abreißen, denn vor Albert Nagel hatte er Respekt.

Malush spielte immer wieder die Szene im Kiosk durch. Wie er Marlon greifen und mit dem Schädel gegen den Schrank mit den Getränken schlagen würde. Wieder und wieder. Malush lag auf dem Bett, und in seiner Fantasie war er der Sieger. Er hatte sich schon am Nachmittag in sein Zimmer zurückgezogen und einen Plan ausgebrütet. Das würde den Nagels und auch diesem Ekel von Marlon und seiner Freundin den Todesstoß geben. Dazu hatte er die Villa von Marlons Onkel in Obererde auf *Google Satellit* detailliert ausgekundschaftet. Den Pool, die Auffahrt, das Dach des Hauses und den Garten mit dem Brunnen. Er wusste über alles Bescheid. *Google Satellit* war das beste Werkzeug für einen Einbrecher seit der Erfindung des Stemmeisens.

Jetzt aber schlich sich Malush die Treppe hinunter und fand im Wohnzimmer zwei Mädchen, die betrunken auf der Couch lagen. Es stank, denn irgendein Idiot hatte wohl in der Nacht die Fenster geschlossen. Überall lagen Gläser herum, Flaschen mit Wodka waren geleert und Cocktails an der Bar halb ausgetrunken worden. Bis vor einer halben Stunde war die Orgie noch in vollem Gange gewesen, er schaute sich um, Elsaid Bogdani war nicht da, auch keiner seiner Freunde. Er ging ins Büro seines Bruders. Dunkles Holz dominierte hier. Auf dem Schreibtisch gab es eine lederne Schreibunterlage. Elsaid Bogdani spielte gerne den seriösen Geschäftsmann. Malush schob den Schreibtisch ein wenig zur Seite. Dann drückte er auf zwei Bretter des Parketts und hob sie an. Wie erhofft, lagen darunter die kleinen Tütchen mit Koks, jedes von ihnen passte bequem in eine Hand. Malush nahm sich eines und saß zehn Minuten später in seinem Mercedes EQS, der frisch an der Steckdose gewesen war und voll im Saft stand. Lautlos fuhr er vom Hof, nur das leise Rauschen der Reifen waren zu hören.

Die A1 war leer. Malush glitt in seinem Raumgleiter durch die Nacht, er fühlte sich wie Han Solo persönlich, sein Ziel: der Todesstern! Er war auf dem Autobahnring unterwegs und gab Gas. Es gibt in Köln den Rhein, den nennen die Kölner Rhing, es gibt den Ring, auf dem du mit dem Wagen um die Innenstadt fahren kannst, und es gibt den Autobahnring, der einmal um Köln führt, und Malush fuhr von

West nach Nord nach Ost über genau diesen Ring und dann Richtung Rösrath auf der A3. Schon von Weitem sah er die Villa Nagel.

Es war kein Problem für Malush, das Nebentor zu öffnen. Kein Alarm schlug an, kein Hund. Malush schritt zielstrebig zum beleuchteten Kölnbrunnen im Zentrum des Gartens. Er war eine Ansammlung der Sehenswürdigkeiten der Stadt, geschlagen aus Marmor. Groß Sankt Martin, die Altstadthäuschen, der Dom und sogar die Kranhäuser waren im Kreis angeordnet. Am Brunnenrand posierten seltsame Figuren. Malush hatte sowas noch nie gesehen. Irgendein Typ, der schielte, ein tanzendes Mädchen, das die Hände in die Hüften gestemmt hatte, ein kölscher Kellner, mit einem Schild mit der Aufschrift »Knollendorf« in der Hand – und über allem schwebte ein gedrungener Kerl an einer Metallstange wie ein fetter Engel. Aus seinem Mund spuckte er in ewigem Strahl das Wasser auf Köln. Was sollte das? Eine Anhäufung hässlicher Figuren. Die Kölner waren einfach verrückt. Aber wer sagt schon *Halve Hahn*, wenn er ein Roggenbrötchen mit Gouda meint?

Dann schoss plötzlich dieser Kläffer auf ihn zu. Es war Gabbana, der aber nicht bellte, sondern sich nur an Malushs Bein rieb. Ein Mops als Wachhund? Was für jämmerliche Mafiosi? Die Sonne musste gleich aufgehen, und dieser Mops nervte Malush, denn als er in die Hocke ging, rieb sich Gabbana an dem Hintern des Eindringlings, der mit den Händen den Kies am Brunnen zur Seite schob. Malush schimpfte leise auf Albanisch und drückte Gabbana unsanft zur Seite, der sofort wimmerte. Oh Mann, was für ein Idiot von Hund. Malush grub mit dem Schäufelchen am Fuß des Brunnens ein Loch und legte den Beutel mit dem Koks hinein. Wieder kam der Mops. »Hau ab«, sagte er leise auf Albanisch. Und dann noch einmal leise auf Deutsch. Schließlich wollte er verstanden werden. Danach verteilte er den Kies wieder gleichmäßig, aber der Hund fing sofort an zu buddeln. Malush war außer sich vor Wut und kickte Gabbana einfach weg, der jaulte. Panisch sah sich Malush um, doch die Fenster der Villa blieben dunkel.

Er lief zurück zur Seitentür, zog sie leise hinter sich zu und schloss ab. Keiner würde sein Eindringen bemerken. Malush war wie ein Geist gekommen und gegangen. Kurz darauf summte der Mercedes davon, als sei nichts geschehen. Malush hörte albanische Rockmusik. Sein Adrenalin musste irgendwie raus aus seinem Körper, seine Zellen mussten vibrieren. Er sang laut mit und schlug den Takt auf das Lenkrad. Malush war zufrieden. Kein Mensch mehr auf der Autobahn. Er würde Albert einfach bei der Polizei verpfeifen, sie würden das Kokain finden, und dann war es aus mit dem Paten von Köln. »You are losers! You are all losers!«, schrie er sich selbst im Rückspiegel an und meinte damit Marlon und Albert und auch Smilla.

Was er nicht ahnte: dass Gabbana gerade in diesem Moment den Beutel mit dem weißen magischen Pulver, den er für ein Geschenk hielt, ausbuddelte – und in sein Versteck zwischen den Rosensträuchern verbrachte. Genau dahin, wo er schon zwei tote Vögel und eine leere Chipstüte vergraben hatte.

EINE DUFTMARKE UND
KROMBACHER WERBUNG

Es klingelte an der Tür. Wieder und wieder.

»Was ist los?« Smilla bekam die Augen nicht auf.

»Pst. Das ist Kalef.«

Dann hörte Marlon ein »Halloooo!« durchs offene Fenster. Marlon stellte sich in Jeans und T-Shirt daneben. Erneut rief die dünne Stimme: »Hallo!«

»Was machst du da?«, wollte Smilla wissen.

Wieder klingelte es. Dann schaute Marlon aus dem Fenster und rief hinunter: »Noch einen Augenblick. Ich trinke bloß den Kaffee zu Ende.«

»Ooookay«, rief die Stimme von unten hinauf.

Marlon war oben, Kalef war unten. Genauso sollte es bleiben. Herr und Hund. Marlon zog die Vorhänge wieder vor. »Ich muss gleich weg.«

»Aber du willst nicht«, scherzte Smilla liebevoll. »Weil du bei mir bleiben willst.«

»Ganz genau.« Er beugte sich zu ihr herunter und gab ihr einen Abschiedskuss. Sie fragte: »Hast du ihn gerade zappeln lassen?«

»Ich habe eine Duftmarke gesetzt. So, wie du mir geraten hast.«

Sie schloss wieder die Augen, und Marlon band sich die *Nikes* zu.

Kalef war sehr groß und sehnig wie ein Tau. Marlon schätzte ihn auf Anfang 40. Er roch nach Rasierwasser und aus der Bäckerei nach frischen Brötchen.

»Hat gedauert«, sagte Kalef.

»Na und? Hast du was Besseres zu tun?«

Sofort war Kalef eingeschüchtert.

Marlon sagte: »Wo steht dein Wagen?«

»Gleich um die Ecke. Wir sollten sechs oder sieben Läden abklappern.«

»Das werden wir noch sehen.«

»Ja klar, Chef.«

»Und nenn mich nicht Chef. Chef ist Scheiße. Ich heiße Marlon.«

Sie schritten die Landmannstraße entlang aufs Sankt Franziskus-Hospital zu.

Kalef sagte unverfänglich: »So ein heißer Juli, dat *Kölsch* wird langsam knapp.«

»Hab gestern Malush getroffen«, sagte Marlon. »Aber das weißt du ja schon.«

»Wieso?«

»Hast du keine Kontakte zu den Albanern? Ihr seid doch dicke miteinander. Oder?«

»Nein«, log Kalef. Anmerken konnte Marlon ihm nichts, keine physische Reaktion, keinen Schweiß, nicht einmal einen Tempowechsel beim Gehen. Der Typ glaubte, er könne ihn verarschen. Aber er würde sich nicht von ihm über den Tisch ziehen lassen. Sie kamen an einem Metzger vorbei, der auch Fisch verkaufte, an einem Versicherungs-büro, bei dem es auch eine Steuerberatung gab oder umge-kehrt, an dem *Buchladen Feussner*, der mit Reiseführern, *Das dunkle Herz von Palma*, *Hidden Beaches* und *Der große Sommer* als Urlaubslektüre warb, an einem Friseur, der aus-sah, als sei er auf Safaris mit Zebras und Nashörner spezialisiert, und am *Sonnenstudio Bratpfanne* an der Ecke Land-mannstraße und Subbelrather Straße. In Marlon gärte es.

Wenige Parklücken weiter zeigte Kalef auf seinen Porsche Cayenne. Ledersitze, getönte Scheiben und voller Aschen-becher. Eines war klar: Kalef war Raucher und ein Dreck-schwein.

Marlon sagte: »Punkt eins: Was wir bereden, bleibt unter uns.«

»Dat bliev unger uns«, wiederholte Kalef in gebrochenem Kölsch. Er schien die Situation mit ein bisschen Dialekt ent-spannen zu wollen. Marlon ging darauf ein: »Genau ... un keine andere bruch Bescheid ze wesse. Auch kein Albaner.«

»Is klar«, sagte Kalef.

»Das hoffe ich. Ich frage mich nämlich, warum du zusiehst, wie Herr Jojoe erpresst wird.« Marlon hatte die Granate gezündet. Kalefs Reaktion war anders als gedacht, denn der zündete sich nun seine *Marlboro* an. »Was dagegen?«

»Dein Auto. Dein Nikotin. Dein Gestank.«

Die *Marlboro* fing Feuer. Kalef fragte aus dem Mundwin-kel heraus: »Behauptet der Chinese, dass er erpresst wird?«

»Ja, wer sonst?«

»Der lügt.«

»Warum sollte er lügen?«

»Was weiß ich? Bin ich Chinese?«

Marlon sah ihm ins Gesicht. Lügen in jeder seiner Poren. Der Boxsack war tatsächlich hübscher als dieses Gesicht. »Dann brauchen wir gar nicht mehr miteinander reden.« Marlon öffnete die Tür und stieg aus. Du musst hart sein und hart bleiben. Das war das Rezept. Genau wie im Hafen.

Wie erwartet, kam Kalef hinterher gedackelt. Nicht kör-perlich. Aber Höhe *Bratpfanne* klingelte Marlons Smart-phone. Er nahm das Gespräch nicht an. Zappeln lassen. Marlon blieb cool. Kurz vor dem Buchladen war eine Haus-

einfahrt zum Hinterhof. Dort befand sich *Mike's Bikes.*
Smilla brauchte ein Fahrrad. Wer in Köln lebt und auf das
Auto oder die Straßenbahn angewiesen ist, der braucht dringend eine Alternative. Höhe Buchladen hörte er Kalef hinter sich: »Warte.«

Marlon blieb stehen. Er hatte gewonnen und Kalef verloren. »Kalef?«, sagte Marlon. »Klingt irgendwie arabisch.«

»Seh ich aus wie ein Arab? Haben Araber blaue Augen?«

»Sag es mir. Ich habe dir eine Frage gestellt.«

»Kalef ist estnisch.«

»Estland ist an der Ostsee. Stimmt's?«

»Ich bin Kölner. Meine Mutter ist estnisch, Vater russisch.«

»Und ich bin Marlon, und wir fangen noch mal von vorne
an. Du erzählst mir, was wirklich los ist. Sonst bist du raus.
Dann such ich mir einen anderen Soldaten.«

Sie bogen rechts am Reformhaus in die Fridolinstraße ein.
Bei der Hitze war hier niemand auf der Straße.

»Ist dein Smartphone aus?«, fragte Marlon.

»Warum?«

»Hör endlich den Scheiß mit den Gegenfragen auf. Ich
frag dich was, und du gibst eine Antwort. Also, schalt jetzt
dein scheiß Handy aus. Und ruf mich nie wieder auf dem
Smartphone an. Dafür haben wir das *Siemens.*«

»Mit dem verfickten Knochen hast du nicht mal *Whats-
App.*«

Marlon trat ganz dich an Kalef heran. Am liebsten hätte
er ihm jetzt mit der Stirn die Nase eingedrückt. »Meine
Zündschnur ist verdammt kurz. Und ich will, dass du dich
an die Regeln hältst. Kapiert?«

»Ja.«

»Und jetzt erzähl.« Marlon ging weiter. »Wie viel zahlt
dir Malush dafür, dass du ihn gewähren lässt?« Für eine

Sekunde überlegte Marlon, ob Kalef den Ausdruck »gewähren lassen« verstanden hatte.

»Malush nimmt den Läden 200 ab, und wir teilen.«

»Die normale Schwarzmiete müssen die Leute auch noch zahlen? Sehe ich das richtig?«

»Klar. Dein Onkel braucht ja seinen Anteil.«

Marlon fragte: »Wie viele Kioske und Läden sind es?«

»28 Stück in Ehrenfeld.«

»Daher also der Porsche.«

Kalef schien Marlons Satz irgendwie witzig zu finden.

»Mein Onkel wird dich töten, wenn er davon erfährt, dass du ihn bescheißt. Also, was soll mich davon abhalten, es ihm zu erzählen?«

»Die Albaner brauchen auch was vom Kuchen.«

»Red keinen Stuss. Was interessieren mich die Albaner? Bin ich die EU? Muss ich jeden mit durchfüttern?«

»Wenn wir ihnen nichts geben, dann nehmen sie sich, was sie wollen. Die erschießen dich durch den Mund.«

Was redete der Kerl da?

»Wirklich! Sie stecken dir von oben die Pistole in den Mund und schießen in deinen Körper, dass die Kugel ihn nicht mehr verlässt und irgendwo zwischen deinem Brustkorb und deinem Darm stecken bleibt. Albanisch halt.«

»Egal«, sagte Marlon. »Sag mir lieber, warum ich meinem Onkel nichts erzählen sollte?«

»Weil ich dir einen Anteil gebe?«, spekulierte Kalef.

»Richtig, aber du gibst mir alles. Auch alles, was du in den vergangenen Monaten eingesteckt hast. Alles. Und übrigens: Malush verarscht dich. Er kassiert 400 und nicht 200 Euro pro Büdchen. Also bekomme ich 400 von dir pro Laden. Gibt es noch was, das du mir beichten möchtest?«

Kalef blieb stumm.

Sie waren direkt vor einem Stromkasten angelangt, auf

dem ein *Monopoly*-Feld mit den wichtigsten Straßen und Plätzen in Ehrenfeld aufgezeichnet war. »Zeig mir mal, wo Alberts Lokale und Büdchen sind.«

Er zeigte auf den Lenauplatz, die Venloer Straße und den Gürtel. Sogar zwei Läden in unmittelbarer Nähe zur Zentralmoschee an der Inneren Kanalstraße waren darunter.

»Das Geld, das du bisher eingenommen hast, steckst du in einen Umschlag und wirfst ihn mir bis übermorgen früh in den Briefkasten. Die Haustür unten ist immer nur angelehnt, du kommst also in den Flur.«

»Ich ...«

»Das mit dem Geld ist doch kein Problem für dich, oder? Übermorgen. Klar?«

Zurück im Porsche ging Kalef die Adressliste Laden für Laden mit Marlon durch. Es dauerte vier Zigaretten.

»Ein Name steht übrigens nicht darauf«, sagte Kalef.

»Welcher?«

»Mario Ricci. Er ist der Sohn des Italieners am Lenauplatz. Den Laden kassieren wir nicht ab, obwohl der deinem Onkel gehört.«

»Warum?«

»Weil dein Onkel den alten Ricci mag und sein Sohn ein unglaublicher Fighter ist. Er kassiert immer, wenn ich mal nicht kassieren kann.«

»Irgendwas, das ich noch über ihn wissen sollte?«

»Er hat eine kleine Schwäche: Poker. Wobei, beim *Texas Hold'em* macht ihm so schnell keiner was vor.«

Marlon horchte auf. Der letzte Dealer für ihre vierteljährliche freitägliche Pokerrunde im *Brückenpfeiler* war abgesprungen.

»Ist Mario zuverlässig?«

»Wie 'ne *Breitling*.«

Sie klapperten die Geschäfte ab, die Kalef für seinen Onkel Albert abkassierte, einen pakistanischen Imbiss, einen Schneiderladen, zwei Büdchen, drei Kneipen und zwei kurdische Dönerläden. Die türkischen kassiert Soylu. Die Vorstellung bei den Läden war immer gleich: Marlon betonte, dass die Gebühren – so nannte sich die Schwarzmiete – weiterhin über Kalef liefen, falls es Ärger gäbe, sei er nun vor Ort in Ehrenfeld.

Einzig in einer der schmalen Wohnstraßen zwischen Subbelrather und Venloer Straße gab es eine Begegnung der besonderen Art: Sie hatten an einem Dreifensterhaus direkt gegenüber von Sankt Franziskus geparkt. Die winzigen Häuschen waren kaum breiter als Kalefs Cayenne lang. Denn wer im 19. Jahrhundert breiter gebaut hatte, musste Steuern an die Preußen zahlen – und wer wollte das schon? Im ersten Stock lag Markus Schmitz in einem Krankenbett, über dem ein Galgen hing, damit er sich daran hochziehen konnte. Zwei Handys zierten sein Nachtschränkchen. Das ausgemergelte Gesicht des Mannes war ausladend breit wie eine Kinoleinwand.

»Herr Schmitz, das ist Herr Nagel …« Weiter kam Kalef nicht, denn Schmitz sagte harsch: »Das ist nicht der Nagel. Ich kenne Albert. Verarschen kann ich mich selbst. So gut hat der sich nicht gehalten.«

»Ich bin Albert Nagels Neffe, Marlon Wagner«, stellte Marlon klar.

»Ah, der falsche Sohn vom Albert, der Enkel vum Rita.« Woher kannte er Rita? »Ich hab dich schon auf dem Schoß gehabt, da haben noch deine Eltern gelebt. Und was willst du hier?«

»Mich vorstellen. Ich vertrete meinen Onkel in Ehrenfeld.«

»Ich merke, du hast noch Manieren.« Marlon kannte solche kölschen Typen wie Markus Schmitz. Sie waren grob, immer ein bisschen beleidigend, immer ein bisschen selbstgefällig, aber so einer wie Schmitz konnte auch über sich selbst lachen.

Schmitz sagte vorwurfsvoll: »Der Albert kommt ja gar nicht mehr.«

»Er muss ...«

»... nix muss der. Der scheißt doch Kohle. So wie die janze FC-Spieler. Mensch, Mensch, Mensch, wat sin dat lahm Söck.«

»Ich denke ...«, hob Kalef an, der die Situation entspannen wollte.

Doch weiter kam er nicht. »Das mit dem Denken überlässt du besser den Pferden, die haben einen größeren Kopf und rauchen nicht so viel. Wie jeht et denn auf der Landmannstraße?«

Marlon sagte: »Gut. Nach Corona is wieder Schwung drin.«

»Un der Pöttgen? Sitzt der immer noch mit der Kochmütze und -jacke vorm Lokal?«

»Ab un an. Ich geh lieber zum Inder.«

»Inder?«

»Ja, wir haben jetzt auch 'nen Inder.«

»Un der Tischler bringt alle unger de Äd ... Na jut, Jung. Ich hab vorgestern mit Albert telefoniert. Er hat mir gesagt, dass du irgendwann bei mir aufschlagen wirst. Mit dem dreckeligen Kähl.« Dabei schaute Schmitz zu Kalef hinüber. »Ja, dich meine ich. Unrasiert und immer nach Zigaretten stinkend. Du bringst nur Unglück. Ich mag Italien, aber Island mag ich nicht.«

»Estland«, sagte Kalef.

»Och Driss. Zu kalt und keine Sonne. Ich möchte niemals irgendwo leben, wo kein Wein wächst. Da wohnen fiese Köpp. So wie du.« Er beleidigte Kalef in einer Tour, aber der blieb zumindest äußerlich ruhig. »Dann kommen wir mal zum Geschäftlichen.« Er drückte einen Knopf neben seinem Galgen.

Kurz darauf klopfte es an die Tür.

»Komm rein.«

Ein junger Mann trat ein, der sich als Schmitz' Pfleger und Vertrauter herausstellte.

»Hol bitte den Karton.«

Der schlanke Mann verließ das Zimmer.

»An dem ist nix dran, kei Lut Fett. Aber ich liebe ihn.«

Der Geliebte kehrte mit einem *Tchibo*-Versandkarton zurück.

»Gib ihn ihm.« Schmitz zeigte auf Marlon.

Der fragte ironisch: »Sind da Schuhe drin?«

»Damit kannst du dir 1.000 Schuhe und 1.000 Popos kaufen, Jung.«

Wieder im Cayenne erzählte Kalef, Schmitz sei mal Bäckermeister gewesen. Dann habe er eine Bäckereikette eröffnet. Heute gehörten ihm zig Läden in Ehrenfeld, darunter auch ein Bauunternehmen, das jede Menge Geisterjobs abwerfe.

»Der ist stinkreich.«

»Und Geld stinkt nicht«, ergänzte Marlon. »Aber die Reichen, die stinken. Stimmt's?«

»Wie?«

»Dass die Reichen stinken. Stinkreich.«

»Versteh ich nicht.«

»Interessiert dich Köln nicht? Sollte es aber.« Und dann wiederholte Marlon, was er vom Hellhäutigen erfahren hatte: dass im Mittelalter die Spender, die Geld für den Dombau gaben, sich unterm Dom hatten begraben lassen dürfen. Jeder wollte das und deshalb türmten sich dort die Särge, dass bald der Gestank der Toten hoch in den Dom zog. Und wenn dann ein Besucher fragte, warum es so stinke, hieß die Antwort: Das sind die Reichen, die stinken – die Stinkereichen.

Kalef nickte. So viel Bildung war er nicht gewohnt.

»Jetzt setzt du mich zu Hause ab. Und vergiss ja nicht den Umschlag. Wann sollst du ihn in meinen Briefkasten werfen?«

»Übermorgen.«

»Genau.«

Als Marlon mit dem Karton unterm Arm den Wagen verließ, roch es immer noch nach Duftmarke. Genau jetzt hatte er Makro-Ökonomie in Hörsaal 1 bei Professor Frank Kampfers verpasst, Hunderte Studenten, alle mit *iPads* und E-Stift. Gespräche über Geldmengen und Zinsen. Folge dem Geld, studiere BWL. Das hatte er vor wenigen Monaten noch geglaubt, so wie das Kleinkind an den Weihnachtsmann. Aber das Geld wuchs nicht im Hörsaal, es lag auf der Straße.

Marlon drehte den Schlüssel zur Wohnungstür und legte den Karton ab. Er wollte etwas mit Smilla unternehmen. Die saß auf dem Küchenbalkon und lernte die Lautverschiebung vom Mittelhochdeutschen zum Neuhochdeutschen. Dabei hatte sie nur Höschen und Top an: »Eine halbe Stunde noch, dann bin ich hiermit durch.«

»Okay«, sagte Marlon und verließ die Wohnung. Gegenüber vor dem Teeladen saß ein Pärchen auf der Bank und genoss Eistee im Schatten. Sie hatte eine grauweiße Katze auf den Schoß als sei es das natürlichste von der Welt. Da trat der blasse Nerd aus dem Laden hervor und winkte Marlon zu. Sofort spürte er wieder diese Eifersucht, die in seinen Gedärmen aufflackerte. Er ging zum *Safarifriseur*. Spitzen schneiden. Parallel bestellte er sich *Havaianas* Flip Flops –

gleich zwei Paar. Dann schaute er auf die Seite von Mercedes. Er wollte sich orientieren, was alles künftig möglich sein könnte.

»Ich würde mir nur noch einen Stromer kaufen«, sagte der Friseur, der die Haare lang und lockig trug.

»Und wo lade ich den auf?«, fragte Marlon. »Im zweiten Stock geht das schlecht.«

»Na, zu so einem Fahrzeug wird doch sicherlich noch eine Steckdose mitgeliefert. Oder etwa nicht?«

Zum Mittag saßen er und Smilla vor dem Restaurant *Tutt* unterm Sonnenschirm. Einen Tisch weiter hockte die Belegschaft der Steuerberatung und redete aufgeregt über eine Comic-Messe in Luxemburg. Wer jetzt noch ohne Schatten war, der war verloren. *Kölsch* floss direkt aus dem Fass ins Glas und noch kalt in die Kehlen. Marlon nahm Cordon Bleu vom Schweinerücken auf Jus an Marktgemüse und Kartoffelgratin, sie Wokgemüse in gelbem Thai-Curry und Kokosmilch an Basmatireis. Kein Fleisch, nur Wasser. Er überlegte, ob sie einen Mercedes S-Klasse gut fände? Vermutlich nicht. Zum Nachtisch wollte sie ganz genau wissen, was mit Kalef passiert sei und ob er seinem Onkel schon von der Begegnung erzählt habe? Das hatte Marlon noch nicht. »Ich überlege mir, wie ich das mache.«

»Sollen wir schwimmen fahren?«

Smilla war sofort einverstanden. Sie musste sich noch einen Bikini an der Ecke besorgen. Schließlich war ihre Kleidung in der Wohnung im Studentenwohnheim. Und er wollte ohnehin eine neue Badehose. Die A4 Richtung Olpe war frei, und so fuhren sie zur Aggertalsperre wegen dem kühlen Wasser und dem dichten Wald. Smilla kam sich vor wie in einer Werbung. Was nicht verwunderlich war, denn sie kannte die Talsperre aus der *Krombacher*-Reklame. Das Wasser am Strand war klar wie aus dem Hahn. Sie postete es an Ida – und auch das erste Selfie von ihm und ihr zusammen. Am späten Nachmittag kehrten sie zurück. Stau auf der Zoobrücke, aber Smilla hatte zu tun, sie schickte ihrer Freundin weitere Fotos von Strand und See.

Marlon war glücklich, er hatte auf ganzer Linie gepunktet. Letztendlich fanden sie einen Parkplatz am *Haus Eichendorff* an der Eichendorffstraße.

»Meine Seele spannte weit ihre Flügel aus, flog durch die stillen Lande, als flöge sie nach Haus.«

»Hast du das geschrieben?«

»Na klar«, sagte sie belustigt. Dabei tanzten die Sommersprossen auf ihrer Nase. »Joseph von Eichendorff ist das.«

Marlon hatte in der Schule den *Taugenichts* von Eichendorff gelesen, hätte aber nie eine Parallele zur Straße gezogen. Smilla machte Fotos von den Bürgerhäusern, Elemente von Werkbund und Jugendstil, die floralen Details, die Karyatiden, sie schickte ihrer Mama die Aufnahmen.

»Wieder deine Freundin?«, fragte Marlon.

»Nein, Mama. Sie liebt solche Häuser. Die Straße ist ja wunderschön.«

»Kann ich mal?«, fragte er. Dann drückte er auf das Statusfoto ihrer Mutter. Sie war genauso hübsch wie Smilla. Dann schaute er noch auf Idas Foto.

Smilla sagte: »Hat ziemlich zugelegt. Findest du sie speckig?«

»Nein.«

»Du lügst.«

»Ich mag halt schlanke Frauen wie dich.«

»Sie hat gerade ein Kind bekommen.«

»Das ist kein Grund.«

»Sagt ein Mann.« Marlon spürte plötzlich eine Unwucht zwischen sich und ihr. Hätte er doch besser den Mund gehalten.

Smilla sagte: »Guck dir das Haus an.« Und zeigte auf eine Fassade. Sie wimmelte von Figuren, schlanken Jugendstilfrauen und -männern, halb nackt, und Blumenranken, und selbst der Weg zum Haus mäanderte durch einen leicht verwilderten Vorgarten. »Hier will ich wohnen. Es wirkt so friedlich, so …«

»Kann ich mal?« Es war der Fahrradkurier, der sich an ihnen vorbei und durchs Türchen drängte. Er klingelte am Haus mit der Nummer 97 und schleppte die sperrige Box mit dem Essen hinein.

»Nicht gerade romantisch«, sagte Marlon. »Und soll ich dir noch was sagen: In Köln gibt es kaum freien Wohnraum, und für die Eichendorffstraße stimmt das noch dreimal mehr.«

»Aber da unten wohnt doch keiner.«

»Glaub mir, Smilla, die Wohnung ist ganz sicher schon vergeben.« Er wollte ihr keine falschen Hoffnungen machen, aber sie wollte falsche Hoffnungen, denn sie sagte: »Du bist soooo unromantisch. Zu einem Ziel gehören ein Traum und ein Gefühl. Ich sehe jedenfalls Kinder vor mir, die mit Gummistiefeln durch Pfützen laufen.«

»Na gut. Und während du mit dem Wingsuit-Sprung in China vom Yuhu-Felsen springst, passe ich auf unsere Kinder auf und du …?«

»Ja, genauso habe ich mir das vorgestellt.«

EIN HAUFEN KOKAIN UND
EINE NACHT IM HAFEN

Am nächsten Morgen kam ein Bote von Albert, der den Karton abholte. Dann fuhr Marlon mit Smilla ins Studentenwohnheim *Quartillion* am Melatengürtel. Er kannte das Wohnheim und traute sich nicht, es zu betreten, da er auf gar keinen Fall Samantha über den Weg laufen wollte. Die Kanadierin hatte er im Biergarten bei Bumann & Sohn an der Bahntrasse kennen gelernt und mit ihr hier in ihrer Wohnung im Quartillion einen One-Night-Stand gehabt. So redete er jetzt vor Smilla jeden Parkplatz in der Gegend schlecht, bis er schließlich in zweiter Reihe auf dem Gürtel direkt vor dem Wohnheim stehen blieb. »Ich warte einfach hier im Wagen, du willst ja nicht den ganzen Hausstand mitschleppen. Oder?«

Nein, das wollte sie nicht.

Die Scheibe auf der Fahrerseite war unten, er hörte *Radio Köln*. Schräg gegenüber war die Gerichtsmedizin, und danach verlief die Mauer zum Melatenfriedhof. Wer etwas auf sich hielt, kaufte sich dort ein Stück Erde. Volksschauspieler Willy Millowitsch oder Ex-Außenminister Guido Westerwelle. Onkel Albert war ebenfalls hier Besitzer einer Familiengruft. Melaten war der Daimler unter den Ruhestätten. Wer da nicht liegt, der ist nicht wichtig. Und wer nicht bei der Schiffstour von *Tabak Schneider* dabei war, war kein echter Kölner Ganove. Marlon fiel sein Versprechen siedend heiß ein! Aber wie sollte er an die Karten kommen? Der alte Schneider war beinhart, er müsste Carlito fragen.

Albert rief an und wollte wissen, wie es mit Kalef gelaufen sei. »Habt ihr euch beschnuppert?«

»Ich muss dir was sagen ...«

»Dass er ein feiner Kerl ist, unser Kalef?«

»Nicht ganz.«

»Dass er deinen Onkel bescheißt, wo er nur kann? Und dass schon seit Monaten? Das willst du mir sagen?«

»Woher weißt du ...?«

»Wir hören sein Handy ab. Ich weiß mehr über ihn als seine eigene Mutter.«

Marlon kratzte sich am Kopf, und Onkel Albert grinste auf der anderen Seite vom Sendemast. Er saß entspannt mit einer *Montecristo* auf der Terrasse unterm Sonnenschirm, die Füße im Wasser, er genoss den Tag und erwartete Marlons Fragen. Silke war im Reitstall, Julia irgendwo mit Marie unterwegs zum Shoppen und David im Hafen.

»Du hörst alles mit?«, fragte Marlon.

»Falls entsprechende Codeworte fallen, werden die Gespräche sofort von unserem Chris ausgewertet. Das ist der Musiker, der auf Davids Hochzeit Keyboard gespielt hat. Er hat ein feines Gehör.«

»Habt ihr auch mein Handy angezapft?«

»Ehrensache. Ich muss doch wissen, was du und Smilla so treiben.«

»Das gefällt mir nicht.«

»Ach kumm, Jung, räch dich nit op. Wir hören nie die Gespräche der Familie ab. Allerdings kann es passieren, dass du dich mit einem Angestellten wie Kalef unterhältst und zufällig deine Stimme mit dabei ist, wenn er abgehört wird.«

»Und was sollen wir jetzt mit dem Geld machen?«

»Noch haben wir es nicht.«

»Aber morgen.«

»Dann denk dir was aus, lieber Neffe. Das ist ein ganzer Haufen Geld.«

»Wir geben es den Leuten zurück.«

»Und Malush darf nicht weiter abkassieren. Möchtest du das?«, ergänzte Albert.

»Eigentlich schon.«

»Ich unterbreche dich ja nur ungern in deiner Sankt Martin-Pose. Aber wir verschenken kein Geld. Vergiss nicht, wir sind die Bösen. Ich sage dir jetzt, was wir machen.« Albert machte eine Kunstpause und spielte mit seinen Zehen im Wasser: »Malush wird weiter die Leute erpressen und Kalef weiter Malush abziehen. Aber Kalef wird dir ab jetzt wöchentlich einen Umschlag mit Geld geben. So wird es laufen.«

»Warum fragst du mich überhaupt nach meiner Meinung?«

»Ich frage dich, weil mir die Meinung meines Neffen wichtig ist. Was noch lange nicht heißt, dass es dann auch so läuft, wie du es möchtest, denn …« Dann stockte er plötzlich und fluchte: »Du blöder Köter. Du …!« Marlon hörte seinen Onkel schreien. »Plüschmett! Komm her. Du dreckelije … Lass dat!« Es war plötzlich still in der Leitung. Eine Wespe saß auf der Windschutzscheibe. Marlon mochte keine Wespen. Bienen sind lieb, Wespen sind Arschlöcher. Marlon drückte den Wischwasserhebel, die Wespe blieb unbeeindruckt sitzen. Er bediente die Scheibenwischer. Die Wespe klebte an der Scheibe vom Wischwasser fest, und der Wischer verschmierte sie gnadenlos. Noch einmal machte er Wischwasser an, aber der Schmier wurde nur noch schlimmer.

»Diese Töle …« Sein Onkel war zurück am Telefon. »Der ist so bescheuert, der hat gerade eine Plastiktüte verschluckt. Ich hab nur noch den Zipfel vom Plastik gesehen.«

»Gabbana wird daran ersticken.«

»Ist zu hoffen. Irgendein weißes Zeug war da drin.«

»Wo drin?«

»Na, in der durchsichtigen Plastiktüte. Rede ich Chinesisch oder was? Der Köter ist jedenfalls total durchgeknallt. Vermutlich hat er 'nen Sonnenstich. Jetzt rennt er durchs Haus wie 'n Eichhörnchen auf Koks.«

»Vielleicht war ja Koks drin?«

»Ja klar, und am Ende kackt die Töle Kokstütchen, oder was? Ich hab kein Kokain im Haus. Ich bin doch nicht bescheuert.«

»Na gut.« Marlon kehrte zum ursprünglichen Thema zurück. »Nur damit ich es richtig verstehe: Das Geschäft soll also weiterlaufen wie bisher, nur dass Kalef an mich zahlt und ich an dich.«

»Zwei Drittel für mich von dem, was im Umschlag steckt. Ein Drittel für dich. Davon kannst du den Leuten ja Mäntel kaufen oder Smilla Unterwäsche. Mir ist das egal.«

»Zwei Drittel für dich?«

»Gerechtigkeit für mich ist immer zwei Drittel. Das gilt übrigens auch für den Chinesen und sein Büdchen auf dem Lenauplatz.«

»Aber dem habe ich versprochen, dass er nicht mehr abgezockt wird.«

»Versprich nur, was du halten kannst. Das gilt auch für andere Sachen.«

»Zum Beispiel?«

»Du weißt schon.«

Was wusste Marlon? Hatte etwa Sandro schon sein Vorhaben verraten?

»Gemüth hat sich über dich im Hafen erkundigt. Der wollte die Aufnahmen der Überwachungskameras vom Abend, als du den Albaner kaltgemacht hast.«

»Ach du Scheiße.«

»Nichts Scheiße. Binding hat ihn abgefrühstückt.
Doch was sagt uns das? Wir müssen aufpassen. Der neue,
dieser Kommissar Brandt, scheint Gemüth Feuer unterm
Arsch zu machen. Es wird ungemütlich für Gemüth. Ich
hab mit ihm geredet. Er muss jetzt wenigstens so tun, als
würde er uns was anhängen wollen.«

»Ich hab ihn bei *Tabak Schneider* gesehen. Der hat ein
eigenes Fach.«

»Ich weiß.«

»Woher hat der denn das Geld?«

»Auf meiner Gehaltsliste steht er nicht. Der hat so viel
Asche, der könnte jederzeit den Dienst quittieren. Seine
Eltern hatten zwei Häuser in der Hospeltstraße direkt an
der Mälzerei. Das ist bei der Rösterei *Schamong* um et Eck.
Die sind gut vermietet. Gemüth ist Polizist, weil sein Herz
für Köln schlägt.«

»Du willst mir doch nicht erzählen, dass Geld unwich-
tig ist?«

»Natürlich nicht. Ohne Geld bewegt sich nichts. Aber
Köln führst du nicht wie einen Betrieb. Köln ist ein Gefühl.
Wenn ein Zebra im Zoo stirbt, stirbt ein Teil von mir. Und
wenn in Sankt Ursula nur ein Knochen aus der Schreckens-
kammer geklaut wird oder der FC einen Punkt in München
liegen lässt, tut mir das weh. Für Köln und den FC könn-
ten sie mir beide Füße abhacken ... Ich leg auf. Plüschmett
klinkt jetzt komplett aus.«

Der schoss jaulend durch den Garten, scheuchte im
Gebüsch ein Karnickel auf. Und glaubte in seinem Kokain-
rausch fest daran, das Karnickel fangen zu können. Das Tier
rannte quer über die Wiese am Pool und ließ sich ins Not-
loch fallen, das jeder Karnickelbau besitzt. Es ist quasi in der
Karnickelbauverordnung vorgesehen wie Brandschutz oder

der Erste-Hilfe-Kasten im Auto. Über zwei Meter war er durch den Kamin nach unten gerutscht und hatte die anderen Karnickel in den Gängen in Alarmzustand versetzt. Das jüngste der Weibchen war daraufhin in die einzige Sackgasse des Baus gelaufen, wo es sich nun für die Familie opfern wollte. So war es Tradition bei den Karnickeln.

Doch Gabbana war zu fett für den Karnickelbau-Notkamin. Stattdessen hüpfte er ums Loch, setzte sich kurz, machte hektisch ein Häufchen, sprang wie ein Flummi Richtung Pool, machte einen kokaingetriebenen Sprung auf seine Luftmatratze und dümpelte darauf gen Poolmitte. Gabbana schaute hinüber zu Albert, dann leckte er sich die Lippen und legte sich hin. Noch einmal schmeckte Gabbana die bittere Kälte von Kokablättern, Natriumkarbonat, Kerosin und Kalk und starb unbemerkt an einem Herzinfarkt, während Albert sich erhob, um Eiswürfel und einen vorgemixten *Green Mile* in sein Glas zu füllen. Was für eine bescheuerte Töle. Und er schmeckte den Cocktail. Alle guten Rezepte stammten vom Tischler Rene. Sollte der mal den Hobel abgeben, bekäme er von Albert persönlich einen marmornen Grabstein in Form eines Cocktailglases auf Melaten gesetzt.

Marlon wartete schon eine geschlagene Stunde im Wagen. Dann kam Smilla in einem neuen gelbgrünen Kleid und ihrem weißen Hartschalenkoffer, den sie wie einen störrischen Hund hinter sich herzog. Gut gelaunt sah sie nicht aus.

»Hallo«, sagte er.

Sie sagte nichts, öffnete nur die hintere Tür und stellte stumm den Koffer auf die Rückbank.

»Was ist los. Kein Kuss?«

Sie stieg ein und sagte: »Fahr.« Freundlich klang anders.

Er fuhr. Noch immer kein Kuss.

Durch die Scheibe konnte er kaum etwas erkennen, aber er kannte ja den Weg und fuhr nach Gefühl. Sie sagte: »Du kennst meine Nachbarin.«

Marlon zog sich das Gesicht zusammen – aus der Traube wurde eine Rosine.

»Sie kennt dich jedenfalls, und sie sagte, dass sie eine gute Nacht mit dir gehabt habe. Du bist total süß, sagte sie. Sie hatte sogar Fotos von dir auf dem Handy.«

»Das ist doch schon Monate her.«

»Sie ist aber eine Freundin von mir.«

»Wenn ich dich damals im Wohnheim getroffen hätte, ich hätte Samantha sofort stehen lassen.«

»Du bist echt bescheuert«, sagte Smilla. Und er kam sich auch so vor.

»Tut mir leid. Es war doch nur für eine Nacht.«

»Gibt es noch andere aus meinem Wohnheim?«

»Äh, nur noch …« Er lachte. »Nein, keine andere mehr.«

»Samantha meinte übrigens, du wärst so einer von diesen Machos, die eigentlich keine Machos sind, aber gerne Machos wären. Ich glaube, die genaue Bezeichnung war Scheinmacho.«

»Okay, okay, das ist nicht schön.«

Er beugte sich zur Seite und wollte sie küssen, aber sie sagte: »Noch nicht jetzt. Ich brauch noch einen Moment.«

Und während das Eis im gelben VW Golf langsam taute, begann eine heiße Phase in Obererde.

Albert hockte gerade hinten im Büro über den Aktienkursen. Es war ihm stets eine Wohltat. Zahlen, Fakten zu Zahlen, Einordnung der Fakten, Auf und Ab wie Ebbe und Flut, Chartanalyse. Früher hatte er stündlich am Handy darauf geschaut, was sein Geld machte. Jetzt tat er es einmal am Tag.

Seit Corona machten ihm die Pharmawerte Freude. Kürzlich hatte er seine *Biontech*-Aktien verkauft und war bei *Roche* eingestiegen. Schließlich hoffte er, dass die Schweizer bald eine Tablette gegen Corona zusammenmixen würden. Die Chartanalysen waren quasi die Belohnung für das vormittägliche Notieren der Ein- und Ausgänge vom Hafen, den Baugeschäften und dem privaten Verbrauch ... Es gab sogar eine *Excel*-Tabelle zu den Zahlungen an die Ratsherren, die Ausschussmitglieder, einzelne Beamte und Angestellte. Im kleinsten Zimmer der Villa im zweiten Stock war die Zentrale seines Imperiums. Albert war Buchhalter – und er liebte seinen Beruf. Er notierte alles. Früher hatte er stets aufpassen müssen, dass niemand die Unterlagen fand, nun hatte Sandro ihm eigens einen Platz in der Cloud des philippinischen Anbieters *Malinis* eingerichtet, um ganz sicher zu gehen. Keiner konnte in seine Karten schauen. Zufrieden sah er von den Kursen auf und hinaus auf die Einfahrt. Gerade bogen zwei Fahrzeuge, ein Pkw und ein Polizei-Einsatzfahrzeug aufs Grundstück ein.

»Unerwarteter Besuch?«, murmelte Albert.

Ehe Kommissar Brandt und Gemüth sich aus dem Wagen schälen konnten, stand Albert schon unten im Türrahmen. Dem Kastenwagen entstiegen zwei Polizeihunde samt Führer. Ein hellbrauner Labrador und ein schwarzer Schäferhund. Sie blieben brav auf ihren Hintern vor den Stufen zur Haustür sitzen.

»Was für eine Überraschung!«, sagte Albert zu den Kommissaren. »Was verschafft mir die Ehre, dass Sie gleich einen ganzen Zoo dabei haben? Auf der Suche nach Zucker und Mehl?«

»Sie scheinen noch zu Scherzen aufgelegt?«, entgegnete Brandt und hielt ihm den Durchsuchungsbeschluss vor die Nase.

Albert wunderte sich. Drogen gab es keine im Haus, sämtliche Waffen waren im Keller im Waffenschrank und das Bargeld im Filter vom Pool versteckt. Schäferhund und Labrador waren ganz ruhig. Ihre Herrchen führten sie wie Rennpferde bei der Parade nun an Albert vorbei ins Wohnzimmer.

Früher waren solche Durchsuchungen laut gewesen, die Hunde hatten gebellt, Couch und Stockwerke gestürmt und aktiv angezeigt. Doch die Zeiten hatten sich geändert, es wurde vornehm geschnüffelt und dann mit der Nase auf das gesuchte Objekt gezeigt.

»Sach mal, was sucht ihr denn wirklich?«, sprach Marlon Gemüth an, der als Letzter durch die Tür trat. »Sprengstoff? Oder was?«

Gemüth verzog unmerklich seine Nase. Albert begriff sofort, es ging um Kokain. Brandt hatte die Regung seines Kollegen aus dem Augenwinkel heraus gesehen und zischte ihm zu: »Halten Sie sich zurück, Gemüth.«

Zur Überraschung aller kam Sandro in seinem BMW. Er hatte die Nacht bei einer Freundin verbracht, hatte sich gestritten, und nun war er da: müde, schlecht gelaunt, viel zu spät und noch betrunken.

Das Wohnzimmer war riesig. Es hatte jede Menge Material zum Durchschnüffeln. Albert sagte zu Sandro, als der den Raum betrat: »Die Herren Kommissare folgen einer heißen Spur.«

Sandro riet: »Hat dich jemand angeschwärzt? Soylu?«

»Nicht ganz«, sagte Gemüth.

»Ja, sind Sie bescheuert?«, pflaumte Brandt daraufhin seinen Kollegen an, und Albert sagte schon: »Der Wind weht also aus albanischer Richtung. Kein feiner Zug unseres Schrotthändlers.«

»Wie kommen Sie darauf?«

»Ja, wenn es die Türken nicht sind, die Bulgaren und Italiener prinzipiell keinen verzinken, die Russen das Zeug selbst schniefen, dann bleibt nur Malush Bogdani, er hasst mich und meinen Neffen.« Albert kochte innerlich. Aber er musste erst einmal Sandros Führerschein retten: »Was meinst du, mein Sohn? Brauchst du jetzt auch erst mal 'nen Whisky?«

Albert ging zur Bar neben der Couch und schenkte Sandro und sich ein. »Hau weg.« Die beiden Männer kippten den doppelten Whisky runter, und die Hunde wühlten die Asche im Kamin auf. »Noch einen?«, fragte Albert. Die Hunde waren mit dem Wohnzimmer durch. Sandro wollte keinen Whisky mehr, aber Albert goss Sandros Glas voll: »Trink.«

»Das ist eine Menge.«

»Setz dich und trink. Mach.«

Sandro setzte sich und trank.

Nach dem dritten Whisky erhob er sich mühselig, schwankte zur Treppe und setzte sich auf die vierte Stufe. Als nun der Hundeführer in den zweiten Stock hinauf wollte, sagte er: »Stopp. Ich muss gleich ins Bett, Herr Führer. Ich wohne unterm Dach. Können Sie die Durchsuchung bei mir vorziehen, damit ich schlafen gehen kann? Es ist schließlich schon nach Mittag durch.«

»Was soll das hier?«, mischte sich Brandt ein. »Sie sind doch mit dem Auto gekommen?«

»Nein, Herr Kommissar. Ich bin doch viel zu betrunken zum Autofahren. Ich kann Sie jetzt nicht nach Hause fahren. Unmöglich, mein Vater hat mich abgefüllt. Ich muss jetzt in die Heia.« Brandt begriff jetzt, dass Albert ihn ausgetrickst hatte. Wie sollte er Sandro Nagel jetzt noch den Alkoholpegel nachweisen, den er bei seinem Eintreffen gehabt hatte?

Derweil war der Labrador draußen und rannte um den Pool herum. Normalerweise erwacht ein Hund, wenn ein anderer Hund in sein Revier eindringt. Aber Gabbana erwachte nicht, sein Mopsherz schlug nicht mehr. Vielmehr ruhte sein Körper auf der Luftmatratze. Und nur der Labrador ahnte, dass das Kokain in seinem Artgenossen steckte. Dann aber nahm seine Polizeihundnase eine weitere Witterung auf und brachte ihn zu einem Mops-Häufchen auf der Wiese, das ebenfalls nach Koks roch. Verzweifelt zeigte er mit der Nase auf das Kokaintörtchen, aber sein Führer hielt ihn für durchgedreht und zog ihn mit einem »Pfui« weg. Selbst um den Kölnbrunnen herum im Vorgarten ließ sich außer einem Loch nichts finden. So zog Brandt ergebnislos ab.

»Das Angebot mit Mehl und Zucker steht noch«, foppte ihn Albert. »Sie können mir ja zum Ausgleich für all das Chaos hier ein paar kleine Brötchen backen.« Als Gemüth nun an Albert vorbeiging, flüsterte er ihm ins Ohr: »Beim nächsten Mal sagst du mir Bescheid, wenn ihr kommt.«

Albert schaute dem Trupp nach. Er war froh, dass Silke nichts davon mitbekommen hatte. Es war nicht leicht, mit jemandem wie ihm verheiratet zu sein. Jederzeit konnte ein Brandt mit einem Haftbefehl in der Tür stehen. Es war Zeit, die Geschäfte an die nächste Generation zu übergeben.

Albert zog mit der Poolstange Gabbana auf der Luftmatratze zum Beckenrand. Der Hund hatte eingetrockneten Schaum vorm Maul. Aus Dankbarkeit packte er ihn in einen Müllbeutel und in den Kofferraum. Er fuhr hinunter nach Köln zum Rheinauhafen. Seine elf Meter lange Jacht lag dort. In diesem Sommer waren bislang nur seine Tochter Saskia und ihre Freundin damit gefahren. Er drehte den Zündschlüssel. Der Motor war sofort da. Es war ein gutes Gefühl, wie er nun hinaus auf den Rhein schipperte. Sein

Rhein, sein Reich. Jetskis summten wie Hornissen über das Wasser. Die Strömung auf dem Strom war milde, und die Rheinfrachter fuhren wie Perlen aneinandergereiht. Vorbei an den Kranhäusern schipperte er rheinaufwärts Richtung Rodenkirchen. Kinder und Erwachsene sonnten sich oder grillten am Fluss. Der Vierer der *Kölner Rudergesellschaft von 1877* bestieg gerade das Boot. Es war wie im Urlaub: schwimmen, plaudern, leichtes Leben.

Am Weißer Bogen kippte er Plüschmett in den Strom, wo er sofort versank. Sicherlich würde einer der Welse ihn sich nun holen. Und vermutlich würden die Welse auch bald zugekokst sein. »Plüschmett, dat haste jut jemacht!« Statt zurück zum Hafen, lenkte er die Jacht weiter Richtung Bonn, vorbei an Wesseling, immer die tief stehende Sonne im Rücken, und dachte an die Bootstour von *Tabak Schneider*, die bald anlag. In diesem Jahr würde er mit dabei sein.

Das *Perugia* am Lenauplatz. Sie saßen bei Kerzenschein an einem Tisch in der hinteren Ecke des Italieners: weiße Damasttischdecke, Stoffservietten. Smilla hatte ihr neues Kleid an, knallrot, einfach knallrot. Dazu Seeteufel, Salat, Kartoffeln, Weißwein; Marlon trug ein hellblaues frisch gebügeltes Hemd und Jeans und bestellte Pizza Napoli mit Sardellen, Kapern, dazu *Kölsch* vom Fass. »Welcher Italiener hat so was schon?«, sagte er. Dann hob Smilla ihr Glas und stieß mit Marlon an: »Auf meinen kleinen Umzug. Und meinen Platz in deinem Kleiderschrank.« Ja, das war ein Grund zu feiern, denn weder sie noch er hätten gedacht, dass sich die Dinge zwischen ihnen so schnell hätten entwickeln können. Was Smilla nicht ahnte: Es gab einen Grund, warum Marlon ausgerechnet das *Perugia* gewählt hatte. Nach dem Essen erkundigte er sich beim Kellner nach

Mario Ricci. »Ich möchte ihn gerne sprechen.« Als der Kellner den Tisch verließ, fragte Smilla: »Wer ist dieser Mario?«

»Der Ersatzmann von Kalef.«

»Ah, deshalb hast du darauf bestanden, dass wir hierher gehen.«

»Nein, hat sich nur ergeben.«

Kurz darauf trat ein Mann mit einem zurückhaltenden Lächeln an den Tisch, er mochte über 30 sein. Ja, er habe schon die Nachricht von Kalef erhalten, dass sein neuer Chef heute einen Abstecher ins *Perugia* machen wolle.

»Wir sind dann mal kurz im Hinterzimmer«, entschuldigte sich Marlon.

Doch es gab gar kein Hinterzimmer im *Perugia*. Es gab nur ein winziges Büro neben den Toiletten, in das Mario Marlon jetzt führte.

Auf dem Weg trafen sie auf Marios Vater Antonio. Er fragte seinen Sohn: »Was machst du?«

»Ich muss in Ruhe mit Herrn Nagels Neffen reden, Papa.«

»Marlon Wagner.«

Der Vater hatte genauso riesige Hände wie sein Sohn. Sein Händedruck war fest, als wolle er Marlons Ehrlichkeit checken.

»Wagner? Wie Rita Wagner?«

»Meine Oma.«

»Eine starke Frau.«

»Und wie läuft das Geschäft?«

Antonio Riccis Antwort war überraschend ehrlich: »Bis wir die Corona-Schulden abbezahlt haben, wird es dauern. Ihr Onkel war, Maria sei Dank, großzügig zu uns.«

Im Büro quetschte sich Mario hinter den Schreibtisch, direkt hinter ihm hing ein Schaukasten mit Hunderten Karnevalsorden. Marlon setzte sich auf den Sessel davor und taxierte sein Gegenüber. »Deine Orden?«

»Mein Vater ist bei den *Ihrefelder Chinese*. Er sammelt Orden.«

»Schönes Hobby. *Rote Funken, Prinzengarde, Lyskircher Junge, Unger Uns*.« Marlon las die Namen auf den golden schimmernden Orden vor. »Meine Oma hat auch ein paar ... Sagt dir der Name Malush etwas?«

Nach kurzem Zögern sagte Mario: »Ich habe ihn aus dem Lokal geschmissen.«

»Warum?«, fragte Marlon.

»Er wollte uns erpressen. Etwa vor vier Monaten. Ich habe ihm mit der italienischen Mafia gedroht.«

»Die hat hier doch nur Immobilien.«

»Malush ist das wohl nicht klar.«

»Verstehst du Albanisch?«

»Ein bisschen.«

»Und viel von *Texas Hold'em*?«

»Wieso?«

»Ich brauche einen Dealer. Traust du dir das zu?«

»Ja.«

»Dann kauf dir einen schicken Anzug, ich melde mich.« Die Zabaione zum Nachtisch und Smillas Lob für die Küche im *Perugia* rundeten Marlons positives Gefühl ab.

Draußen tanzten zur Überraschung von Smilla die Leute auf dem Lenauplatz Tango. Ein paar Boxen waren aufgestellt, Musik spielte, die Männer schoben die Frauen und die Frauen die Männer im Kreis. Zuschauer plauderten, sogar die kleinen Kinder fehlten nicht. Es war wie irgendwo in Buenos Aires an der Straßenecke, falls dort wirklich Tango getanzt wird. Smilla war entzückt. Marlon kaufte bei Herrn Jojoe zwei *Kölsch*.

»Kannst du Tango tanzen?«

Nein, das konnte er nicht. »Und du?«

Sie stellte die Flasche auf dem Stromkasten ab. »Fass mich

mal hier an die Hüfte.« Dann drehten sie einen kleinen Kreis im Tangoschritt – nur für sich und ihn, sie führte, er folgte. »Sollen wir?« Marlon traute sich nicht, aber sie schob ihn voran und dann gliederten sie sich ein in die unendliche Welle der Tanzenden. Etwas holprig, aber sie schwammen mit.

»Du kannst irgendwie alles«, sagte er.

»Jeg elsker livet«, sang sie leise im Tangorhythmus.

»Was heißt das?«

»Dass du musst Dänisch lernen.«

»Mir ist schon Englisch verdammt schwergefallen, dann wird mir ...«

»Du bist soooo unromantisch.« Sie machte ein Selfie mit ihm und schickte es ihrer Freundin Ida.

So ging es ein ums andere Mal im Kreis auf dem Lenauplatz.

»Es ist nach 22 Uhr«, sagte er.

»Das heißt?«, fragte sie.

Er zuckte mit den Schultern.

Und sie sagte einfach: »Ich will zum Rhein tanzen.«

»Wir können auch Auto fahren.«

»Du Langweiler.«

Aber sie gab, ein wenig angetrunken, nach.

Also stellten sie sich mit dem Golf in den Stau. Denn es war Freitagabend – und an einem Freitagabend ist es voll wie an einem Samstagabend oder Mittwochabend im Sommer. Stoßstange an Stoßstange stand das Blech den Ring rauf und runter, alle waren sie gekommen, die BM, GL, wieder und nochmals BM, ein D und ein DN neben einem SU. Die K waren nicht in der Mehrheit. Es war ihre Stadt, aber die heutige Nacht gehörte dem Umland. Hinauf bis DAU und BIT und sogar ein Luxemburger wartete in seinem Tesla auf Grün.

»Welche Stadt hat an Einwohnern gemessen die meisten Ampeln auf der Welt?«, fragte er Smilla.

Die Antwort lautete natürlich Köln.

Auf den Bürgersteigen reihte sich Stuhl an Stuhl, es war voll wie auf Malle, bis hinauf zur Kyffhäuser Straße im Studentenviertel und weiter zum Jachthafen.

Der Duft von Döner und Eau de Toilette wehte über allem. In der Mitte der Straße stand ein Betonblock. »Da ist wirklich ein Auto drin, das haben sie einfach mit Beton ausgegossen und dann noch mit Beton überzogen. Heißt *Ruhender Verkehr.*«

Smilla fand, dass dies genau der passende Ausdruck sei: ruhend. »Ein schönes deutsches Wort. Es beruhigt einen richtig. Ruuuheeeend.«

Kurz vorm Rudolfplatz tat sich gar nichts mehr, weil ein aufgemotzter Daimler abgeschleppt wurde.

»Wer sitzt schon in so einer Karre?«, fragte Smilla.

»Malush. Der fährt einen EQS AMG.«

»Du kennst dich aber aus.«

»Weiß nicht«, sagte Marlon.

Sie schaute ihn von der Seite an. »Würdest du gerne auch ...?«

Er schmunzelte ein »Ja, ich will!«, und sie drückte ihm einen Kuss auf die Wange wie einem Kind. Endlich ging es weiter. Sie mussten einmal um den *Steigenberger Hof* und an der Hahnentorburg vorbei. Marlon hatte noch die Süße der Zabaione auf der Zunge. Er sagte: »Wir müssen mal bei meiner Oma essen, richtig kölsche Sachen. Die kann das noch.«

»Das wäre?«

»Sauerbraten mit Printen, dazu Hefeklöße und Rotkohl.«

Das war nicht so Smillas Ding.

»Oder Himmel un Äd«, schlug er vor.

Smilla übersetzte: »Himmel und Erde? Verstehe ich nicht.«

»Dazu musst du Blotwoosch sagen können.«

»Was ist das?«

»Blutwurst. Versuch mal: Blotwoosch.«

»Sowas esse ich nicht.«

»Du sollst es nicht essen, sondern sagen.«

»Aber dann habe ich es im Mund.«

Sie kicherten, und es ging fünf Meter weiter Richtung Neumarkt. Marlon schaute auf Smillas Mund. »Egal, sag es! Blotwoosch.« Dabei griff er sich selbst in den Mund mit Zeigefinger und Daumen und spannte sich so die Mundwinkel auseinander. »Blotwoosch.«

Hinter ihm hupte jemand. Marlon rief jetzt mit auseinandergezogenem Mund »Blotwoosch!« aus dem Fenster und fuhr dann weiter.

Sie versuchte auch ein »Blotwoosch!« und es klappte sofort.

Der Verkehr zog an.

Höhe Heumarkt kam das Wort »Flönz« an die Reihe.

»Was ist das?«

»Blotwoosch, aber gekocht und nicht geräuchert.«

»Ihr habt zwei Worte für Blutwurst?«

»Und wenn du Blotwoosch auf dem Teller hast und dazu noch Kartoffelbrei und angeschwitzte Äpfel, dann nennt es sich *Himmel un Äd.* Im Himmel hängen die Äpfel und der Rest hat Verwandtschaft mit dem Boden. Himmel un Äd.«

Smilla hielt das für einen Scherz.

»Ehrenwort aus Ehrenfeld.«

Es ging an der Rheinuferstraße am Schokolademuseum vorbei. Genau da wollte Smilla spazieren gehen.

Er sagte: »Gleich müsste das Open Air Kino am Jachthafen anfangen.«

»Open Air Kino finde ich gut.«

Und so liefen sie Hand in Hand zum Jachthafen, wo es sich Onkel Albert gerade in der Kajüte gemütlich gemacht hatte. Er würde heute genau hier schlafen und den Kopf frei bekommen. Schließlich musste er über die Albaner nachdenken. Dieser Malush durfte nicht ungestraft bleiben. Der Typ musste weg. Und am besten würde Marlon das erledigen. Schließlich hatte der noch keine Übung in solchen Dingen. Der Junge musste lernen, Verantwortung zu übernehmen. Über Leben und Tod ist nicht leicht zu entscheiden. Da bedarf es der Erfahrung. Marlon hatte alles, was auch Albert besaß: den Kopf und den Jähzorn. Diese überschäumende Wut, die dir sagt, was du zu tun hast. Und dann tust du es! Onkel Albert lag in der Koje. Jetzt noch einen vorgemixten Cocktail von Rene und das Leben wäre perfekt. Das Schiff schwankte leicht hin und her. Von Ferne hörte er die Synchronstimme von Vin Diesel. Er dachte an Silke. Sie waren schon lange nicht mehr im Kino gewesen.

WENN SÜSSIGKEITEN FEUER FANGEN ...

Smilla war in den vergangenen Wochen Stück für Stück umgezogen. Ihre Bücher standen in Marlons Regal, ihre Kleidung lag in Marlons Kommode im Flur, ihre Weltkarte zum Freirubbeln hing über Marlons Schreibtisch, ein Poster von Sam Hardy, wie er gerade mit dem Wingsuit durch ein Papierherz flog, prangte in der Küche, und ihr Zahnbürstenkopf steckte neben Marlons.

Sie besorgte am Tag 23 nach ihrem Besuch im Open Air Kino einen Minipool für den Küchenbalkon. Dort saß sie. Die Füße kühl und die Finger am *iPad* schrieb sie ihre Semesterarbeit über Nikolaus Lenau. Wem der Name so direkt nichts sagt, der kennt ihn wohl eher unter Nikolaus Franz Niembsch. Okay, der Name sagt auch keinem was! Na gut, Smilla hatte sich den romantischen Dichter auch nur spontan gewählt, weil der Lenauplatz nach ihm benannt worden war. Deshalb plagte sie sich mit solchen Zeilen herum:

Ich hab's erfahren: Weib und Kind
das höchste Gut auf Erden sind.

Tag 24 kamen zwei aufziehbare Plastikwale und Spritzpistolen in den Pool. Tag 26 gab es zum dritten Mal Geld von Kalef, und am Tag 27 starb Carlitos Vater: Herzinfarkt, Vinzenz-Hospital Nippes, Not-OP und aus.

Das war eine Zäsur. Nicht nur für Carlito. *Radio Köln*, der *Stadt-Anzeiger*, *Rundschau*, *WDR* und *Express*, *Bild Köln*, sie alle gedachten Schneider als »Der kölsche Kubaner«. Sein letzter Wunsch: »Der Himmel soll mich aufrauchen.« Also wurde er verbrannt. Und seine letzte Ruhestätte war Melaten. Sogleich fiel das Licht der Öffentlichkeit auf Carlito, der sich mit der Urne für den *Express* hatte fotografieren und zu dem Satz hinreißen lassen: »Papa wollte keine Urne, der wollte 'nen Aschenbecher.« Carlito war fortan zuständig für das gesamte Zigarren-Imperium, Laden, Vertrieb, die 19 Angestellten, das B2B-Geschäft und die Bootstour. Marlon witterte eine Chance für seinen Onkel. Doch Carlito hielt sich an die Regel: »Es kommt nur mit, wer in Köln wohnt.«

Am Tag 34 – es war nun Anfang August und Semesterferien – folgte ein zweiter Pool für den Balkon. Ein Kühlschrank, der auch Eiswürfel produzierte, wurde gekauft. Tonnen von Eiswürfeln landeten in den Pools, um zumindest von unten gegen die Hitze anzukämpfen. Die Tanne im Hinterhof überlebte den neuerlichen Hitzerekord nicht. Keine Nadeln mehr. Das Ossendorfer Schwimmbad wurde besucht, Wespen schwirrten um die Mülleimer, das *Agrippabad* am Neumarkt wurde besucht, dort schwirrten ebenfalls Wespen, ein Waldbad in Dünnwald hatte ebenfalls Wespen zu bieten. Marlon spekulierte schon: »Ob das immer die selben sind? Fliegen die uns hinterher?« Trotzdem war das Leben herrlich. Er musste nichts tun, und für die Uni war es zu heiß und das vergangene Semester ohnehin längst vergurkt. Marlon war im sweet flow angelangt, und Smilla flog nicht nach Kopenhagen, sie flog auch nicht in die Alpen, um über den Watzmann zu fliegen. Sie und er waren einfach nur da.

Einzig in den Träumen holten Marlon die Ereignisse vom Hafen ein. Der Tod des Albaners ging ihm nicht aus dem

Kopf. Immer wieder sah er den Nagel, der dort tief im Schädel des Mannes steckte. Im Traum wollte er mit Smilla weglaufen. Aber er konnte nicht, seine Füße klemmten in der Autotür. Immer wieder hatte er diesen Traum, und auch in dieser Nacht vor Tag 38 kam er nicht weg aus dem Wagen, nicht weg aus diesem Traum, der ihn verfolgte …

Es war 14.30 Uhr. Marlon hockte auf der Bank, vor ihm die Subbelrather Straße, hinter ihm Sankt Peter und über ihm das Blätterdach der Platanen. Ein Tankwagen von den Stadtwerken hielt. Der Beamte zog den Schlauch aus dem Heck und steckte das Ende in den schwarzen Sack am Fuß der Platane, zwei Schritte von Marlon entfernt. Dann drückte er einen Knopf, Pumpgeräusche, das Wasser blähte den Sack, dann kam die nächste Platane dran. Marlon wartete, aber Kalefs Porsche kam nicht. Seit einer Viertelstunde wartete er schon auf den Umschlag. Im *Eiscafé Liliana* am Eck herrschte der tägliche Hochbetrieb. Nicht einmal eine Nachricht hatte Kalef geschickt. Das war ungewöhnlich. Schließlich hatte er seinen Soldaten so eingeordnet, dass er seit dem ersten Tag funktionierte. Die Umschläge kamen immer pünktlich.

Marlon wechselte den Standort. Vorm *Liliana* wartete Smilla. Sie trug Ballerinas, ein Lächeln und das Haar zum Pferdeschwanz gebunden. Ihre Haut war nicht mehr junibraun, sondern schon augustdunkel. Ihr lag etwas auf dem Herzen, und das sollte Marlon heute erfahren. Aber sie müsste den richtigen Zeitpunkt finden. Der Italiener schien ihr zumindest schon mal der richtige Ort zu sein. Schließlich hatten sie hier ihr erstes Date gehabt.

»Na, was ist los? Kommt Kalef nicht?«, fragte sie.

Marlon setzte sich und streckte die Füße unter den Tisch. Er war mürrisch.

»Vielleicht steht er im Stau«, spekulierte sie, hob Zeige- und Mittelfinger und sagte zur vorbeischwebenden Bedienung: »Zwei mal einen Espresso, bitte.«

»Ich hab echt keinen Bock, auf ihn zu warten«, murrte Marlon.

»Du bist verwöhnt. Es läuft zu gut.«

Er beugte sich über den Tisch, und sie gaben sich einen Kuss. Dann nahm er seine Sonnenbrille vom Kopf und setzte sie auf. »So ist es schon entspannter. Wir haben ja Zeit.«

»Ich muss dir …«, hob sie an, um ihm etwas Wichtiges zu sage. Doch er unterbrach sie: »Genau, du hast recht, mir geht es zu gut. Ich muss endlich das mit der Schiffstour regeln.«

Die Unterbrechung hatte Smilla den Mut genommen, Marlon ihre Neuigkeit mitzuteilen. Sie sagte also schlicht: »Und was hast du vor?«

»Hätte nicht gedacht, dass Carlito so ein sturer Sack ist.«

»Hat er eine Schwäche?«

»Er hat Pech im Spiel.«

»Dann spiel mit ihm. Es ist nicht schlimm, ihm ein oder zwei Karten für eine Bootstour abzuluchsen.«

»Woher kennst du eigentlich solche Worte wie abluchsen?« Sie legte beide Hände auf den Tisch, schob den Ständer mit der Eiskarte zur Seite und schaute Marlon ernst an. »Das ist jetzt egal.« Sie konnte nicht länger warten. »Ich muss dir was sagen.«

Die beiden Espressi kamen ihr dazwischen. Sie nippte, er nippte. Dann setzte sie die Tasse vorsichtig ab.

»Du willst gar keinen Kartoffelbecher mit leckerem Eierlikör?«

»Nein«, sagte sie. »Ich muss mit dir reden.«

»Na gut.« Er rückte den Stuhl ein wenig näher an den Tisch. »Worum geht's?«

Sie sagte: »Ich bin schwanger.«

Marlon drückte diese Botschaft zurück gegen die Sitzlehne. Es war, als würde er von null auf 100 in drei Sekunden beschleunigen. Schwanger war sie, und sämtliche Systeme in seinem Cockpit versagten. Schwanger! Damit hatte er nicht gerechnet. Dafür besaß er keine Software. Sie hatten doch die ganze Zeit Kondome benutzt.

»Das bedeutet?«

Nichts anderes als diese beiden Worte waren in seinem Kopf.

»Tja. Was kann das bedeuten?«, fragte sie zurück. Als er nicht reagierte, erhob sie sich. »Du zahlst.« Die Worte schwebten durch die mittägliche Hitze ganz langsam hinüber zu ihm. In seinem Schädel war es jetzt so leer, darin hätte man *Star Wars* spielen können. Schwanger. Er schaute ihr nach, wie sie wegging. Ihr Rock schwang nach rechts, nach links, er zahlte nicht, er lief ihr wie ferngesteuert hinterher.

»Warte, bitte warte! Warte.« Er wusste noch nicht, was er sagen sollte, und sagte einfach: »Ich finde es gut. Ich wollte immer schon Kinder.«

Smilla blieb stehen. Ihre Nase kräuselte sich ein wenig. Sie war leicht gereizt. »Du brauchst halt nur ein bisschen Zeit. Stimmt's?«

»So ist das nicht gemeint.«

»Und ich? Brauche ich keine Zeit?«

»Ist Vaterwerden ein Wort?«

Smilla war baff. Die Frage ließ sie lachen: »Du bist bescheuert.«

Er legte ihre Hände auf seine Wangen. Jetzt standen sie sich ganz dicht gegenüber, nur ihre und seine Augen und sonst nichts auf der Welt. »Na, ist es ein Wort oder …?«

»Ja, Marlon, Vaterwerden, das ist ein Wort so wie Gutebutter und Butterbrot.« Die beiden standen direkt an der Fahrschule auf dem Bürgersteig und küssten sich.

»Ich will spazieren gehen. Los!«, sagte sie.

Sie schlenderten die Hauffstraße entlang, genau wie am ersten Abend, vorbei am *Maifeld*, am *Weinlokal Traubenzeit*, am Restaurant *Wicleff* und setzten sich am Lenauplatz exakt auf die gleiche Bank wie am ersten Abend. Sie war schwanger, und er konnte es immer noch nicht fassen. Es war so theoretisch. Wie fühlte sich Vaterwerden an? Ein Grüppchen Papas und Mamas mit Coffee to go in der Hand standen direkt vor ihnen, ihre Kinder kletterten am Max und Moritz-Brunnen. Smilla und Marlon blickten hinüber zum Büdchen. »Das erste Kratzeis kaufen wir ihm bei Herrn Jojoe.«

»Ich will jetzt auch ein Kratzeis«, sagte Smilla.

»Nein. Du bekommst einen frisch gepressten Saft aus dem Obstladen. Kiwi und Banane für werdende Mütter und Väter.«

Marlon überquerte die Straße. Er war gut drauf, er hätte Luftsprünge machen können – und dann gab es einen Knall. Die Erde bebte, die Scheibe des Obstladens zitterte. Marlon blickte zurück, Smilla saß starr vor Schreck. »Smilla!«, schrie er, rannte zu ihr, sah aus dem Augenwinkel, was passiert war: Der Kiosk war explodiert. Der ganze Platz war in Aufruhr, das Büdchen brannte, Kinder schrien nach ihren Eltern, Eltern nach ihren Kindern, Coffee to go fiel, Herr Jojoe lag hinter dem Kiosk, den Müllbeutel neben sich.

»Warte hier«, sagte Marlon.

Smilla nickte, er lief hinüber zu Herrn Jojoe, während andere noch damit beschäftigt waren, Deckung zu nehmen. So nah am Kiosk war es heiß. Millionen von Kalorien hatten Feuer gefangen, all die Süßigkeiten, die Chips, Zeitschriften, Zeitungen und Zigaretten waren jetzt Treibstoff fürs Feuer. Marlon zog Jojoe weg von der Hitze, zerrte ihn zwischen zwei geparkten Autos hindurch zur anderen Straßenseite, über einen Hundehaufen und lehnte ihn an die Hausmauer des *Imbiss-Restaurants Schmecklecker*. Rauch breitete sich aus, Marlon sprach Herrn Jojoe an: »Hallo, hörst du mich?« Er fühlte am Hals den Puls. Das Herz schlug. Jojoes weißes schütteres Haar, das sonst stets ordentlich zum Seitenscheitel gekämmt war, stand wild in alle Richtungen. Er blutete an der Stirn.

»Er ist nicht tot«, stellte Marlon fest.

Der Koch vom *Schmecklecker* sagte: »Da ist Hundescheiße überall an seinem Bein.«

»Nicht tot«, wiederholte Marlon.

Sirenen kreischten, zwei Rettungswagen rasten vom Sankt Franziskus Hospital über die Landmannstraße heran. Der Kiosk war nur noch Feuer, der Platz lag im Rauch. Nebelige, stinkende Nacht mitten am Tag.

»Marlon.« Smilla tauchte neben ihm auf.

»Er lebt«, sagte Marlon.

Die Sirenen wurden noch lauter, die Blaulichter schossen wie Pfeile vorbei. Die Feuerwehr rückte an, Löschzüge standen sich im Weg. Es war ein Wunder, dass sich nur Herr Jojoe verletzt hatte. Der war jetzt wach, bedankte sich bei Marlon und wurde abtransportiert. Zeugen wurden gesucht. Marlon log, er habe nichts gesehen. Das gleiche Nichts hatte auch Smilla beobachtet. Der Brand war nach wenigen Minuten gelöscht. Doch der Rauch hatte sich endgültig im Karree festgesetzt. Es herrschte Windstille. Die Polizei drängte die Menschen in die Seitenstraßen.

»Wer war das?«, fragte sich Smilla laut.

»Terroristen«, sagte ein Typ, der trotz des Chaos einen Schluck aus der *Kölsch*-Flasche nahm. Und eine Frau war davon überzeugt: »Die Araber konnten ja bei Corona schlecht zuschlagen. Jetzt unternehmen die wieder was mit dem Sprengstoff.«

Marlon war genervt von dem Gerede: »Ich hab nie gehört, dass Terroristen Chinesen in die Luft sprengen. Was für ein Schwachsinn!«

Smilla bat Marlon, es gut sein zu lassen. Der Rauch sei gefährlich. So gingen sie weiter in die Landmannstraße hinein.

Fünf Minuten später stand Marlon am Fenster, während der Wasserkocher in der Küche seinen Job machte und Smilla duschte. Sie wollte den Qualm loswerden. Direkt vorm *Tee de Cologne* parkte ein Audi 80. Kommissar Gemüth wuchtete sich behäbig heraus. Neben Gemüth schritt ein durchtrainierter Typ, Kurzhaarschnitt, scharfkantige Nase, ausladende Wangenknochen und Grübchen im Kinn. Der klassische Mix aus Navy Seal und Steinadler. Das musste Kommissar Brandt sein, von dem sein Onkel erzählt hatte. Gemüth wirkte neben ihm wie ein Pudding. Was machten die beiden hier? Eigentlich waren sie für Bandenkriminalität zuständig.

Marlon klickte Kalefs Nummer an, die Mailbox sprang an.

Unter Marlon stauten sich die Einsatzfahrzeuge und Übertragungswagen. Der Rauch war ein wenig nach oben gezogen. Wie ein dunkler Deckel lag er jetzt über dem Platz. Marlon schaltete den Fernseher ein.

Smilla legte sich aufs Bett und blickte aufs Handy. Ida wollte wissen, wie Marlon die Neuigkeit vom Baby aufgefasst habe. Sie schickte ein Smiley und ein Herzchen und ein Baby zurück. Das mit dem Kiosk wollte sie nicht schreiben, sie wollte es verdrängen. Zu Marlon sagte sie, dass sie sich müde fühle.

»Du musst dich schonen«, sagte er.

»Nein, deshalb nicht, ich bin doch nicht krank.«

Wieder versuchte Marlon, Kalef zu erreichen.

»Kalef geht nicht ran. Ich hab echt ein mieses Gefühl.«

»Dann sollten wir ihn suchen. Lass mir noch fünf Minuten.«

»Nein, ich möchte nicht, dass ihr beide mit dabei seid, falls es Ärger gibt.«

Er legte sich zu ihr, und sie streichelte ihm übers Haar.

»Du hast Herrn Jojoe sofort geholfen. Kein anderer hat sich gekümmert. Ich mag deine Haare. Sie sind so schön fest.«

»Wir bekommen ein Baby. Ich kann es nicht glauben. Du und ich.«

Sie nickte. »Du musst los.«

Auch Malush war am Lenauplatz gewesen, als die Bombe explodierte. Er hatte sogar Marlon gesehen. Fünf Minuten zuvor war er noch am Kiosk gewesen und hatte Jojoe gesagt, dass er zahlen müsse. Gerade, als er den Platz Richtung Eichendorffstraße hatte verlassen wollen, hatte er den Knall gehört, und jetzt war er daheim und sah im Fernsehen die Bilder vom Platz. Elsaid klopfte an. Er wollte mit Malush über die neue Nierenlieferung aus Libyen reden. Seit Monaten boomte dort der Organhandel. Die kongolesischen Flüchtlinge, die sich auf dem Weg nach Europa befanden, wurden im wahrsten Sinne des Wortes ausgenommen. Elsaid stand jetzt im Zimmer seines kleinen Bruders und sah die Bilder vom Lenauplatz. »Hast du damit zu tun, Malush?«

Der verneinte. Er hatte höllische Angst vor seinem Bruder. Der albanische Adler auf dessen massiver Brust war riesig. Er hatte zwei mächtige Schwingen, die über die Arme Elsaids verliefen und an den Fingerspitzen endeten.

»Komm mal mit«, sagte dieser.

Unten in der Küche aßen sie am Küchenblock kalten Rinderbraten mit Kraut.

Elsaid fragte: »Hast du wirklich nichts mit dem Attentat zu tun?«

»Bin ich denn bescheuert?«

»Ja, du bist ein Idiot, sonst hättest du nicht den Chinesen abkassiert.«

»Hat Boris gequatscht?« Nach dem Tod von Malushs Spannmann am Hafen hatte Elsaid ihm einen Weißrussen namens Boris zur Seite gestellt.

Elsaid gab Malush eine Schelle. »Warst du das?«

»Nein, ich war es nicht.«

REISE ZUM MITTELPUNKT
DER ERDE

Marlon klemmte das Smartphone in den Handyhalter über dem Armaturenbrett. So konnte er Nachrichten schauen und gleichzeitig Auto fahren. Er bog an der Sparkasse von der Subbelrather Straße rechts auf den Gürtel. Die *ARD* war live auf dem Ereignis, und er wollte jetzt möglichst schnell zu Kalef. Der Pressesprecher der Polizei teilte mit, dass der Typ der Bombe noch unbekannt sei, »sicher ist lediglich, dass sie vermutlich ferngezündet wurde. Wir überprüfen zurzeit auch sämtliche Überwachungskameras in der Umgebung«. Marlon gab Gas, um am Bus vorbeizuhuschen, raste in den Bahnbogen und warf einen Blick nach links zu *Balloni*. Dort oder in der Stammstraße parkte Kalef ab und an den Porsche, wenn er tagsüber daheim war. Doch der rote Wagen war nirgends zu sehen. Nur Marlon stellte sich an der Ecke Gürtel und Venloer Straße mit Warnblinker direkt vor den Dönerladen.

Genau da rief Onkel Albert an und sagte vorwurfsvoll: »Wo bist du? Das Büdchen am Lenauplatz ist weggebombt.«

»Ich war dabei«, sagte Marlon. »Aber ich habe ein ganz anderes Problem. Kalef meldet sich nicht, der hat das Geld nicht gebracht. Ich steh jetzt bei ihm vor der Haustür, er macht nicht auf.«

»Das ist gar nicht gut«, meinte Albert. »Bleib mal da. Sandro soll schauen, wo er zuletzt gewesen ist.« Marlon wartete vor dem Eingang, der mit schwarzem Graffiti beschmiert war. Es roch nach Alkohol, weil jemand eine Bierflasche dort zerdeppert hatte. Sein Onkel sagte: »Zuletzt konnten wir sein Handy am *4711*-Gebäude heute Nacht um 1.43 Uhr orten. Sandro schickt dir die exakten Koordinaten.«

Marlon fuhr also ein Hufeisen am Gürtel und bog rechts auf die Venloer, direkt ins Chaos. Die schlankste Ausfallstraße der Stadt war schlichtweg überladen. U-Bahnhaltestellen, Bürgersteige, Mülleimer, Reklametafeln, Radwege, Parkstreifen, Fahrbahnen, Außengastro, Bäume, das alles und noch viel mehr sollte hier im Einklang leben. Doch zu viele Fahrradfahrer teilten sich mit zu vielen Autos den begrenzten Raum. Die Verwaltung der Stadt hatte die bahnbrechende Idee gehabt, den Radweg vom Bürgersteig auf die Straße zu verlagern, damit sich Rad- und Autofahrer den Verkehrsraum teilen mussten. Rücksicht war das Leitprinzip. Aber im Haifischbecken klappte das nie so richtig. Marlon kroch in seinem Golf voran. Ein-Euro-Laden, Apotheke, *REWE*, Billigklamotten, noch billigere Klamotten, Dönerbude und Bio-Supermarkt, *Telekom*, was für Vegetarier und Asia-Food.

Marlon parkte direkt vor dem Platz am *4711*-Komplex. Imbissbude und Zucker-Crêpes-Stand warteten trotz sengender Hitze dort. Das *4711*-Haus war einst der Produktionssitz jener Parfümfirma gewesen, die Köln mit dem Begriff *Eau de Cologne* ins Gedächtnis der Welt gebrannt hatte. Die Farben waren blau-gold und die Ziffer 4711 nicht mehr als eine Hausnummer, die dem Firmensitz in der Glockengasse unter Napoleon zugeordnet worden war. Marlon lief an dem Gebäude entlang, folgte weiter der Koordinate auf seinem Handy bis zur Tiefgarage. Die war geschlossen.

Auf dem Schild stand »Renovierungsarbeiten bis voraussichtlich 17. September«. Die Schranke war abmontiert, aber ein rot-weißes Absperrgitter aufgestellt worden.

Marlon drängte sich am Gitter vorbei und schritt die Fahrbahn hinunter. Mit den Bauarbeiten hatten sie wohl noch nicht begonnen. Jedenfalls deutete nichts darauf hin. Was hatte Kalef in dem Parkhaus gesucht? War er verabredet gewesen? Marlon überlegte. Aber eine logische Antwort fiel ihm nicht ein. Die Fahrbahn bohrte sich wie eine Schraube in die Erde, und es roch ein wenig nach Öl und Asphalt. Unwillkürlich musste er an *Die Reise zum Mittelpunkt der Erde* denken. Nur noch spärlich reichten die Sonnenstrahlen hier herunter. Er hatte die Geschichte von Jules Verne geliebt. Marlon schritt tiefer und tiefer hinab, und seine Gedanken kreisten um Professor Otto Lidenbrock und seinen Neffen Axel, die furchtlos in die Welt unter der Erde gestiegen waren. Hundertmal, tausendmal hatte Marlon sie dabei begleitet, egal, ob es draußen in Obererde gestürmt oder geschneit hatte. Die CD war von Sandro gewesen. Der liebte Geschichten mit Geheimsymbolen, Codes und verschlüsselten Schriftzeichen. Das Handy zeigte Marlon, dass der Wagen ganz in der Nähe sein musste, aber auf welchem Parkdeck? Im dritten Untergeschoss schaltete Marlon die Handylampe an. Da oben auf der Erde brannte die Sonne, und hier unten war es Nacht und kühl.

Er scherte aus der Spirale aus und schritt auf die Parkfläche. Da bewegte sich etwas, er glaubte, Krallen auf Beton zu hören. Marlon folgte dem Lichtkegel. Weiße Linien vor ihm, ein Betonpfeiler, kein Tier, kein Auto zu sehen, nichts. Wieder huschte etwas durch die Dunkelheit. Dann blitzte kurz am Rand des Lichtkegels eine Katze auf. Oder war es ein Fuchs? Die Augen leuchteten unheimlich. Was suchte ein Fuchs hier unten? Er ging weiter. Im Lichtschein sah er in einer Ecke des Parkdecks Kalefs roten Cayenne, Marlon näherte sich und hörte wieder Geräusche. Ob sich hier irgendwo auch Obdachlose aufhielten? Es war ein ruhiger Ort, fast wie ein Grab aus Beton und Dunkelheit. Marlon leuchtete nach rechts und links. Im Porsche saß jemand. Reglos. Marlon drehte sich um, aber hinter ihm und neben ihm war nur Dunkelheit. Sein Smartphone spiegelte sich im Fenster des Cayenne. Er musste ganz nah ran, dann erkannte er Kalefs Gesicht, die Augen geschlossen, friedlich. Marlon wollte die Tür aufziehen. Aber die war zu. Innenraumverriegelung, dachte er. Wie konnte Kalef tot hinter dem Steuer sitzen? In einem Sarg von Porsche? In der Windschutzscheibe war kein Loch. Kalef sah unbeschädigt aus. Warum war er nicht zumindest nach vorne gefallen aufs Lenkrad? Marlon schlug gegen die Scheibe. Und er erschrak. Die Alarmanlage ging an, dröhnte schallend über das Parkdeck. Er hatte wieder die Blaulichter am Lenauplatz vor Augen, nur Lärm und Dunkelheit um ihn herum. Wie ferngesteuert rappelte er sich auf und riss an der Tür. Ein Wagen wie ein Tresor. Dann versuchte er, mit dem Handy das Glas einzuschlagen. Schlug immer und immer wieder dagegen. Das Glas splitterte nicht wirklich, aber er konnte ein Loch hineinhauen. Er griff in den Innenraum, tastete die Tür ab, öffnete sie. Oder sollte er besser weglaufen? Weg von dem Horror. Smilla war schwanger und er ...? Was tat er hier? Er stieg ein, er musste den Alarm ausschalten. Aber wie? Nicht mal 'nen Zündschlüssel hatte die Karre. Wie von Geisterhand kippte Kalef zur Seite, ihm direkt in den Schoß. Marlon war steif vor Schreck in all dem Lärm. Blut floss aus Kalefs Mund auf seine Jeans, warmes Blut. Er musste im Mund verletzt sein. Die albanische Methode. Kein Einschussloch von außen.

Marlon schob den Kopf weg, drückte die Tür auf, griff noch geistesgegenwärtig nach Kalefs *Siemens*-Handy und dem Smartphone, fiel halb aus dem Wagen und rannte dem Handylicht hinterher hinauf in den Tag, weg von diesem ohrenbetäubenden Hupen. Oben angelangt, war er außer Atem und sah die Menschen hinter der Absperrung. Jetzt erst wurde ihm klar, dass seine Klamotten voller Blut waren. Auf den Jeans war es egal, aber das weiße T-Shirt war rot befleckt. Denk nach, Marlon, denk nach. Ob er seinen Onkel anrufen sollte? Der konnte ihm jetzt auch nicht helfen. Stattdessen ging er wieder in die Dunkelheit zurück und dem Lärm entgegen. Nur um fünf Minuten später erneut ans Tageslicht mit der bronzeglänzenden Folie aus dem Verbandkasten zurückzukehren. Und er hatte Kalefs Waffe unter dem Sitz gefunden. *Heckler und Koch.* Die steckte jetzt hinten in seinem Hosenbund. Die Folie nutzte er als Umhang. So stieg er über die Absperrung. Die Passanten schauten ihn leicht verwirrt an. Wer, bitte sehr, läuft schon eingewickelt wie der glitzernde Engel auf dem Christbaum mittags über den Platz vor dem *4711*-Gebäude?

Im Wagen war es heiß wie in einer Fritteuse. Marlon konnte nicht fassen, was passiert war: Kalef ermordet, der Kiosk in Brand, Smilla schwanger – heute war nichts mehr wie gestern. Die Welt stand Kopf und er versuchte vergebens, seinen Onkel zu erreichen, denn die Leiche von Kalef musste weg, zu viele Spuren führten von ihm zu Marlon oder Albert.

Sein Onkel ging nicht ran. »Scheiße! Scheiße! Scheiße!«, schrie er und schwitzte. »Warum geht der Idiot nicht ans Telefon!« Marlon war sauer, nicht auf seinen Onkel, nicht auf die Welt, sondern auf sich. »Der Arsch!« Er drückte mit ausgestreckten Händen gegen das Lenkrad und spürte die Pistole im Rücken. Was sollte er tun? Denk logisch, sagte er sich. Ganz logisch. Er legte die Alufolie neben sich, verbarg die Pistole und Kalefs Handys darunter und zog sich das Shirt aus, das er ebenfalls unter der Folie verbarg. Jetzt saß er zwar mit nacktem Oberkörper im Auto, aber es war ja schließlich auch extrem heiß.

Der Einzige, der jetzt noch helfen konnte, war der Tischler. Dessen Handynummer hatte er nicht, er kannte nur den Namen der Schreinerei. Schließlich lief er an der Nußbaumer Straße oft mehrmals täglich an *Thekenbau Klaus Holzbein* vorbei.

Ein Helmut Haas kam ans Telefon.

»De Groot? Ja, der arbeitet hier.«

»Können Sie ihn vielleicht ans Telefon holen?«

»Warum?«

»Ich muss mit ihm sprechen.«

»Warum?«

Marlon war in Erklärungsnot. »Weil er mich darum gebeten hat.«

»Der Rene?«

»Ja.«

Schließlich holte er De Groot.

»Entschuldigen Sie, Herr Wagner, unser Helmut ist nicht der Hellste, der hat so viel Glanz in den Augen wie 8oer Schleifpapier.«

»Es gibt ein Paket, das versendet werden muss.«

»Eilpaket?«

»Ja.«

»Wo kann ich es abholen?«

»Ich schicke dir in ein paar Minuten die Daten.«

»Haben Sie schon Ihren Onkel verständigt?«

»Das werde ich gleich tun.«

Marlon drückte auf Senden, dann erst dachte er darüber nach, dass er gerade mit seinem Smartphone anrief und Daten verschickte. Ob ihm die Sonne den letzten Rest Hirn verbrannt hatte? Marlon hätte am liebsten das Handy gegen die Windschutzscheibe gepfeffert.

De Groot sagte: »Daten sind da. Ich fahre los, das Okay von Ihrem Onkel wird sicherlich bald kommen.«

Da hörte Marlon zum zweiten Mal an diesem Tag Sirenengeheul. Kurz darauf parkte ein Polizeiwagen direkt neben ihm, ein zweiter und ein dritter fuhren auf den Platz vor dem 4711-Gebäude.

Eine Polizistin klopfte an Marlons Scheibe: »Verlassen Sie bitte das Fahrzeug!«

Marlon gehorchte.

Die Polizistin war erstaunt ob des nackten Oberkörpers. Und er erwartete die obligatorischen Handschellen. Stattdessen wurde er höflich gebeten, in den zweiten Polizeiwagen einzusteigen. Dort wartete Kommissar Brandt, der ebenfalls erstaunt über Marlons freien Oberkörper war, aber sofort zur Sache kam: »Sie wissen, worum es geht?«

»Ich kann es mir denken.«

»Dann weihen Sie mich mal in Ihr Denken ein.«

»Ist es wegen Kalef ...?«

»Sie kennen also Kalef Struck?«

Jetzt hatte Marlon wohl schon zu viel verraten. Vermutlich hatte die Polizei das Telefonat mitgehört. Aber woher wusste der Kommissar überhaupt, dass es sich bei dem Paket um Kalef handelte? Schließlich hatte Marlon im Gespräch mit De Groot nur vom Paket, aber nie von Kalef geredet. Und wie waren sie so schnell hierhergekommen?

»In welchem Verhältnis stehen Sie zu Herrn Struck?«

Vorne stieg jetzt noch Kommissar Gemüth ein und setzte sich neben die Polizistin auf den Beifahrersitz. Der Wagen senkte sich ein wenig nach rechts. Er begrüßte Marlon und wurde jäh von Brandt unterbrochen: »Ich habe gerade Herrn Wagner eine Frage gestellt.«

Woraufhin Gemüth wissen wollten, ob das Verhör bereits begonnen habe.

»Nein«, sagte Brandt. »Ich stelle Herrn Wagner lediglich einige Fragen.«

»Bin ich nicht verhaftet?«, fragte Marlon.

»Nein«, bestätigte Brandt.

»Dann kann ich jetzt aussteigen und gehen?«

»Das würde ich nicht tun«, sagte Brandt. »Schließlich gibt es eine Verbindung zwischen Ihnen und dem Toten in der Tiefgarage.«

Immer noch fragte sich Marlon, woher die Polizei jetzt schon von Kalef wusste.

Brandt fragte: »Arbeitet Struck für Sie?«

»Zurzeit nicht«, entgegnete Marlon, womit er nicht log. Immerhin war Kalef tot und damit eindeutig das Beschäftigungsverhältnis beendet. »Ich würde jetzt gerne nach Hause fahren. Wie Sie wissen, wurde der Kiosk meines Onkels zerstört.«

Als Marlon ausstieg, erschien ihm die Hitze nicht mehr so drückend. Im Polizeiwagen hinter sich hingegen wurde es hitzig.

»Was sollte das eben?«, ging Brandt seinen Kollegen Gemüth an, der sich den Schweiß mit einem Taschentuch von der Stirn wischte. »Wie kommen Sie eigentlich dazu, mir so in die Parade zu fahren? Marlon Wagner führt jetzt die Geschäfte in Ehrenfeld für seinen Onkel, und Sie versauen mir das Verhör.«

»Wir haben nichts gegen Marlon in der Hand.« Gemüth war müde. Ihm hingen die Wangen herunter wie einem Bernhardiner. »Marlon ist lediglich ein Student.«

»Papperlapapp. Ich möchte nicht, dass solche Leute mit dem Vornamen angesprochen werden. Distanz, Gemüth. Distanz.«

»Er hat schon als kleines Kind bei mir auf dem Schoß gesessen. Da werde ich ihn ja wohl noch mit dem Vornamen anreden dürfen.«

»Sind wir jetzt eine Familie oder was?«

»Nein«, sagte Gemüth. »Aber wir sollten schon bei den Fakten bleiben. Dort in der Tiefgarage wurde ein Verbrecher hingerichtet – in seinem Porsche. Vermutlich steckt die albanische Mafia dahinter und nicht die Kölsche. Wir sollten lieber den Bogdanis einen Besuch abstatten.«

»Sie sehen keinen Zusammenhang zwischen der Explosion am Kiosk und dem Mord?«

»Das SEK ist dran an der Kiosksache. Lassen wir Marlon und Albert mal da raus, konzentrieren wir uns …«

»… auf die Fakten. Ich bin ganz bei Ihnen.«

Gemüth war erstaunt. Plötzlich war Brandt seiner Meinung. Das Gespräch hatte sich ganz anders entwickelt als gedacht.

»Marlon Wagner fährt weg«, sagte Brandt.

Die beiden Kommissare saßen im Wagen und dem gelben VW hinterher.

YIN UN YANG, TÜNNES UN SCHÄL

Marlon lenkte den Wagen heimwärts.

Albert rief an: »Hast du Kalefs Handy und das *Siemens*?«

»Ja.«

»Dann wirf beides in den Rhein. Die Polizei wird schon jede Menge Daten aus dem Porsche auslesen. Warum musste sich der Idiot so eine Karre kaufen? Da sind ja 1.000 Sensoren und Kameras drin. Komm erst mal zu mir.«

»Smilla wartet auf mich.«

»Dann muss sie warten. Ich hab schon De Groot abgesagt.«

»Woher wusstest du, dass er … ach, du hast meine Gespräch abgehört?«

»Komm jetzt.«

Zähneknirschend gehorchte Marlon. Venloer, Innere Kanalstraße, Zoobrücke. Dort staute sich wieder der Verkehr. Über den Autos hingen die Gondeln der Rheinseilbahn. Wie immer war alles in Bewegung in Köln, nur der Verkehr ruhte. Irgendwann würden die Politessen hier auch noch abkassieren kommen, denn eigentlich war die Brücke ja ein Parkplatz. Ausnahmsweise freute sich Marlon jetzt darüber, denn in der Mitte der Brücke drückte er die Warnblinkanlage und stieg aus. Der Polo hinter ihm hupte. Geduld ist keine Tugend der Kölner. Marlon öffnete die Beifahrertür, griff unter die Alufolie und nahm die beiden Handys von Kalef hervor. Der Polofahrer hupte wieder. Marlon warf unbeirrt die beiden Handys nacheinander in hohem Bogen über das Brückengeländer. Der Polofahrer glotzte wie ein tomatenköpfiger Teleskopaugenfisch und hupte – Möhp! Möhp! Möhp! Was für ein Idiot, dachte Marlon, und klopfte ihm an die Scheibe. Der Typ öffnete nicht, woraufhin ihm Marlon kräftig gegen die Scheibe schlug. Kein Hupen mehr. Der Mann schaute nur noch starr geradeaus. »Na, da scheißt du dir wohl in die Hose! Du Idiot!« Marlon setzte sich wieder in den Wagen, schaltete die Warnblinkanlage aus und fuhr an. Er fühlte sich besser. Die Handys waren weg, und er hatte Dampf abgelassen.

Der Autobahntunnel kam, und er telefonierte mit Smilla.

Die war nicht gut auf ihn zu sprechen: »Nur damit ich es richtig verstehe: Du hast Kalef nicht gefunden, und jetzt fährst du zu deinem Onkel, weil das wichtiger ist?«

Er wollte ihr nicht sagen, dass Kalef tot war. »Ich muss zu ihm, schließlich hat Kalef das Geld nicht abgegeben.«

So saß er im zäh fließenden Verkehr fest und log, und Smilla legte auf. Rechts und links von der A3 fraß der Borkenkäfer die letzten Fichten, und endlich kam er zur Ausfahrt Rösrath: ein Industriegebiet mit *McDonald's.* Oder war es umgekehrt? Früher gab es Kirchtürme, heute orientierten sich alle am gelben M. Orientierung kam ja auch von Orient. Und die erste Burgerbraterei war bekanntlich in Jerusalem. Die schmale Straße schlängelte sich jetzt wie Lakritz in der Sonne, und ganz oben auf dem Berg lag Onkel Alberts Villa.

Tante Silke war daheim. Küsschen links, Küsschen rechts. Sie hatte nicht viel Zeit: »Prinz ist krank.« Deshalb wollte sie in den Stall. Sie ging vor und trug enge Reiterhosen. Seine Tante hatte die Figur einer 30-Jährigen. Was nicht zuletzt daran lag, dass ihr Po ein echter Schönstedt war. Der Kölner Promi-Chirurg war spezialisiert auf Hintern.

Die Terrasse lag in der Sonne und Onkel Albert auf der Trainingsbank. Er stemmte die Stange mit den Gewichten hoch. Dabei atmete er laut aus. Hinter ihm stand Raffael, Alberts Ausputzer, Spitzname Erzengel. Marlon ahnte nicht, dass der Engel Kalef ausgeknipst und in die Hölle geschickt hatte. Sein Onkel ließ die Stange auf die Halterung sinken und setzte sich aufrecht.

»Ich muss alleine mit dem Jung reden«, sagte Albert.

»Ich will euch nicht weiter stören.« Silke gab Albert einen flüchtigen Kuss. Und dann waren Silke und der Erzengel verschwunden.

Verschwitzt nahm Albert seinen Marlon an die Brust. Haare, wohin Marlon auch immer atmete. Der Dschungel von Köln roch nach Moschus. Sein Onkel sagte: »Schön, dass du es doch noch einrichten konntest.« Das war eine Anspielung auf die Verspätung von einer Stunde.

»Stau.«

»Wir müssen über das Büdchen reden.«

»Und Kalef?«

»Hat Zeit. Das Büdchen ist ein Zeichen.«

So hatte Marlon es noch gar nicht betrachtet. »Ich frag mich eher, ob der Mord an Kalef und die Explosion was miteinander zu tun haben?«

»Waren beides die Bogdanis.«

»Kann sein«, sagte Marlon.

»Das kann nicht nur sein. Das ist so.«

Marlon war heiß. Es gab einen Sonnenschirm, aber der stand am Bistrotisch neben dem Pool. Wie hielt sein Onkel die Hitze nur aus? Das war Irrsinn. Und auch der Erzengel musste tierisch geschwitzt haben.

Albert wollte wissen: »Wo steckt eigentlich Malush?«

»Weiß nicht.«

»Hat du kein Auge auf ihn?«

Sein Onkel setzte sich wieder auf die Bank. Sein durchtrainierten Körper war brauner als die Papiertüte vom *Rewe*. »Reich mir mal den Lappen, Marlon.« Damit meinte er das Handtuch, das auf dem Hocker lag. Feucht, warm und schwer war es. Es ekelte Marlon. Sein Onkel machte sich Stirn und Achselhöhlen damit trocken und gab es wieder in Marlons Hände. Dann legte er sich auf die Bank und schaute hinauf zur Stange, an der vier Scheiben zu je 20 Kilo hingen. »Stell dich hinter mich, ich brauch Schatten.«

Marlon gehorchte.

»Alles muss im Gleichgewicht sein. Auge um Auge, Zahn um Zahn«, sagte Albert. »Plus und Minus, Yin und Yang, Tünnes und Schäl, Herz und Verstand, die richtige und die schäl Sick. 80.000 Tonnen wiegt jeder der Domtürme und 80.000 Tonnen jeweils das Fundament darunter. Wusstest du das?«

»Nein.«

»Die Türme stehen für den Himmel, das Fundament in der Erde für die Hölle. Himmel und Hölle müssen das gleiche Gewicht haben, damit Gleichgewicht herrscht. Verstehst du das?«

»Nicht wirklich.«

»Weil du nicht wirklich katholisch bist.« Der kölsche Prediger atmete tief ein und drückte die 80 Kilo in einem Ausatmen hoch. Drei Mal tat er dies. »Drei Mal ist Jesus unterm Kreuz gefallen«, sagte er, setzte sich und betrachtete seinen Bizeps: »Du hast Malush gedemütigt. Deshalb musste Kalef sterben, und deshalb hat er unser Büdchen in die Luft gesprengt.«

»Was sollen wir tun?«

»Du hast freie Hand in der Sache. Entscheide. Und tu es schnell.«

Marlon bejahte, obwohl er nicht wusste, was er mit der freien Hand anfangen sollte. Schon in der Schule hatte er es gehasst, wenn der Arbeitsauftrag nicht klar war. Er würde dem Boxsack einen Namen geben. Einen neuen Namen: Malush. Ich werde ihn fertigmachen. Schwinger, Haken, Schwinger.

»Wie sieht es eigentlich mit der Uni aus?«, fragte Albert.

»Äh.« Marlon war abgedriftet.

»Du meinst also, ich soll das mit dem Büdchen alles selbst übernehmen? Dass ich Malush exekutierte? So, wie Malush Kalef exekutiert hat?«

»Das ist deine Sache. Hab ich doch gesagt. Freie Hand. Und, die Uni? Was ist damit?«

»Ich hab ja erst zwei Semester hinter mir.«

»Oma macht sich Sorgen.«

Daher wehte also der Wind – direkt aus Omas Richtung.

»Sie glaubt, du bist sitzen geblieben.«

»Du weißt schon, dass man an der Uni nicht sitzen bleiben kann?«

»Was ich weiß, spielt keine Rolle.« Albert schaute zum Cocktailwagen. Marlon ging und hob die Flasche Rum an.

»Hurricane«, sagte Albert.

Limette, Orange, Zuckersirup, Maracuja, einen Barlöffel Grenadine und einen ordentlichen Schuss Weißen Rum gab Marlon ins Glas.

»Mach dir auch einen, Jung.«

»Ich bin mit dem Wagen.« Eine Nachricht von Smilla traf ein. Sie wollte wissen, wann er nach Hause kommen werde. Kuss-Smiley und Schluss. Statt Rum kippte er sich *Bitter Lemon* zu den übrigen Zutaten. Die beiden stießen an.

»Du liebst sie.«

»Ja.«

»Halt sie fest. Und frag dich, was ihr vom Leben wollt.«

»Eine Wohnung in der Eichendorffstraße würde uns fürs Erste reichen.«

»Du hast dich doch bis jetzt in deiner Butze gefühlt wie der orange Funk in 'ner Appelsinekess.«

»Smilla möchte gerne ...«

»Das ist ein Argument. Doch jetzt musst du erst mal deine Oma zufriedenstellen. Oma geht vor. Sag Rita, dass du brav studierst.«

»Glaubst du, es ist gut, wenn Smilla alles weiß, was ich tue?«

»Wer nicht sein Kreuz auf sich nimmt und folget mir nach, der ist meiner nicht wert.«

»Will heißen?«

»Ich hab Silke auch immer alles erzählt.«

»Smilla soll halt nichts Falsches von mir denken.«

»Was redest du da? Ohne uns wäre Köln längst Sodom und Gomorrha. Wir sind die stolzeste Kolonie der Welt. Colonia. Stell deiner Oma endlich Smilla vor. Oma fragt sich langsam, ob du dich für sie schämst.«

»Smilla braucht Ruhe.«

»Muss sie sich schonen oder was?«

»Das war nur so daher gesagt, Onkel Albert.«

»Du nennst mich Onkel Albert?« Jetzt hatte ihn Albert endgültig am Haken. Dass mit dem Schonen hätte Marlon nicht sagen dürfen. Sein Onkel nahm sich das Handtuch vom Hocker und ging sich damit übers Gesicht.

Marlon sagte: »Das geht nur Smilla und mich was an.«

»Sie ist also schwanger.« Er nahm ihn in den Arm. »Schwanger. Ein neuer Wagner wird kommen. Mensch, Junge. Du Glückspilz. Goldener Schuss.«

»Behalt es bitte für dich. Ich hab's Smilla versprochen.«

»Ehrenwort nach Ehrenfeld. Aber Silke darf ich es doch erzählen?«

»Ja, Mama kannst du es sagen, aber bitte …«

Marlon nannte Silke selten Mama, doch Albert war jetzt nicht mehr sein Onkel, sondern sein Papa, Mama und Papa, ganz enge Familie, enger ging nicht. Two and one is three, three is family. Wieder umschlang ihn der Gorilla und flüsterte ihm ins Ohr: »Hör zu, Jung. Ich verspreche dir, ich besorg euch euer Nest in der Eichendorffstraße. Soylu hat sich da ein Haus gekauft. Da kauft ihr euch einfach eine Wohnung in seinem Haus. Dann sind alle zufrieden.«

»Ist bestimmt nicht billig.«

»Billig ist sowieso Driss. Ich geb euch was. Muss nur noch Soylu überreden.« Albert war euphorisch. Er konnte es gar nicht fassen und leerte den Cocktail, schüttete sich Rum ins Glas und leerte auch dieses Glas. Weg war der Rum. »Los, freu dich, Marlon. Freu dich. Für den Dom haben wir 632 Jahre jebraucht, und ihr werdet uns in nur neun Monaten glücklich machen.«

Marlons Handy piepste. Neugierig schaute Albert aufs Display: »Smilla?«

»Sie wartet auf mich.«

»Schwangere Frauen lässt man nicht warten, die brauchen ihre Männer und die brauchen Empathie.« Marlon wunderte sich über das Wort Empathie aus Onkel Alberts Mund. Der fragte ihn: »Du weißt, was Empathie heißt?« Marlon nickte, aber sein Onkel redete weiter: »Empathie ist, wenn deine Frau zufrieden ist. Falls es irgendwie ein Problem mit Smilla gibt, sag es mir. Du kannst mich in der Nacht wecken, und ich komme gleich zu euch in die Eichendorffstraße.«

Nach dem nächsten Rum war seinem Onkel trotz massiver Sonneneinstrahlung immer noch nichts anzumerken.

Seine Leber war von der gleichen Konstitution wie sein Bizeps.

Kaum, dass Marlon in den Wagen gestiegen war, rief sein Onkel Silke an:

»Smilla ist schwanger.«

»Nä.«

»Doch.«

»Nä.«

»Doch, ehrlich.«

»Ich glaub's ja nisch.«

»Kannst du aber.«

»Ehrlisch?«

»Lüsch ich?«

»Natürlisch nisch. Ich lüsch nie.«

»Doch.«

»Aber jetzt nisch!«

Nun glaubte sie es und sagte: »Wir müssen Rita benachrichtigen.«

»Aber ich habe dem Jungen versprochen, dass ich nichts sage.«

»Du musst ihr ja nichts sagen, das mache doch ich. Das ist der Trick.«

Sie legte auf und rief sofort Rita an: »Smilla ist schwanger.«

»Sach ehrlich.«

»Ja.«

»Wirklich?«

»Im Ernst.«

»Mädchen oder Junge?«

»Weiß nicht.«

»Wie lang schon?«

»Sechste, siebente Woche«, spekulierte Silke.

»Hat sie das gesagt?«

»Wer?«

»Ja, dat dänische Mädchen.«

»Ne.«

»Wie küss du dann dodrop?«

»Jeföhl.«

Rita legte auch auf und weckte Hannes, der gerade sein frühabendliches Nickerchen machte, um fürs TV-Abend-programm fit zu sein. »Du musst aufstehen, ich brauche Wolle. Weiß, rot, schwarz und gelb.«

»Wolle? Es sind fast 40 Grad im Schatten.«

»Ja, Wolle. Wenn das Kind kommt, ist Karneval. Da is et immer kalt un regnerisch.«

»Welches Kind?«

»Das vom Marlon. Dat dänische Mädchen is schwanger.«

»So schnell?«

»Ja, deshalb musst du dich jetzt auch beeilen.«

»Wo soll ich denn jetzt noch Wolle herkriegen? Es ist gleich 18 Uhr.«

»*Frau Wolle* heißt der Laden an der Takustraße. Da, wo ich immer die Sachen hole, wenn ich mal wat stricke.«

Hannes wollte nicht raus, aber sie wollte Wolle. »Geh jetzt. Frau Wolle wohnt direkt über dem Laden. Ich ruf sie an. Falls sie jetzt grad zumacht, wird sie noch auf dich war-ten. Es ist schließlich ein Notfall.«

»Notfall?«

»Du jehs jetzt besser. Is dat klar? Ich brauche Wolle. Oder willst du mich aufregen?«

Das wollte er natürlich nicht. So ging er, und Frau Wolle hatte schon alles für ihn zurecht gelegt, als er an der Taku-straße im Laden eintraf. Die Takustraße zeichnete sich dadurch aus, dass sie von rechts und links so eng beparkt wurde, dass die Autos nur schwer aneinander vorbei kamen. Frau Wolle war so wie ihr Name: speckig, weich und sanftmütig. Alles wäre jetzt zur Zufriedenheit von Rita gelaufen, wäre nicht gerade Peter mit seinem Rollator an *Tante Wolle* vorbeigeschlichen, als Hannes den Laden mit seiner Papiertüte verließ. Peter war ein alter Freund von Hannes, und eigentlich hatte er eine gute Rente von *Ford*. Aber sein TÜV war abgelaufen, und deshalb hing auch der Urinbeutel am Rollator. Hannes konnte Peter deshalb nicht einfach »Tschüss« sagen. So landete er mit ihm im *Iltis-Eck*, wo der etwas füllige Wirt zwei *Kölsch* für sie bereithielt.

IST DER BÜDCHENBOMBER EIN
REICHSBÜRGER?

Während Hannes schon sein zweites *Kölsch* trank und Rita bei Frau Wolle wegen Hannes nachgeforscht hatte, klemmte Marlon sein Handy in die Vorrichtung über dem Cockpit und schaute *n-tv*. Er fuhr auf die A3 auf. Das hätte er besser nicht getan. »Stehe im Stau«, schrieb er Smilla. Sie antwortete nicht, woraufhin er »Ich liebe dich!!!« schrieb und noch drei Herzchen hinzufügte. Keine Reaktion.

Die Explosion auf dem Lenauplatz fand weltweit Beachtung, es war schließlich Sommerloch. Angeblich war es ein Anschlag von rechts. Die Polizei hatte schon lange eine faschistische Zelle auf dem Kieker. Namen wurden keine genannt. Der Kioskbetreiber mit chinesischer Abstammung sei noch im Sankt Franziskus-Hospital, es gehe ihm »den Umständen entsprechend« gut. Immer noch war Herr Jojoe, der schon so lange in Köln lebte, für die Journalisten ein halber Chinese. Ein Terrorismusexperte kam im *ZDF* zu Wort und das *Domradio* spielte Orgelmusik des frühen 17. Jahrhunderts. Der Verkehr wurde langsam dünnflüssiger. Marlon wusste nicht, was er tun sollte. Malush war ein frei schwebendes Radikal. Entweder bekam er ihn unter Kontrolle oder Malush würde noch gefährlicher.

Marlon parkte direkt am *Liliana*, ließ sich einen Kartoffelbecher und Spaghetti-Eis to go einpacken, um Smilla zu besänftigen. Nur wenige Gäste saßen draußen, keiner drinnen. Das war ungewöhnlich. Vermutlich tummelten sich die Ehrenfelder schaulustig am Lenauplatz. Was der Wahrheit entsprach, denn er kam vor lauter Leuten kaum noch bis zu seiner Wohnung. »Zugreifen, nicht einschlafen.« Ein Typ mit *Kölschkranz* in der Hand drängte sich an ihm vorbei, während die Spurensucher die Überreste des Kiosks auseinandernahmen.

Er wurde von einer strahlenden Smilla empfangen. Sie hatte ihm verziehen und wollte, auf dem Balkon sitzend und Eis essend, wissen, was passiert sei. Marlon berichtete, aber er sparte erneut Kalefs Tod aus. »Albert hilft uns mit der Wohnung.«

Smilla war glücklich und wollte Liebe. Marlon war jedoch zu verkrampft. Sie sagte, dass so etwas in den besten Familien vorkomme. Er trank »danach«, obwohl es kein wirkliches Danach war, den Eisbecher leer. Dann legte sie sich mit ihrem Kopf auf seinen Bauch und zuckte im Moment des Einschlafens noch einmal kurz mit dem ganzen Körper. Weg war sie. Irgendwo im Traumland, und er lag bei über 30 Grad wach.

Marlon nahm sein Smartphone und lehnte es gegen Smillas Hinterkopf. Die *Tagesschau* lief. Der Klassiker um 20 Uhr. Immer und immer wieder ging es um den Lenauplatz. Eine Sondersendung würde im Anschluss gezeigt. *Bild-TV* hatte ein Handyvideo aufgetrieben. Exklusive Aufnahmen von der Explosion, und *RTL* prägte den Begriff: »Büdchenbombe!«

Die Polizei ließ auch den Namen der rechten Terrorzelle aus dem Milieu der Reichsbürger raus: *Wachsam* hieß die Vereinigung. Es gebe ein Bekennerschreiben. Wenigstens sind damit die Albaner aus dem Spiel, dachte Marlon. Das Smartphone auf seinem Bauch spielte Marimba, Smilla zuckte zusammen, und das Handy kippte nach vorn auf Marlons Brust. »Schlaf weiter. Tut mir leid, Schatz.«

»Ja«, sagte sie leise. »Und nenn mich nicht Schatz.«

Seine Oma rief an: »Hallo, Oma.«

»Ich dachte schon, du bist mit deiner Freundin ausgewandert.«

»Ne«, sagte Marlon. »Wir sind noch in Ehrenfeld.«

»Wie schön. Bei uns sieht es nicht so schön aus.«

»Sprichst du vom Lenauplatz?«

»Ach, hör mir op mit dem Driss Lenauplatz. Seit jefühlt einem Jahr steht dat Pissbecken für de Opa hier herum, aber et springt einfach nicht an die Wand. Kannst du dir das erklären?«

»Tut mir leid, Oma. Aber ich hab so viel zu …«

»Verzäll mer keine Märchen. Zur Universität jehst du nicht, un für minge Broder musst du nur kassieren.« Sie wusste Bescheid. »Weißt du, wie oft Opa nachts pinkeln gehen muss? Und immer den Klodeckel hochreißt. Der ist irre.«

»Ja, ja, ich bring das Pissoir an.«

Smilla war jetzt endgültig wach. Sie fragte ihn leise, wer am Handy sei.

»Oma«, sagte er.

»Ist das deine Freundin?«, drang Ritas Stimme aus dem Handy. »Die bringst du gefälligst auch mit!«

»Die studiert, Oma. Die muss lernen.«

»Verzäll mer keine Märchen. Ich muss mit dem Mädchen reden. Kommt morgen gleich nach der Universität zu uns, nachmittags.«

»Es sind Semesterferien.«

»Vorlesungsfreie Zeit«, korrigierte Oma. »Das sind keine Ferien. Ihr müsst lernen. Auf die faule Haut könnt ihr euch legen, wenn ihr Rentner seid.«

»Woher kennst du den Begriff vorlesungsfreie Zeit?«

»Tante Marlenes Ralph studiert auch BWL.« Marlon kannte weder Marlene noch Ralph. Allerdings klang Ralph nach knapp 60 plus. »Fuffzehn Uhr seid ihr morgen hier. Pünktlich. Kommt nicht zu spät. Der frühe Vogel fängt den Wurm.«

»Wie meinst du das?«

»Für dich ist Nachmittag doch bestimmt wie morgens, und morgens fangen die Vögel die Würmer. Also fängt der frühe Vogel den Wurm.«

»Und der späte Vogel den späten Wurm«, konterte Marlon.

»Es gibt keine späten Würmer, Jung. Die Würmer sind dann schon wieder im Loch unger de Äd.« Sie legte auf.

Gegen die Wortgewalt seiner Oma hatte er keine Abwehrkräfte.

Smilla wollte wissen, über was für Würmer sie geredet hatten.

Doch Marlon kam nicht zur Ruhe, eine SMS auf seinem *Siemens* traf ein. Onkel Albert hatte geschrieben: »Denk an den Umschlag für mich.«

»Hab ich schon«, schrieb Marlon zurück.

Smilla hatte ihm über die Schulter geschaut: »Du hast doch von Kalef gar kein Geld bekommen?«

»Ich hab was beiseitegelegt.«

»Das hatten wir anders geplant.«

»Was soll ich denn tun?« Marlon sah dem nackten Po Smillas hinterher, wie er im Flur verschwand. Sie war schwanger. Er wusste es, aber es war so surreal. Was hatte sein Onkel gesagt? Er solle sich überlegen, was sie beide glücklich macht? Und dann nahm er ihm einfach das Geld ab. Das Licht in der Küche ging an. Kurz darauf saßen sie beide nackt dort und schauten auf dem Handy TV, tranken Limonade und aßen Brote mit Rote-Beete-Aufstrich. Vermutlich glotzten von gegenüber im Hof Leute zu ihnen hinüber. Es war ihnen egal.

Im *Ersten* kam ein Interview mit Herrn Jojoe, der aus dem Krankenhaus entlassen worden war – und eigentlich nichts sagte. Das Kamerateam hatte ihm vor der Haustür aufgelauert. Marlon machte einen Screenshot.

»Was Jojoe wohl denkt? Ich muss mit ihm reden. Vielleicht war ja doch Malush der Büdchenbomber?«

»Glaubst du nicht, dass es die Reichsbürger waren? Diese Gruppe *Wachsam*?«

»Ich glaube gar nichts. Wenn Malush das Geld hat, dann haben wir zumindest noch die Chance, es zurückzukriegen.« Er betrachtete den Screenshot. »Das könnte an der Venloer bei der Bahnunterführung sein.«

»Heute sind da sicherlich jede Menge Journalisten.«

»Irgendwie tut mir Herr Jojoe leid.«

»Du magst ihn«, sagte Smilla.

»Der gehört zu Ehrenfeld wie Brings.«

»Ist das ein Kölsch?«

»Eine Musikerfamilie: Rolly, Stephan und Peter. Du kennst sie bestimmt aus dem Karneval. Der Stephan trägt immer Schottenrock und sie haben so Hüte im Schottenkaro auf.«

»Sing doch mal.«

Tatsächlich tat ihr Marlon den Gefallen, stand auf und spielte nackt Luftgitarre: »Poppe, kaate, danze, dat kannste, dat kannste.« Smilla lachte, wie er um den Küchentisch tanzte. »Du bist echt ein kölscher Barde.«

»Ja«, und er schrie laut in hochdeutscher Übersetzung den Refrain: »Ficken, Karten spielen, tanzen, das kannst du, das kannst du.« Leicht erschöpft setzte er sich neben Smilla.

»Magst du Brings?«

»Naja, Karneval ist Karneval, aber ich mag ein paar Brings-Lieder und von Rolly das über die Edelweißpiraten. Das waren jugendliche Widerstandskämpfer hier in Ehrenfeld.«

»Sing doch mal.«

»Ne, hat zu viel Text. Und der Mutter von unserem Untermieter möchte ich noch einen Tanz nicht zumuten.« Dabei streichelte er ihren Bauch.

In der Nacht erwachte er schweißgebadet. Wieder hatte er im Traum den Albaner mit dem Nagel im Kopf gesehen und konnte nicht raus aus dem Wagen. Marlon schaute sich um, er hörte ein Atmen. Es war irgendwo in der Dunkelheit des Raumes. Er suchte nach seinem Handy. Vielleicht war es ein Lied auf Endlosschleife. Nein, es war kein Lied. Smilla lag neben ihm, sie atmete, aber da war noch ein zweites Atmen im Raum, ganz dicht bei ihm. Als ob es vom Boxsack käme. Er griff neben sich, als wolle er das Atmen fangen. Schaute hinüber zu dem Sack, der im Halbdunkel wie ein Mensch aussah, der von der Decke hing. Marlon stand auf und machte das Licht an. Rot war der Sack, rot und kein Mensch.

»Was ist los?«, fragte Smilla.

»Nichts, ich …«

Er ging in die Küche und holte sich ein Glas Wasser. Ließ den Hahn laufen. Selbst das Wasser konnte nicht mehr runtergekühlt werden. Er trank noch ein Glas und setzte sich auf den Balkon. Die Füße im Planschbecken. Das tat gut. In einigen Fenstern war noch Licht. Die Leute konnten nicht schlafen. Aber keiner hatte wohl solche Albträume.

DER KREISSSAAL BRAUCHT
ENDLICH UTERUSFARBE

Am nächsten Tag, 15.30 Uhr, 36 Grad im Schatten. Der Asphalt glühte. Noch immer war der Lenauplatz gesperrt. Mit einem Laster inklusive Kran wurde die Tischtennisplatte abtransportiert. Smilla hatte sich ein Eis bei den *Eisvögeln* an der Iltisstraße geholt, das sie unter Hochdruck hatte essen müssen, ehe es in der Waffel ganz aufgeschmolzen war.

Nun klingelten sie an dem Reihenhaus, in dessen Parterrewohnung Marlons Großeltern lebten. Rita und Hannes Wagner. Sechs Stufen ging es im Flur hinauf, dann scharf nach links, und da stand sie schon: Rita. Sie hatte sich extra die Haare frisch gemacht und ein bisschen hochtoupiert. Sogar der Kittel war frisch gebügelt.

Als Marlon die Wohnung betrat, wunderte er sich: »Hey, das ist ja richtig angenehm bei euch.«

Rita nickte. »Genau 21 Grad sind es. Und so soll es bleiben.«

Er stellte Smilla vor. Die gab Marlons Oma die Hand.

»Du kannst mich Rita nennen.« Sie nahm Smilla sogleich in den Arm, als gehöre sie schon ewig zur Familie. Dann schnüffelte sie: »Warst du beim *Meller*, Mädchen?«

Smilla nickte. Sie hatte sich ein Parfüm von der *Parfümerie Meller* an der Landmannstraße aufgetragen. »Der hat et echt drauf, der *Meller*. Der hat auch ein Dufttaxi. Hab ich mir schon kommen lassen.« Rita legte ihre Brille ab und sagte: »Lass dich mal richtig angucken. Du bist also dat Leckerchen aus Dänemark.« Dabei drückte sie mit der Rechten nebenbei die Wohnungstür zu. »So was Schönes wächst in Kopenhagen auf den Bäumen.«

Smilla war leicht verunsichert. Eine solch offenkundige Fleischbeschau mit Schnüffeln und Gucken war sie nicht gewohnt. Auch Marlons Großvater Hannes stand im Flur und hob den Daumen zu einem »Sehr schön.«

In der Küche angelangt, wurde das Geheimnis der 21 Grad gelüftet. Dahinter steckte eine portable Klimaanlage, die auf einem Hocker neben der Waschmaschine in der Küche stand. Rita sagte: »Is vum David. Der macht jetzt am Hafen alles, was du da jemacht hast.«

»Ich weiß«, sagte Marlon.

»Ja, un ich sach dir, im Hafen is der David jerne, weil da seine Julia und der blöde Köter, den die mitjebracht hat, nicht sind.«

»Der Köter is auch abjehauen«, informierte Marlon seine Oma.

»Du bist doch Pate über dat Marie.«

»Ja.«

»Dann gib dem Julia mal Bescheid, dass sie zur Vernunft kommt. Der Albert ist jetzt noch janz fädisch, weil sein Sohn nun Bauklo heißt. Ich frach mich, warum der den Namen von dem Drießdier anjenommen hat. Bauklo? Wer heißt denn so?«

»Ach, Oma. Jeder Jeck is anders.«

Smilla schaute sich derweil um. Es war nicht die Wohnung reicher Leute, es war die Wohnung zufriedener Menschen. Jedenfalls, was Rita anging. Früher hatten Marlons Großeltern im zweiten Stock gelebt, jetzt parterre, weil sie so weniger Stufen steigen mussten, die Waschmaschine mit integriertem Kondenstrockner, alles war funktional. Auf einem Tischchen standen Familienfotos, Albert mit Schnauzbart und Silke vor dem Traualtar, Marlon mit Schultüte, zwei Schwarz-Weiß-Fotos von Rita als Baby und Hannes als Baby, darüber ein Fotokalender. Jeden Monat ein anderes Familienmitglied.

Und dann war da noch der große runde Esstisch, der ein bisschen wackelte und zur Seite geschoben werden konnte, wenn Pediküre Samantha ihr Handtuch auf dem Boden ausbreitete.

Marlon öffnete die schmale Tür zum Balkon. Er trat hinaus. Der Hof war begrünt, ein kleiner Schrebergarten für die Anwohner, jeder konnte sein Stück bewirtschaften, und dann prangten dort vier hohe Tannen. Grün und mächtig, als hätten sie noch nichts von Borkenkäfern gehört. Alles war so beschaulich und schön wie auf Melaten. Für einen Moment fühlte er sich in seine Kindheit versetzt. Hier hatte er gespielt.

»Mach die Tür zu. Bist du wahnsinnig?«, schimpfte seine Oma und zog ihn am T-Shirt. »Komm rein. Die Klimaanlage kriegt doch 'nen Herzinfarkt, wenn du die Tür auflässt.«

Da hatte sie recht.

»Setz dich«, sagte Rita zu Smilla. »Kaffee?«

Auf dem Tisch lag eine Omaspitzendecke und auf den Stühlen prangten Sitzkissen, die mit Schleifchen an der Lehne zusammengebunden waren. Fast schien es, als habe Oma alles fein hergerichtet für den Besuch. Das war sonst gar nicht ihre Art. Marlon setzte sich ebenfalls. Sonst ging er immer erst zum Kühlschrank, um sich etwas herauszunehmen, heute tat er es nicht. Gegenüber vom Tisch gab es noch eine Küchenzeile mit einem Kaffeeautomaten.

»Wir hatten auch Vögel, die haben immer so geschrien,

ich hab sie irgendwann fliegen lassen, letzten Sommer. Das ist besser für die Tiere, wenn sie Flügel haben. Stimmt's?«

»Ja«, sagte Hannes, der sich direkt neben Smilla gesetzt hatte. »Jetzt haben wir noch Schildkröten in der Kiste auf dem Balkon. Die fressen Salat und sind glücklich.«

»Schildkröten?« Smilla war sich nicht sicher, ob sie das Wort richtig verstanden hatte.

Rita sagte: »Ja, sind uralt, noch von meinem Bruder Albert. Als der Kind war, hat er sie Weihnachten gekriegt. So 'ne Schildkröte hat schon viele Sessionen miterlebt.«

»Sessionen?«

»Karneval. Jedes Jahr gibt es eine neue Karnevals-Session. Die geht vom Elften im Elften bis zum Aschermittwoch«, erläuterte Marlon.

»Aber du kennst doch Karneval?«, sagte Rita leicht entsetzt. »Da tanzen alle und es kommt der Zoch. Kostüme, Jecken …«

»Ich bin vergangenes Jahr immer an den freien Tagen nach Hause gefahren. Ich war Karneval nicht in Köln.«

»Ja, früher. Jetzt ist das anders. Jetzt bist du wirklich hier anjekommen.«

Smilla nickte. Sie fühlte sich tatsächlich angekommen. Trotzdem musste sie gerade jetzt an ihre Mutter denken. Sie zog ihr Handy aus der Umhängetasche und wollte ihr kurz schreiben.

»Na, dat lassen wir mal«, unterbrach Rita sie in ihrem Vorhaben. »Ich hab schon jehört, dass ihr in die Eichendorffstraße ziehen wollt. Find ich gut für Familien. Aber denk immer dran: Am Ende musst du die ganzen Quadratmeter auch putzen, Smilla.« Und dann sagte Rita: »Man sieht ja noch nichts«, und schaute auf ihren Bauch.

Sowohl Smilla als auch Marlon wunderten sich über diese Bemerkung.

»Ist ja auch noch viel zu früh«, ergänzte Hannes.

Rita sagte: »Warst du schon bei der Schwarzen Muttergottes?«

»Nein«, sagte Smilla, die jetzt einen Kaffee bekam, während Marlon und Opa auf dem Trockenen saßen. Oma hatte nur Augen für die werdende Mutter. Smilla wusste nicht, was die Schwarze Muttergottes war. Und warum sie da gewesen sein sollte. Aber sie musste nicht nachfragen, denn Rita redete einfach weiter: »Dat is die Madonna in Sankt Maria in der Kupfergasse. Bringt Glück. Du musst ein Teelicht bei ihr aufstellen, sieben Euro in den Opferstock werfen und beten, selbst wenn du nur evangelisch bist. Wenn nix hilft, dat hilft. Ich hab auch noch 'nen Rosenkranz für dich.«

»Oma!« Marlon war das jetzt alles zu peinlich. Doch da lag der Rosenkranz, den sie in ihrer Kitteltasche verborgen hatte, schon auf dem Tisch.

Smilla nahm ihn und war gerührt. »Ich weiß nicht, was man damit tut.«

»Beten, Smilla, beten. Der liebe Jott hört alles. Und der Rosenkranz ist dat WLAN für Engelchen wie dich.« Oma griff wieder in ihre Kitteltasche und holte einen länglichen Zettel heraus. »Das hat mir Pfarrer Severin von Sankt Anna gegeben. Da ist eine Adresse drauf, da bekommst du von einer alten Frau – noch älter als ich – alles genau erklärt.«

Smilla faltete den Zettel auseinander. Darauf stand eine URL für ein *YouTube*-Video.

»Du guckst dir das an.«

Smilla nickte.

»Und du gehst zur Schwarzen Muttergottes.«

Smilla nickte wieder.

»Versprich es mir.«

Smilla schaute jetzt Marlon fragend an, denn Oma hatte einen sehr durchdringenden Blick. Marlon sagte: »Sicherlich tut sie das. Ich gehe mit ihr. Und jetzt hör auf. Sie ist nicht katholisch.«

»Das wird sie automatisch mit der Hochzeit«, warf Hannes ein.

»Doppelt hält auch besser«, ergänzte Rita. »Ein Katholik ist gut, zwei sind schon ein Paar.«

»Red keinen Driss.« Marlon platzte allmählich der Kragen. »Ich häng jetzt das Pissbecken auf.«

»Der Opa hilft dir«, sagte Rita. »Dat Smilla un ich müssen in Ruhe reden. Wir Frauen haben das Sagen, ihr habt zu arbeiten. So gehört es sich. Los jetzt.«

Smilla nickte aus Höflichkeit. Sie wäre lieber auch aufgestanden, aber Marlons Oma legte eine Hand auf ihre Schulter. Sie war schwer. Smilla wurde bewusst, dass mit einem Kind auch eine Familie zusammenkam. Für eine Sekunde spürte Smilla die Last und sah sich an einer Klippe stehen. Es war in Österreich gewesen. Sie ließ sich fallen, breitete die Arme aus und flog in dieses grüne Tal. Das Herz hatte ihr bis zum Hals geschlagen, so wie jetzt.

Die beiden Männer verschwanden im Flur.

Rita rückte näher. »Ich freu mich, dass du es jeschafft hast, unseren Marlon zur Vernunft zu bringen.«

Smilla schaute auf die Hand von Rita, sie war voller Adern, voller kleiner Flüsse. Was machte sie hier? Sie war schwanger. Nicht einmal ihre eigene Mutter wusste davon, aber jeder in dieser fremden Wohnung. Sie musste mit ihrer Mutter reden.

»Du und ich und Hannes und alle sind jetzt miteinander verbunden.« Als Smilla nichts dazu sagte, fragte Rita: »Träumst du? Zum Träumen bist du nicht hier. Ich will mit dir reden …«

»Ich weiß«, sagte Smilla.

»Der Albert hat mir gesagt, dass du Abenteuer liebst.«
Smilla nickte.

»Das größte Abenteuer ist das Leben, und wir sind dafür zuständig. Ohne uns tut sich nix auf der Erde. Du verstehst, was ich meine. Wir sind Frauen. Zehn Frauen und ein Mann, dat reicht, um ein ganzes Volk zu gründen. Aber zehn Männer und nur eine Frau gibt Mord und Totschlag und nix Jutes.«
Smilla verstand nicht ganz, was sie damit sagen wollte.

»Wir Frauen sind der wichtige Part, auf die Männer kann die Natur weitgehend verzichten. Ach, du verstehst mich, Smilla. Das finde ich schön. Ich freue mich schon so auf das Kind.«

»Ich mich auch«, sagte sie. Was sollte sie sonst sagen.

»Ich weiß, dass du fleißig unsere Sprache studierst. Also Deutsch, meine ich. Und das soll auch so bleiben. Du kannst ja nicht einfach alles umwerfen wegen dem Kind.«
Smilla konnte sich nur über die Frau im Kittel wundern.

»Wir in Köln haben Familie, und sobald du Teil der Familie bist, bist du nicht mehr alleine. Wenn du also weiter studierst, dann sind Hannes und ich jederzeit für dich da. Auch euer Onkel Albert und seine Kinder. Jederzeit. Verstehst du?«

»Das ist lieb.«

»Das ist nicht lieb, das ist unsere Natur. Lass dich von dem Marlon ja nicht an den Herd stellen. Mein Hannes kann auch besser kochen als ich. Und in einen Kindergarten kommt mir das Kind auch nicht. Da lernt es nicht Familie, da lernt es Gemeinschaft. Aber das ist was ganz anderes, da spielt nicht das Herz die Hauptrolle, sondern das Geld. Da gibt es keine Mutter, keinen Vater, keine Oma, keinen Opa, da gibt es Personal. Alles gekauft. Familie kannst du nicht kaufen, niemals.«

Smilla hatte noch niemanden so reden hören. Rita war anders als alle anderen. Das wurde ihr jetzt klar.

Ein lautes Bohren und ein Fluchen Marlons unterbrach Ritas Vortrag über das Leben und die Geschlechter. Marlon hatte ein Problem. Die Wand im Bad war eine fiese Backsteinmauer, die einfach zerbröselte, wenn er sie anbohrte, und die partout keinen Dübel in sich aufnehmen wollte. Opa hatte das Badezimmerfenster geöffnet, und die Hitze strömte in den kleinen Raum, in dem es eine Dusche mit Klapphocker an der Wand und ein vergilbtes Waschbecken gab. Hannes machte mehrmals die wenig tröstliche Bemerkung, dass alles besser als Beton sei. Da bekäme man überhaupt kein Loch rein.

»Sei bitte still, Opa. Lass mich nachdenken.«

Er hörte Worte, die in der Küche gesprochen wurden. Oma redete. Was sie sagte, konnte er nicht verstehen. Ob sie von der Schwangerschaft wusste? Hatte Onkel Albert schon getratscht? Smilla war sicherlich sauer auf ihn, auf Marlon Plappermaul.

»Habt ihr keine anderen Bohrer?«

Opa ging in den Flur, öffnete das Kabuff, und tatsächlich kehrte er mit einem *Bosch*-Bohrerset zurück, das noch völlig unbenutzt war. Marlon hätte heulen können.

»Die wollte ich aufbewahren, ehe die anderen noch nicht richtig stumpf sind.«

»Ja, Opa«, sagte Marlon und hätte ihn am liebsten erwürgt.

Irgendwann kam Oma gucken, wie Marlon mit der Arbeit vorankam. »Schlecht«, fiel ihm sogleich Opa in den Rücken. Und er bekam sofort Ärger von Oma, die den Bohrdreck auf dem Boden erblickte: »Siehst du nicht, dass ich hier alles geputzt habe? Jetzt is et dreckig wie bei Hempels unterm Sofa. Mach mir hier keinen Schweinestall aus'm Klo.«

Marlon lief beißend der Schweiß in die Augen, denn statt gut 20 waren es mittlerweile 30 Grad in der Toilette.

»Worüber habt ihr Frauen geredet?«

»Über unseren Kram und deine Kindheit. Du warst so süß. Du hattest bis zum ersten Lebensjahr keine Haare. Nix. Blitzeblank wie 'n Pavianarsch an der Zoobrück. Ich hab Smilla dat Fotobuch gezeigt.«

Nun gesellte sich auch Smilla zu ihnen. Sie stand immer noch unter dem Einfluss von Ritas Worten. Smilla war innerlich noch gar nicht wirklich in der Schwangerschaft angekommen, sie war bislang nicht einmal beim Arzt gewesen. Sie und Rita standen direkt in der Badezimmertür, Opa saß auf dem Klodeckel und Marlon war der Einzige, der arbeitete. Trotzdem sagte Oma: »Flöck is anders. Das dauert ja anscheinend noch Stunden mit dem Pissbecken.«

Marlon war erneut kurz vor der Explosion.

»Komm, Mädchen, wir gehen zurück zu den Plätzchen. Du brauchst Nahrung. Und der Jung muss sich konzentrieren.« Smilla trank also Kaffee, und Rita redete. Ein Kind sei nie ein Problem, ein Kind sei stets die Lösung aller Probleme. »Es ist ein Geschenk vum lieben Jott, und was man geschenkt kriecht, darf man nicht weggeben.« Smilla verstand nicht alles, was Rita sagte, was sie jedoch hörte, war die Liebe, die in all der Ruppigkeit Ritas mitschwang. Smillas Familie war nicht so herzlich und offen, eher distanziert. Nähe musste man sich erarbeiten. Hier war Nähe inklusive und vielleicht ab und an zu nah.

Rita rief plötzlich Richtung Bad: »Wem gehört denn nun dat Büdchen auf dem Lenauplatz?«

»Na, Albert natürlich!«, rief Marlon zurück. »Das weißt du doch!«

»Der Junge ist immer gleich auf 100«, lästerte Oma.

»Ich hör dich, Oma! Hür op mit der Lästerei!«, sagte Marlon laut und hätte das Pissoir am liebsten fallen gelassen.

»Kriegt der Albert denn nix vun d'r Versicherung?«, wollte seine Oma wissen.

»Ich weiß nicht, ob Büdchen versichert sind!«

»Do wor doch 'ne Schines drin!«

»Na und?«

Keine Antwort. Marlon zog die Schelle an. Jetzt war der Schlauch mit dem Waschbecken verbunden. Er musste nur noch das Pissoir fertig montieren. Opa reichte den Akkuschrauber, und bald schon hing die Keramik an der Wand. »Prächtig«, sagte Marlon. Sein Opa nickte. Ehe die Männer das Erreichte weiter bejubeln konnten, stand Oma wieder im Türrahmen: »Erheb dich vom Thron.« Damit meinte sie Hannes. »Probier mal, ob du gut dran kommst.«

»Das habt ihr noch nicht ausprobiert?«, fragte Marlon. »Warum habt ihr dann die Striche für die Höhe des Pissoirs angezeichnet gehabt? Ich hab jetzt hier geschlagene zwei Stunden jebraselt. Ich krisch 'ne Krise. Dat darf et doch nit jewe.« Er resignierte, Oma hatte es geschafft, Marlon verfiel ins Verzweiflungskölsch, die nächste Stufe war, dass er zu flüssigem *Kölsch* greifen und Karnevalslieder singen würde.

»Räsch dich nit op, Jung. Opa probiert's jetzt mal. Das mit der Striche war nur Jeneralprobe. Alle verlassen bitte jetzt mal die Toilette.« Sie schaute dabei Marlon an. »Geh zu deiner Künftigen in die Küche. Oma guckt jetzt« – sie sprach in der dritten Person von sich – »wie es bei Opa von der Länge her aussieht.«

In der Küche verdrehte Marlon die Augen und gab Smilla einen Kuss. Er ging zum Kühlschrank. Seine Großeltern hatten eine der *Tupper*-Flaschen von Rene. Belieferte er sie auch mit vorgemixten Cocktails? Marlon schraubte die Flasche kurz auf und grinste. Ja, das war ein echter De Groot. Der Tischler belieferte also nicht nur seinen Onkel. Marlon nahm sich eine Dose *Cola* aus dem Kühlschrank.

»Ja, hier trink ich *Cola*. Das ist die Magie des Ortes.«

Dann erst fielen ihm die rot-weißen Kindersöckchen auf dem Tisch auf. Die Bündchen waren verziert mit Kronen und Flammen.

»Hat deine Oma selbst genäht«, sagte Smilla kühl. »Sie sagt, es wird ein Junge.«

Auf dem Örtchen wurde abgezogen. Nach wenigen Augenblicken kamen Oma und Opa aus der Toilette. Opa sagte: »Zu hoch. Viel zu hoch, Jung. Das Gerät muss weiter runter. So groß bin ich nicht, und mein Otto ist sehr lang.«

Marlon ließ den Deckel der Dose aufzischen und wollte sich einfach nur mit *Cola* volllaufen lassen.

Da grinste Opa und sagte: »Alles nur 'n Witz, Jung.«

Marlon setzte sich. Und wiederholte die Worte seines Opas: »Alles nur ein Witz.«

Rita hob an: »Also, dat Pissbecken hängt. Wie du ja auch schon bemerkt hast, Marlon, weiß ich aus sicherer Quelle, dass ein neuer Wagner unterwegs ist. Mit deiner Künftigen durfte ich schon darüber reden. Und so Gott will, und weil Karneval nächstes Jahr auf so spät fällt, kütt der Jung pünktlich mit dem Rosenmontagszug.«

Die Quelle konnte nur Marlon sein, aber Smilla schien nicht sauer. Vorsichtshalber rollte Marlon trotzdem reumütig die Augen zur Decke. Ja, so war er nun mal, ein Familienmensch, der nichts für sich behalten konnte, ein echter Wagner-Nagel-Spross. Alles gehörte der Familie, auch jede Information. Open Source quasi.

»Ihr seid so toll«, sagte Rita. »Und du willst deinem Onkel auch noch die Tickets für die Bootstour besorgen. Ach, ich könnte euch beide bütze.« Marlon fragte sich, woher seine Oma nun auch noch das mit der Bootstour wusste. Doch eigentlich war es klar und die Informationskette logisch:

Marlon hatte Sandro die Nachricht zugespielt, Sandro passte sie sofort weiter an Onkel Albert, und der rief umgehend seine Schwester Rita an, die es hier und jetzt wieder Marlon erzählt hatte.

»Was heißt bütze?«, wollte Smilla wissen. Da drückte ihr Rita auch schon einen Kuss auf die Wange. »Dat is bütze. Wenn du Strüüßjer vum Zoch han wills, dann muss do och bütze.«

Jetzt verstand Smilla gar nichts mehr.

»Du bist ein gutes Mädchen«, sagte Hannes zu ihr. »Und so schön schnell schwanger. Das ist wirklich praktisch.«

»Ja, jut jetzt. Alte Scheunen brennen bekanntlich schnell.« Mit diesen Worten unterbrach Rita ihren Hannes. »Wischtisch ist eines: Das Kind muss im Klüsterchen zur Welt kommen.«

»Klüsterchen?«, fragte Smilla.

»Ja, wo sonst?«

Marlon erklärte: »Klüsterchen ist das Sankt Franziskus-Hospital. Sobald auch nur eine Nonne in einem Krankenhaus arbeitet, nennen es die Kölner Klüsterchen. Das heißt so viel wie Kloster.«

»Wie, eine Nonne? Wat redest du da? Im Klüsterchen hat es schon mehr als eine Nonne gegeben. Das war früher ein richtiger Nonnenbunker mit Oberschwester und dem janzen Pipapo. Ich habe jedenfalls schon alles in Bewegung gesetzt«, fuhr Rita fort. »Also, der Rutsch ist ja Hausmeister im Klüsterchen …« Ab jetzt prasselten die Worte und Ideen nur so auf Ritas Zuhörer ein: Ihre Nachbarin Marlene hatte eine Schwiegertochter. Die wiederum hatte ein Kind bekommen, also das Enkelchen von Marlene. Das sei in Bergisch Gladbach zur Welt gekommen. Der Grund: Der Kreißsaal sei dort in Uterusfarben gestrichen.

»Was ist das für ein Farbton?«, erkundigte sich Smilla.

»Ja, so in etwa wie sich Inge immer die Haare macht.«

»Inge?«

»Wirst du noch kennenlernen«, versprach Hannes.

»Inges Haar ist lila«, klärte Marlon Smilla auf.

Rita ergänzte: »Ja, so lila und rot und irgendwie alles in einem und ein bisschen dunkler. Wie so Innereien halt sind.«

»Sehr lecker«, sagte Hannes. »In Innereifarben soll also der Kleine zur Welt kommen.«

Rita war sauer über Hannes ironisches Gerede: »Ja, wat glaubst du denn, wie et jetzt bei dem in der Umjebung aussieht? So ein Embryo liegt doch im Uterus.« Dabei schaute Rita liebevoll zu Smilla. »Das Kind is daran jewöhnt, wenn es aus der Mutter kommt. Stimmt et, Marlon?«

Der fragte: »Ist es im Bauch nicht einfach dunkel?«

»Du bist so unromantisch wie der Hannes«, sagte Rita.

Smilla nickte, denn sie hielt Marlon ebenfalls für unromantisch.

»Näh, dunkel ist es nicht in Smilla. Da scheint immer ein bisschen Licht durch die Haut«, erläuterte Rita. »Oder meinst du, die Kinder kommen aus dem Karton? Hach, mer freuen uns jedenfalls von janzem Herzen op der kleine Jung.«

»Es könnte auch ein Mädchen werden«, warf Marlon ein.

»Ja, natürlich. Das ist auch möglich. Eine Prinzessin. Die Prinzessin von Ehrenfeld. Etwa die Hälfte der Kinder ist ja männlich, die andere Hälfte wie ich.«

»Aber extra nach Bergisch Gladbach, um dort zu entbinden?«, sagte Marlon. »Bei der Geburt kommt es doch auf jede Minute an, Oma.«

»Deshalb hab ich ja 'nen Plan. Wir lassen den Kreißsaal im Klüsterchen einfach in Uterusfarben streichen. Dann kommt dat Kind quasi ohne Farbstress aus'm Bauch in die Welt.«

»Glaubst du, die machen das im Klüsterchen? Extra für unser Baby?«

»Hast du mir nicht zugehört, Marlon? Ich hab doch gesagt, dass der Rutsch der Hausmeister vom Hospital ist. Und der Rutsch hat seinen Job nur Hannes zu verdanken. Weil wir ... Ach, is egal. Jedenfalls wird der Hannes dafür sorgen, dat der Rutsch dafür sorgt, dat unser Prinz in Uterusfarben zur Welt kommt. Ich stell mir das ja so schön vor. Warum bin ich nicht so auf die Welt gekommen? Wir hatten damals einfach nicht die Möglichkeiten. Hauptsache, der Rutsch kriecht die Farbe und streicht uns den Kreißsaal.«

Hannes begriff jetzt erst, welche Aufgabe auf ihn zukam. Das mit Frau Wolle war ja noch einfach gewesen, aber das mit Rutsch und dem Kreißsaal würde aufwendig. Marlons Opa sah, wie die Blicke jetzt auf ihm ruhten. All die Verantwortung für die Geburt.

Rita sagte: »Du sorgst dafür. Oder?«

»Ja klar«, sagte er.

Hannes war überrumpelt. Wieder einmal hatte Rita ihn einfach vor vollendete Tatsachen gestellt. Wieder einmal schwang sie das Zepter, und er überlegte, wann er mit Rutsch ins *Iltis-Eck* einen trinken gehen würde. Denn es brauchte viel *Kölsch*, um diese Kröte zu schlucken.

HERR JOJOE SCHWÖRT
AUF HAFERMILCH

Smilla und Marlon gingen Hand in Hand über die Iltisstraße, vorbei an der KVB-Haltestelle und direkt aufs *Iltis-
Eck* zu. Schon von Weitem sahen sie, dass der Lenauplatz
wieder frei zugänglich war. Sogar die Übertragungswagen waren weg. Die Karawane zog weiter, und Max und
Moritz beobachteten von ihrem Brunnensockel aus das
Geschehen.

»Sollen wir ein Eis essen gehen?«, fragte Marlon.

»Du hast ein schlechtes Gewissen«, sagte sie.

Er nickte und entschuldigte sich. »Ich habe das mit dem
Baby einfach meinem Onkel nicht verheimlichen können.«

»Schon gut«, sagte Smilla. »Er weiß ja auch von meinem
Wingsuit und dass ich abenteuerlustig bin. Ihr könnt ja alle
nicht mit einem Geheimnis hinterm Berg halten.«

»Woher hast du denn den Ausdruck schon wieder?«

»Lesen heißt das Zauberwort.«

»Ich bewundere dich.«

»Du musst dich nicht einschleimen und schon gar nicht
verteidigen.«

»Das macht mir erst recht ein schlechtes Gewissen. Hier
regen sich die Leute immer sofort auf, aber du sagst nichts,
du schweigst einfach. Das erträgt ein Kölner nicht.«

»Ida meint übrigens, ich soll mich in den ersten Wochen

der Schwangerschaft nicht gehen lassen, sonst fällt mir später der Verzicht noch schwerer.«

»Mir ist es egal, ob du ein bisschen zunimmst.«

»Naja. Ida hat dir nicht gerade gut gefallen.«

»Sie hat ja auch nicht mein Kind gekriegt.«

»Ich zitiere«, sagte Smilla. Sie zog ihr Handy und tippte darauf herum. »Hier hab ich's. Die Höhner singen: ›Dicke Mädchen haben schön Namen, heißen Smilla, Ida oder Carmen, dicke Mädchen machen mich verrückt, dicke Mädchen hat der Himmel geschickt.‹«

»Woher kennst du das?«

»Ich hab mir die Karnevalsplaylist auf *Spotify* angehört. Ich weiß also, dass ihr Kölner auf dicke Mädchen steht. Du jedoch nur auf dicke Mädchen, die dein Kind bekommen.«

Marlon lachte. »Aber im Original heißt es nicht Smilla, sondern ...«

»... Tosca.«

»Genau. Und du wirst auch nicht so dick wie eine Tosca.« Marlon sagte es, und er wusste, dass er so bei Smilla keine Punkte machte. Er bugsierte sie zum Lenauplatz, genau dahin, wo früher das Büdchen stand. Außer schwarzem Stein und einer armtiefen Mulde im Boden war nichts mehr übrig. Sie standen vor dem rot-weißen Absperrband.

»Opa Hannes hat mir früher erzählt, dass es unter dem Büdchen eine Treppe in die Katakomben Kölns geben würde. Man müsse 111 Stufen steigen. Da seien genau 11.000 Schädel versteckt.«

»Er hat dich beschwindelt. Kölner tun so was.«

»Wie meinst du das?«

Smilla ging nicht auf seine Frage ein.

»Ich fahre gleich zu Herrn Jojoe«, sagte Marlon, und Smilla bestand darauf mitzukommen.

»Aber ich würde gerne mit dem Rad fahren.«

»Ich auch«, sagte sie. Zu seiner Überraschung bat Smilla ihn daheim, den Briefkasten zu öffnen. Darin lag ein Schlüssel, und Smilla schloss damit das Fahrrad vor der Haustür auf. Sie hatte es bei *Mike's Bikes* gekauft. »Ein Schnäppchen«, sagte sie im kölschen Singsang. »Der Typ, der die Räder verkauft, ist cool. *Easy Rider*-mäßig. Er hat mir das Rad sogar nach Hause gebracht.«

»Keilriemen statt Kette. Wirklich nobel«, bemerkte Marlon. Smilla war die bemerkenswerteste Frau, die Marlon bislang kennengelernt hatte. Schlechte Laune oder Beleidigtsein hielten bei ihr nicht länger an. Die beiden fuhren am Sankt Franziskus-Hospital vorbei, vorbei am Parkhaus und am Seniorenhaus Heilige Drei Könige und dann zum Bahntorbogen, unter dem den *Edelweißpiraten* ein Denkmal gesetzt worden war. Eine ganze Wand des Torbogens war mit Edelweiß bemalt. »Du erinnerst dich an das Lied von Rolly Brings?«

»Leider nicht«, sagte Smilla. »Du hast es mir ja nicht vorgesungen.«

Sie folgte Marlon auf die Venloer Straße. Der zückte sein Handy und schaute auf den Screenshot. Er zeigte hinüber zu einem der Bürgerhäuser. »Da muss er wohnen.« Die Häuser waren hier nicht so schick wie die in der Eichendorffstraße. Marlon fand nur einen chinesisch klingenden Namen auf den Klingelschildern. Es war erstaunlich, wie selten asiatisch aussehende Leute auf der Straße liefen, obwohl die asiatischen Imbisse in Ehrenfeld langsam die Dönerläden und Pizzerien verdrängten. Eine Frau trat aus dem Haus, und Marlon schlüpfte hinein.

»Wartest du hier unten?«

Smilla nickte.

Im zweiten Stock hatte Herr Jojoe seine Wohnung. Auf dem Türspion klebte Panzerband. Marlon horchte. Kinderstimmen waren zu hören. Das mussten Jojoes Urenkelchen sein.

Er klopfte. Nichts passierte. Wie ein Tresorknacker hing er jetzt mit einem Ohr an der Tür und klopfte erneut. Die Kinderstimmen wurden lauter, und leise Stimmen von Erwachsenen waren zu hören. Sie sprachen aufgeregt Chinesisch. Allerdings empfand Marlon Chinesisch stets als aufgeregt.

»Hier ist Marlon! Machen Sie bitte auf!«

Herr Jojoe öffnete. Sein Gesicht war breit, die Haut glatt, er sah fit aus, keine Blessuren, nur an der Stirn hatte er eine kurze Naht.

Teppich auf dem Boden und Teppich an den Wänden. »Herr Nagel«, stellte Jojoe Marlon seiner Frau vor, die im Flur erschien und einen *Adidas*-Jogginganzug trug. Sie war viel jünger als Jojoe. Trotzdem konnten die beiden Kinder nicht von ihr sein. Waren sie auch nicht, denn es erschien eine noch jüngere Frau, die sich ebenfalls vorstellte. Vor lauter Generationen war Marlon völlig verwirrt und vergaß sofort wieder sämtliche Namen. Zwei Schritte und eine offen stehende Tür waren es bis ins Wohnzimmer: eine erdrückend große Ledercouch, wieder unterschiedliche Teppiche, die wie Pflaster übereinander lagen, ein Klavier an der Wand, darauf Bilder der Familie, ein Katzenkorb ohne Katze, Poster von New York, Peking, irgendeinem Bergdorf, vermutlich in China, und ein riesiges Foto vom Dom. Die Kinder stritten sich um ein Auto und bemerkten Marlon kaum.

Er hörte Jojoe fragen: »Kaffee?«

»Tee geht auch.«

»Lieber Tee?«

»Egal. Wie geht es Ihnen?«

Frau Jojoe sagte: »Ich kann auch Kaffee und Tee aufsetzen.«

Und Herr Jojoe bat: »Setzen Sie sich.«

Marlon versank im Polster wie in einer Welle.

»Also, ich hätte gerne Kaffee«, sagte er, um die Diskussion zu beenden.

Die nächste Frage folgte: »Filterkaffee oder lieber …?«

»Filter«, sagte Marlon.

»Milch, Zucker?«

»Ich empfehle Hafermilch«, sagte Jojoe.

Hafermilch? Marlon verschlug es fast die Sprache. Doch er sagte: »Hafermilch ist gut.«

»Mandel finde ich auch zu süß«, sagte Jojoe, der sich neben ihn setzte und nicht ganz so tief versank.

Marlon überlegte, was er eigentlich hatte sagen wollen? Da kam ein ganz junger Jojoe – etwa zwei Jahre alt – und fuhr mit einem weiteren Spielzeugauto über den gemusterten Teppich. Er machte Autogeräusche immer schön die Muster entlang und um die Kurve. Seine Brüder waren mittlerweile irgendwohin aus dem Zimmer gerannt. Das Muster auf dem Teppich erinnerte Marlon an den Stadtplan von Dubai mit seinen künstlichen Inseln. Was für Teppiche waren eigentlich in China üblich? Der hier sah typisch persisch aus. Überhaupt erinnerte das Zimmer nicht nur an China, es war ein Eineweltzimmer.

Marlon fragte: »Hattest du Besuch von Malush?«

»Deshalb sind Sie hier?«

»Ich muss wissen, wie viel du an Malush gezahlt hast.«

»Wir haben keine Einkünfte mehr, wenn wir den Kiosk nicht mehr haben.« Mit diesem hochgestochenen Satz betrat eine weitere Frau den Raum, die ihm bislang nicht vorgestellt worden war. Und sie fragte Marlon: »Sind Sie der Neffe des Besitzers?«

»Ja.«

»Sie müssen sich darum kümmern, dass bald alles wieder seinen gewohnten Gang geht.«

Marlon schaute Jojoe fragend an.

»Meine Enkelin Mian weiß über alles Bescheid. Sie macht die Buchhaltung und die Steuern für mich.«

Nach diesem gelungenen Auftritt verließ Mian wieder das Wohnzimmer. Marlon nippte am Kaffee, den Frau Jojoe brachte, und die andere junge Frau war auch wieder weg. Dann kehrte Mian zurück und legte ein schwarzes DIN A4-Buch auf den Tisch. Ihre Nägel waren weiß lackiert. Die Finger dünn wie Stäbchen. Überhaupt war sie so feingliedrig wie das Blatt einer Birke. In dem Buch hatte sie die täglichen Ein- und Ausgänge sowie die Zahlungen an Kalef und Malush registriert, ganz sauber, Tag für Tag, Woche für Woche, Monat für Monat. Sie sagte: »Ich habe es nicht im Computer eingegeben. Schließlich lesen übers Netz zu viele Menschen mit.«

Marlon fand das sehr vernünftig. Nach einem Blick auf die letzten Monate stellte er entsetzt fest: »Malush hat ja die Preise mehr als verdoppelt. Dieser …« Er stockte, vermutlich hatte Kalef auch die Preise erhöht, nachdem ihm Marlon das Geld abgenommen hatte. Und so kam es, dass Herr Jojoe am Ende 650 Euro die Woche an Malush abdrücken musste. Und Marlon war schuld daran.

»Wie schaffen Sie das?«, fragte er Herrn Jojoe.

»Wir schaffen es nicht«, sagte Mian und fügte ironisch hinzu: »Aber wenn Sie und Herr Malush uns nicht beschützen, tut es keiner.«

Marlon war klar: Er war genauso ein Erpresser wie sein Onkel, wie er selbst und Malush. Er sagte: »Ihr müsst uns ab jetzt kein Geld mehr zahlen. Nur die normale Miete.«

»Es gibt doch überhaupt keinen Kiosk mehr. Sollen wir jetzt die normale Miete für einen Kiosk zahlen, den es nicht mehr gibt?«

»Nein. Wir bauen alles wieder auf. Dazu haben sich

mein Onkel und ich verpflichtet. Dann müssen Sie erst einmal gar nichts mehr zahlen, nicht einmal mehr die Miete.«

»Das ist aber sehr großzügig von Ihnen.«

Jetzt fühlte sich Marlon noch schlechter.

Er fragte Herrn Jojoe: »Glauben Sie, dass Malush die Bombe gelegt hat?«

»Er ist kein guter Mensch. Er hat mir gesagt, dass er mich töten wird, wenn ich nicht bald zahle. Er hat gesagt: ›Wenn du nicht zahlst, bist du tot.‹«

»Tun Sie was gegen diesen Albaner«, forderte Mian. »Sie beschützen uns doch.«

»Das werde ich«, versprach Marlon. »Aber das hier« – er legte seine Hand auf das aufgeschlagene Buch, in dem zu viele Informationen standen, die gegen Onkel Albert verwendet werden konnten – »werde ich mitnehmen.«

Mian sagte, dass es ihr gehöre.

»Meine Enkelin meint es nicht so«, entschuldigte sich Herr Jojoe, als habe Mian einen Fehler gemacht. »Sie ist immer so schnell wütend. Sie ist jung. Nehmen Sie nur.«

»Was soll das?«, fragte Mian ihren Großvater. »Wie sollen wir die Miete zahlen ohne den Kiosk?«

Marlon nahm das Buch und zog sich im Flur die Schuhe wieder an. Dann stellte er sich vor Mian, zog vier Fünfziger aus dem Portemonnaie und drückte sie Herrn Jojoe in die Hand. »Ich lasse Ihnen heute Nacht noch 1.000 in den Briefkasten werfen.« Und zu Mian: »Warum kennen Sie sich so gut mit Buchhaltung aus?«

»Gelernte Steuerfachgehilfin«, sagte sie.

»Sehr gut«, sagte Marlon. »Wir bleiben in Kontakt.«

Herr Jojoe drückte ihm die Hand, machte eine leichte Verbeugung, und das schlechte Gewissen pochte in Marlon wie Beethovens Fünfte. Dam, dam, dam, dam!

Draußen war alles anders: Es war warm, später Nachmittag, laut, halt Ehrenfeld, das Leben auf der Venloer Straße pulsierte. So würde es auch noch um 24 Uhr aussehen. Überall standen Leute mit Bier und Säften, mit Döner und Eis. The Veedel that never sleeps. Im *Piccola* gab es Pizza, und ums Eck gleich hinter dem *McFit* das Kino *Cinenova*. Marlon atmete tief durch. Warm war es, die Luft war voller Leben, und er würde demnächst Vater. Eine Familie zu haben, ist eine gute Sache. Wie schön musste es doch für Herrn Jojoe sein, Enkel und Urenkel zu haben, und alle lebten gemeinsam. Eine Großfamilie. Er wusste, dass die Jojoes zwar lieber in einem Haus statt beengt auf zwei Zimmern, Küche, Diele, Bad leben würden, aber jetzt war nicht der richtige Moment, eine Wohnung schlecht zu reden. Er wollte sich einbilden, dass er gut sei und der Familie Jojoe helfen würde. Dazu musste er vor allem eines tun: dafür sorgen, dass Malush endlich die Leute in Ruhe ließ.

Smilla stand schräg gegenüber am Fruchtladen auf der anderen Straßenseite. Sie hatte einen Saft in der Hand, bunt wie der Christopher Street Day und versuchte, einen glatzköpfigen Typen abzuschütteln. Der quatschte auf sie ein. Das war das schwere Los aller schönen Frauen: die Anmache. Ständig Paparazzi, die du nicht loswirst und die wie Fliegen um dich kreisen, egal, wie lang dein Rock auch ist. Sie erkennen eine gute Figur sogar durch Sackleinen und ein hübsches Gesicht unter jeder Burka.

Smilla sah Marlon und winkte.

Der Typ neben ihr schaute ebenfalls hinüber zu Marlon, aber er quatschte munter weiter Smilla voll. Marlon überlegte, ob er die Straßenseite wechseln und dem Typen einfach eins in die Fresse hauen sollte. »In die Fresse«, sagte er vor sich hin. »Dieses Arschloch. Ich mach ihn …« Marlon hielt die Luft an. Er musste sich beruhigen, jetzt keinen

Ausraster bekommen. Ganz ruhig. Er rannte auf dem Bürgersteig entlang wie ein Panther im Käfig. Ob er selbst auch so hartnäckig war, wenn es um eine hübsche Frau ging? An der Fußgängerampel redete der Glatzkopf immer noch auf Smilla ein, obwohl Marlon direkt gegenüber auf der anderen Straßenseite wartete und Blickbillard mit Smilla spielte. Die Ampel wurde grün, der Typ blieb auf der anderen Seite zurück. Glück für ihn. Er hätte ihn zu Brei geschlagen.

»Hartnäckig«, sagte Marlon.

»Willst du mal?«

Marlon nippte am Fruchtsaft: Kiwi, Banane, Grünkohl.

»Malush hat Herrn Jojoe gedroht.«

»Du denkst, er hat die Bombe gezündet?«

»Vermutlich. Der ist skrupellos. Erinnere dich an die Aktion am Hafen.«

»Daran will ich mich nicht erinnern.«

Die beiden machten die Räder von der Laterne los.

Smilla fragte: »Was wird jetzt mit Malush?«

Er wusste es nicht.

»Sollen wir heute Abend mal ins Kino?«, sagte sie. »Ich schau mal, was läuft.«

»Guck nicht aufs Handy. Ich will es nicht wissen, ich will dich nur in den Arm nehmen und spazieren gehen.«

»Bist ja doch ein Romantiker.«

Sie schoben ihre Räder am *McFit* vorbei und hinüber zum *Cinenova*, um sich die Filmplakate anzusehen. Smilla erzählte Marlon davon, dass jemand im Parkhaus am *4711*-Komplex erschossen worden sei. »*Radio Köln* hat darüber berichtet.«

Marlon blieb stehen und streichelte Smilla über die Wangen. »Ich bin so glücklich mit dir.«

»Das will ich hoffen, schließlich sind wir bald eine Familie.«

»Ich weiß.«

»Die Sache mit Malush macht dich fertig, stimmt's?«

»Ich glaube, mein Onkel hätte es am liebsten ...« – er stockte – »... wenn ich Malush umbringen würde.«

»Was?«, wurde Smilla laut. Ein Pärchen, das gerade an ihnen vorbeiging, schaute sie verwundert an, aber Smilla war aufgebracht. »Spinnt der eigentlich? Was denkt der denn ...«

»Schon gut, reg dich nicht auf.«

»Ich soll mich nicht ...«

So kannte er Smilla gar nicht. Er nahm sie in den Arm und sagte: »Lass uns nach Hause fahren, ich muss mit dir reden.«

Wenige Minuten später waren sie schon mit den Fahrrädern wieder daheim. Smilla wollte alles hören, jedes Detail. Sie saßen nebeneinander am Küchentisch, und Marlon redete und redete und endete in der Tiefgarage. »Ich habe jetzt noch dieses Hupen der Alarmanlage, die toten Augen von Kalef und sein Blut auf meinem T-Shirt vor Augen. Kannst du dich daran erinnern, dass ich das Licht in der Nacht angemacht habe? Ich hab geglaubt, dass jemand Fremdes im Zimmer atmet, irgendwo dicht bei mir. Ich hatte Panik und hab das Licht angemacht. Aber da war keiner, nur du.«

Smilla nahm ihn in den Arm: »Warum hast du mir nichts erzählt?«

»Ich wollte dich nicht damit belasten.«

»Du meinst wohl, uns? Ich weiß schon so viel über dich und deine Familie, ich könnte dich und deinen Onkel und deine Brüder schon drei Mal ins Gefängnis bringen.«

Marlon war erstaunt über das, was Smilla sagte. Und wie sie es sagte. Es war still in der Wohnung und ruhig zwischen den beiden. Aber es war keine gute Ruhe, eher eine stille Form von Unruhe.

Smilla sagte: »Ich liebe dich. Und du verheimlichst mir solche Dinge. Das ist nicht gut.«

»Nicht gut«, wiederholte er.

Smilla wusste nicht, was sie mit dieser Antwort anfangen sollte. Marlon wusste es selbst nicht, zwei Worte, die einfach seinen Zustand beschrieben: nicht gut. Dann fügte er hinzu: »Beschissen ist das. Ich hab sogar die Pistole von Kalef.«

»Wo?«

»Ist doch egal.«

»Hier in der Wohnung?«

Marlon erhob sich. Smilla dachte, er hole die Waffe. Aber er schaltete lediglich den Wasserkocher an.

»Ich will Tee«, sagte er. »Magst du auch einen?«

Der Wasserkocher war laut. Marlon füllte den Filter mit Tee auf und goss das heiße Wasser in die Glaskanne. Das Teearoma breitete sich langsam aus. Sie küssten sich nicht. Sonst konnten sie kaum voneinander lassen, doch jetzt saßen sie nur am Küchentisch, er stellte die Tassen hin, sie goss ein und fragte: »Du bist dir sicher, dass Malush Kalef getötet hat?«

»Ganz sicher«, stellte Marlon entschlossen fest. »Ich werde was unternehmen müssen, das ihn endgültig stoppt. Mein Onkel hat recht.«

»Du kannst ihn nicht umbringen. Mörder werden immer gefasst.«

Sein Handy klingelte. »Carlito« leuchtete auf dem Display. »Was will der denn jetzt?«, murmelte Marlon und schob trotzdem den Balken zur Seite.

»Was ist los?«

Carlito kam direkt zur Sache: »Warum lädt mich dein Onkel nicht zu seiner Pokerrunde ein?«

»Weil der nicht mit auf Schiffstour darf.«

»Hör mit dem Blödsinn auf«, überging Carlito einfach diesen Einwand. »Ich habe eben Igor und Wadim gesehen. Sie erzählen, dein Onkel hat alle eingeladen, nur mich nicht.

Sind die Schneiders nach dem Tod meines Vaters keiner Einladung mehr wert?«

»Beruhig dich. Du bist hiermit offiziell eingeladen. Ich hab ganz andere Probleme.«

»Was ist denn los? Kann ich dir helfen?«

»Malush«, sagte Marlon.

»Ach, das Fünzchen. Hat er dir in den Tank gepisst?«

Marlon war froh, dass Smilla das nicht gehört hatte. Sie schien ohnehin gereizt, nippte an ihrer Tasse und fand es offenkundig nicht höflich, dass Marlon ausgiebig mit seinem Freund plauderte. Immerhin hatten sie sich gerade über etwas Wichtiges unterhalten. Marlon fühlte sich wie zwischen zwei Stühlen und machte eine beruhigende Geste in ihre Richtung.

»Hör mal zu, Carlito. Ich muss mit den Albanern reden.«

»Warum?«

»Egal. Erzähl ich dir später. Hol mir Elsaid in die Bar, heute Abend noch. Er soll seinen kleinen Bruder mitbringen.«

»Meinst du, der springt, wenn ich rufe?«

Marlon war wütend, und seine Stimme klang jetzt auch danach: »Das ist mir scheißegal. Ist dir aufgefallen, dass ich auch gerade nicht gefragt hab, wie ich dich an den Pokertisch organisieren kann? Ich mach es einfach, selbst wenn mein Onkel dich nicht eingeladen hat. Scheiß drauf, du und ich sind Freunde.«

Das kurze Schweigen Carlitos interpretierte Marlon so, dass sich sein Freund erst einmal darüber freute, Marlons Freund sein zu dürfen.

Carlito sagte: »Ich kapier das nicht. Dein Onkel lädt ein, und du organisierst die Pokerrunde?«

»Was ist daran so schwer zu kapieren? Bis wann kannst du die Bogdanis heute in den Laden kriegen.«

»Mitternacht?«, spekulierte Carlito. »Ich tu, was ich kann. Die wollen ja auch ständig irgendwas von mir.«

Smilla schaute Marlon liebevoll an. »Du willst also erst einmal mit den Albanern reden?«

»Ja, ein Mörder bin ich schließlich nicht.«

DER DUFT VON ROSEN

Um Mitternacht war es noch schwieriger, einen Parkplatz am Neumarkt zu finden. Marlon hatte daher den Wagen einfach in Ehrenfeld stehen lassen und war mit dem Fahrrad unterwegs. Am Ring war wieder die Hölle los: Mittwochs war immer Almabtrieb. Da kam Feiervolk aus dem Bergischen Land und Bergheim, um die Nacht zu genießen. Marlon trug Hemd und kurze Stoffhose, Turnschuhe und Kappe. Wenn er bald Vater sein würde, dann würde sich sein Leben schlagartig ändern. Nichts mehr mit Disco, stattdessen Popo, Pipi, Pampers. Die Dreifaltigkeit. Er fuhr durch die Torburg am Rudolfplatz auf der falschen Fahrbahnseite, wurde von entgegenkommenden Radfahrern angeklingelt und trat noch einmal richtig in die Pedale.

Sein Rad schloss er in sicherer Entfernung vom Tabakladen am Kölnischen Kunstverein *Die Brücke* ab. So wollte er blöde Sprüche der Bogdanis oder von Carlito vermeiden. Welcher Gangster fuhr schon Fahrrad? Elsaid Bogdani würde kein leichter Verhandlungspartner sein. Er überlegte, ob er nicht doch noch seinen Onkel wegen Rückendeckung anrufen sollte.

Die Seitentür zu *Tabak Schneider* war nur angelehnt. Er ging durch einen Gang mit Rum- und Cognac-Sorten. Es war warm und feucht. So musste es in Kuba sein. Zigarrenwetter. Wie konnte Carlito nur die Tür offenstehen lassen?

Jeder hätte hier alles klauen können. Marlon ging zurück und drückte die Tür zu. Das brachte ihm noch einmal Zeit zum Nachdenken. Nur keine Angst zeigen! Elsaid Bogdani durfte keine Sekunde an Marlons Stärke zweifeln. Eier aus Stahl wollten sie sehen. Aber die hatte er nicht, zurzeit waren es höchstens Katzenpfötchen.

Die Wendeltreppe führte nach unten. Die Tiefgarage und der tote Kalef kamen ihm in den Sinn. Doch schon auf halber Treppe roch es nach Zigarre. Es war wie in einer Höhle mit schwarzen Barhockern und Ledersesseln. Seit 1.000 Jahren hatte hier keiner ein Fenster geöffnet, denn es gab keines. Nicht einmal eine Lüftung. Wer hier rauchte, rauchte für die Ewigkeit. Wer hier rauchte, der paffte entweder oder er rauchte auf tiefe Lunge.

»Da bist du ja!« Carlito stand hinter dem Tresen.

Elsaid legte seine dicke Zigarre im Ascher ab, sein kleiner Bruder trug eine Kappe mit der Aufschrift »Jordan« und der Silhouette eines springenden Basketballspielers.

»Was möchtest du trinken?«, fragte Carlito, der schon ein Glas hochhielt.

Keiner begrüßte den anderen, nur ein kurzes Kopfnicken. Marlon vermied den Augenkontakt mit Malush. Sein Blutdruck stieg, wenn er ihn nur ansah. Es war, als ob er eine Spinne ablecken müsste.

»Rum«, sagte Marlon. »Ohne Sprudel.«

»*Don Papa*?«

Marlon nickte.

Die Bogdanis tranken Whisky. Die Gläser waren sehr breit und die Böden sehr stabil. Zur Not konnte man damit einem Kürbis den Kopf einschlagen.

Carlito drückte Marlon das Glas in die Hand und sagte: »Mein Freund hat um die Unterredung gebeten, weil es ihm wichtig ist, dass Frieden in der Stadt herrscht.« Das hatte

Marlon nicht gesagt, aber schaden konnte es nicht. »Und damit spricht er sicherlich auch für seinen Onkel, der sich stets um das Gleichgewicht in Köln sorgt. Keiner soll Beef haben.«

»Is jut, Carlito«, unterbrach ihn Marlon, der dieses kölsche Al Capone-Gelaber nicht ertrug. »Ich komme gleich zur Sache.«

»Komm du erst mal zu uns«, unterbrach ihn Elsaid und deutete auf den Platz neben sich. Der Typ war eine solche Kante, dass seine Schultern fast die Hälfte des Dreisitzers im Luftraum einnahmen. Marlon sah auf die Tätowierung, die oben an seinem Hals und an seinen Armen sichtbar war.

Das Leder war kühler als erwartet, und er fühlte sich nun extrem klein neben Elsaid. Der pumpte sicherlich stundenlang am Tag Gewichte und aß Eiweiß pur. Er musste schließlich seinen Adler füttern. Marlon drückte das Kreuz durch. Keine Angst zeigen, sagte er sich. Er hob das Glas und stieß mit Elsaid an. Malush wollte mitmachen, aber Marlon verweigerte die Geste. Stattdessen stellte er sein Glas demonstrativ ab.

»Was soll das?«, fragte Elsaid. Carlito wollte auch was sagen, aber Elsaid legte seinen Zeigefinger auf die Lippen und meinte: »Du hast Sendepause.« Das Wort Sendepause hätte Marlon Elsaid nicht zugetraut. Der Albaner war nicht nur brutal, er war auch nicht dumm.

»Dein Bruder bringt Unruhe in die Stadt.«

»Sonst wäre er nicht mein kleiner Bruder.«

»Er hat den Kiosk auf dem Lenauplatz in die Luft gesprengt.«

Malush stützte sich sofort wie ein Gorilla auf die Tischplatte und blaffte Marlon mit »Wichser« an. »Ich mach dich Messer!« Er war ein wilder Stier, aber sein Bruder hob den Zeigefinger.

Dann sagte Elsaid zu Marlon: »Woher weißt du das?«

»Der Kioskpächter wird, was du ja weißt, von deinem Bruder abkassiert. Und als er nicht mehr zahlen wollte, hat er ihm gedroht.«

»Gut gemacht!«, rief Elsaid. »Respekt, Brüderchen. Abkassiert. Sehr gut. Und dann auch noch den Kiosk weggeblasen.« Elsaid hob die Hand, Malush erhob sich ein wenig, um über den Tisch bei Elsaid abzuklatschen. Aber statt Abklatschen gab es eine Klatsche vom Bruder, der gleichzeitig aufsprang, sich auf Malush stürzte und dessen Kopf über die Sessellehne presste. »Hast du dir Hormone gespritzt? Du ...« – und es folgten albanische Schimpfworte. Fast schien es, als würde Elsaid seinen Bruder erwürgen. Doch kaum ließ er ihm wieder Luft, schimpfte das Stehaufmännchen: »Der Wichser. Kölsches Arschloch. Das waren die Nazis. Wenn die Schwuchtel weiter so viel Scheiße labert, spreng ich die ganze Familie in die Luft.«

»Halt die Fresse«, sagte Elsaid und saß wieder ruhig. »Noch was?«

Marlon sagte: »Der Tote im Parkhaus am 4711-Gebäude.«

»Was ist mit dem?«

»Es war unser Mann Kalef. Er wurde albanisch hingerichtet. Kugel in den Mund.«

»Woher hast du die Waffe!«, schrie der albanische Adler seinen kleinen Bruder an. »Rede!«

»Ich ...«

»Du hast sie von mir geklaut. Ist das so? Du beklaust deinen eigenen Bruder? Mich? Ich kauf dir auch noch die scheiß Karre, nur weil deine Mutter das will.«

»Mama?«, sagte Malush.

»Ja, Mama. Sie hat mich angebettelt, ich solle mit ihrem kleinen Malush gut umgehen. Ach, der kleine Malush, der nie was dafür konnte, dass er so klein war. Und jetzt hat der kleine Malush einen Kiosk in die Luft gesprengt.«

»Ich war es nicht«, beteuerte er. Zu spät. Sein großer Bruder verpasste ihm über den Tisch eine Rechte, sodass Malush zur Seite fiel und sogar Marlon geschockt war. Er kannte niemanden, der so gnadenlos zuschlug wie dieser Albaner. Er hätte den Boxsack in seiner Wohnung zum Schwingen gebracht wie ein radioaktives Teilchen.

Elsaid ging zu Carlito hinter die Bar, kam mit einem Sektkübel eiskaltem Wasser zurück und goss ihn über seinen Bruder. Dann fragte er Marlon: »Was verlangst du?«

Der trank den Rum aus. »Dass du das Putzgeschäft der Türken in Ruhe lässt.«

»Ich und das Putzgeschäft von Soylu? Ich bin doch nur in Nippes.«

»Lass es einfach«, sagte Marlon. »Und dein Malush geht zu Herrn Jojoe und wirft ihm noch heute Nacht 2.000 Euro in den Briefkasten – in einem Umschlag. Insgesamt müsste dein Bruder in den vergangenen Monaten etwa 50.000 Euro abkassiert haben, die eigentlich meinem Onkel gehören. Das Geld soll er bei mir im Briefkasten deponieren. Ebenfalls heute Nacht.«

»War's das?«, fragte Elsaid.

»Das war's«, sagte Marlon. »Den Rest hast du ja schon erledigt.« Dabei schaute er hinüber zu Malush, dem es nicht gut ging.

Elsaid erhob sich. Marlon tat das Gleiche. Und dann nahm Elsaid Marlon in den Arm. Der Kerl roch nach Rosen. Marlon war sogleich halb betäubt von dem intensiven Duft.

»Wir gehen«, sagte Elsaid. Die Schläge hatte Malush schon wieder weggesteckt. Marlon drückte Carlito, flüsterte ihm ein »Danke« ins Ohr. Marlon folgte den Bogdanis die Treppe hinauf und in die Nacht hinaus.

Elsaid hatte seinen Tesla auf dem Platz vor Sankt Aposteln geparkt. Der schwarze Wagen war mit Spoiler und Heckflosse ausgestattet. Elsaid protzte: »Wir haben ein paar Watt mehr aus ihm herausgekitzelt. Beschleunigt jetzt wie auf'm elektrischen Stuhl.«

Sie trennten sich. Marlon lief noch einmal um den Block, damit ihn die Bogdanis auf keinen Fall dabei erwischten, wenn er seinen Drahtesel bestieg. Womit er nicht gerechnet hatte, war Carlito. Der zog Höhe Hahnentor in seinem Porsche hupend an Marlon vorbei.

20 Minuten später bog Marlon in die Landmannstraße. Zur gleichen Zeit redeten zwei gestandene *Kölsch*-Trinker im *Iltis-Eck* an der Theke miteinander. Jeder hatte 30 Stangen intus. So lange hatte Hannes gewartet, ehe er mit der Wahrheit herausrückte: »Was Rita will: Wir sollen den Kreißsaal in Uterusfarbe streichen.«

»Im Ernst? Uterus. Für mich klingt das nach römischem Feldherrn so wie Spartacus und Kopernikus.«

»Nä, wirklich. Rita meint es ganz ernst, Rutsch.«

Rutsch erhob erneut das Glas, stieß mit Hannes unten an und dann ein Zug zum Glück. »Dann bin ich dabei. Ich lass dich nicht hängen. Wie sieht Uterusfarben denn aus?«

»So genau weiß ich dat nit. Hab schon geguckt, aber …«

Jetzt mischte sich der Köbes ein und sagte: »Ich kenne Uterusfarbe, der Ton liegt zwischen Steak medium und well done.«

Rutsch gab ihm recht. »Könnte sein.« Rutsch selbst hatte ja einst Metzger in seinem Heimatkaff in der Eifel gelernt.

»Du kannst doch dat Smilla nicht mit 'nem Rind vergleichen«, sagte Hannes. »Dat ist so ein lecker Mädchen.«

»Aber in ihr is et jenau esu düster wie in ner Sau.«

Das ging Hannes zu weit: »So viel Driss, wie du redest, passt auf keine Karre.«

»Was bildest du dir eigentlich ein? Ich lass mich doch von dir nicht so titulieren, nur weil du den Friseur von Klinikleiter Doktor Hellbaum kennst.«

»Ohne mich hättest du den Job im Klüsterchen gar nicht gekriegt, hätte ich nicht den Friseur von Professor Hellbaum gekannt.«

Jetzt standen beide Männer neben den Thekenhockern und schauten sich bitter und besoffen an. Jeder war bereit, gleich seine Fäuste zu ziehen. In der Kneipe war es still. Selbst der Wirt hielt inne. Ein weiterer Mann und eine Frau saßen noch einsam neben dem Spielautomaten.

»Ich könnte dich jetzt fertisch machen, du ahle Knopp«, sagte Rutsch.

»Du bist doch längst fertisch«, konterte Hannes. »Su alt wie du kann keiner werden.«

Die beiden Hitzköpfe würden gleich aufeinander losgehen. Da hatte der Wirt eine grandiose Idee und zapfte direkt vor ihnen noch zwei *Kölsch*. Er stellte sie vor die Streithähne: »Jeht op mich. Los, trinken un nich zanken. Ihr macht euch so viele Sorgen um et unjeborene Leben, ihr solltet das jeborene Leben lieber in Ehren halten.«

Dabei zapfte er auch noch für sich ein *Kölsch*. Und tatsächlich nahmen die beiden Männer aus Reflex die Kölschgläser in die Hand und stießen miteinander und mit dem Köbes an, der befahl: »Und jetzt nehmt euch in den Arm.«

Das taten Hannes und Rutsch, und Rutsch versprach seinem Freund noch einmal: »Ich lass dich nicht hängen. Der Kreißsaal wird bald ein Uterus sein.«

Knapp zwei Stunden später brach mit einem gewaltigen Donner ein Unwetter über Köln herein, das sogar den schnarchenden Hannes aus dem Schlaf riss und Rita ängstigte. Ob das der göttliche Zorn für ihr manipulatives Spiel war?

Marlon und Smilla standen am Fenster und sahen aus dem zweiten Stock, wie der Regen im Licht der Straßenlampe auf den erhitzten Asphalt prasselte.

»Es regnet Püppchen«, sagte Marlon. Er zeigte auf die Wassertropfen auf der Fensterbank, die aufs Blech knallten, kurz aufstiegen um dann im Nass zu versinken. Es blitzte und donnerte, aber in Marlon war es ganz ruhig. Er würde dafür sorgen, dass nichts mehr schief lief in Ehrenfeld. Morgen früh würde Herr Jojoe sein Geld im Briefkasten haben. Und auch in Marlons Briefkasten würde das Geld liegen. »Findest du, dass ich ein schlechter Mensch bin?«

»Jeder hat seinen Platz.« Sie schaute Marlon an. »Hast du mal den *Faust* gelesen?«

»Kenn ich nur von *Fack ju Göhte*.«

»In der Tragödie gibt es Gott und den Teufel. Denn es braucht immer einen Gegenspieler – so wie bei *James Bond*. Stell dir mal vor, wir wären alle Engel. Keiner lügt, keiner betrügt, keiner fängt Streit an. Gut braucht immer Böse, Gott versus Teufel, Jedi versus Darth Vader, Nazis versus Indiana Jones. Gut braucht immer Böse und umgekehrt.«

»Und ich bin böse?«

»Wer in unserer Beziehung der Engel ist, lieblich und schön, ist doch klar. Und wer der Teufel ist und hässlich, ist doch auch offensichtlich.«

Marlon trat einen Schritt vom Fenster zurück. »Ich meine, es riecht nach Schwefel.« Unten war der Daimler von Malush vorgefahren. Der Fahrer, massiger Typ mit Glatze, stieg aus. »Das muss Malushs neuer Spannmann sein.« Er hielt einen Umschlag in der Hand und verschwand im Laufschritt unten am Hauseingang aus dem Blickwinkel der beiden. Kurz darauf kehrte er zurück, stieg schnell, vor dem Regen flüchtend, in den Wagen und rauschte ab.

»Ich gehe runter gucken.« Wenige Augenblicke später hielt Marlon den Umschlag in seiner Hand, prall gefüllt mit 50-Euro-Scheine. Marlon sagte: »Eichendorffstraße, sage ich nur. Alles für unser Nest.«

WURZELCHAKRA IN
KREISSSAAL 3

Die Luft war klar, gereinigt vom Gewitter. Die wenigen Wolken kamen von den Braunkohlekraftwerken westlich von Köln. Marlon wollte einen Neustart. Erst einmal musste ein neuer Soldat zum Abkassieren her. Sonst wäre er schließlich kein Captain, sondern selbst Soldat. Seine Wahl fiel auf Mario. Dessen Vater knirschte zwar erst einmal mit den Zähnen, aber er gab seinen Sohn frei. Wenn die Mafia einen Italiener ruft, dann folgt er wie der Pfarrer dem Messdiener. Marlon und Mario klapperten die gleichen Geschäfte ab, wie Marlon es vor wenigen Wochen mit Kalef getan hatte. Am Ende wartete Bäckermeister Markus Schmitz unter dem Galgen in seinem Krankenbett. Marlon nahm erneut einen Karton von dem zierlichen Pfleger entgegen. Diesmal setzte dieser sich nach der Übergabe zu Schmitz auf die Bettkante, drückte ihm einen Kuss auf den Mund und hielt Händchen.

Für Mario war das ein bisschen zu viel kölsche Freiheit. So jedenfalls äußerte er sich, als sie nach der Begegnung im Golf saßen.

»Was stört dich denn konkret«, wollte Marlon wissen. »Ist es der Altersunterschied? Oder weil sie schwul sind?«

»Beides.«

»Schmitz und sein Lover sind normal, gewöhn dich dran.

Wie heißt der erste Zusatzartikel zum Kölschen Grundgesetz?«

Mario war überfragt.

»Jeder Jeck is anders. Lass die Leute so sein, wie sie sein wollen, solang sie dir nicht schaden ... ›Ich bin en Tunt, bin kernjesund‹, hat schon der große Zeltinger gesungen. Ab morgen kassierst du selbst ab. Jeden Tag fünf bis sechs Läden, dann bist du in einem Monat einmal rund in der Gemeinde.«

»Ist das dein einziges Auto?«, fragte Mario scherzhaft, als Marlon gerade den Gang einlegte. »Ich hab noch einen Ferrari in der Garage und einen Maserati in Nizza. Aber weder in dem einen noch in dem anderen würde ich dich mitnehmen.« Marlon legte seine Hand auf Marios Schulter. »Weißt du was? Du bist nett und der Richtige für den Job, aber du solltest besser die Klappe halten bei Dingen, die dich nichts angehen. Ist das klar?« Er drückte fester auf Marios Schulter. Der sollte spüren, dass er zu allem fähig war. »Der Letzte, der eine große Klappe hatte, ist in seinem Porsche gestorben. Ich hab einen Boxsack zu Hause und dem gebe ich Namen. Ich möchte ihn niemals Mario nennen müssen.«

Der war jetzt sehr ruhig. Mit solch einer heftigen Reaktion hatte er vermutlich nicht gerechnet. Marlon spürte die Angst in Marios Gesicht.

»Und denk gar nicht daran, jetzt kalte Füße zu kriegen. Es ist zu spät. Es war schon zu spät, als du für Kalef gearbeitet hast. Aber jetzt ist es mehr als zu spät. Wir sind auch kein Team oder Freunde, du machst den Job für mich. Und du machst ihn, ohne darüber nachzudenken, was für ein verficktes Auto ich fahre. Ist das klar? Sonst überfahre ich dich nämlich mit meinem verfickten 2009er Golf.«

»Klar«, sagte Mario.

»Dann steig jetzt aus, den Weg nach Hause findest du sicherlich alleine. Ich hab noch was zu tun.«

Mario hob zum Abschied leicht die Hand. Marlon erwiderte die Geste nicht, erst als Mario vor ihm die Subbelrather Straße überqueren wollte, schoss er aus der Parklücke auf Mario zu, der gerade noch ausweichen konnte.

»Pass auf dich auf«, rief Marlon durchs offene Fenster und gab Gas.

Doch so einfach konnte er das Gespräch mit seinem Soldaten nicht vergessen, denn Mario hatte einen wunden Punkt getroffen: Er war noch nicht so weit wie Onkel Albert, dem keiner mehr am Zeug flicken konnte, der auch mit einem Lada hätte durch Köln fahren können. Er war noch an einem Punkt in seiner Karriere, an dem die Leute ihn abcheckten. Wer einen Golf fuhr, der war höchstens der Lakai vom Soldaten. Ein AMG-Tuning war so wichtig wie der Anzug für den Banker.

Das war ein Problem.

Auch den Neubau des Kiosks wollte Marlon in Angriff nehmen. Dafür traf er sich mit seinem Onkel in dessen Villa. Wie üblich hing der um 17 Uhr über seinem eiweißreichen Essen – diesmal im Wohnzimmer. Auf der Terrasse war ihm zu heiß. Die Terrassentür war zu, und die Klimaanlage hatte den Raum auf 23 Grad herunter gekühlt. Trotzdem saß er mit offenem Hemd auf der Couch, das Handy direkt daneben und daneben saß Marlon. Irgendwoher hörte Marlon Johnny Cash singen. Gerade, als er auf den Kiosk zu sprechen kommen wollte, erwähnte er, dass Smilla zurzeit unter Übelkeit leide.

Albert schaute von seinem Steak auf. »Dat sagst du mir erst jetzt.«

»Sie hält ihr Frühstück nicht mal so lange drin wie ein Magermodel. Es ist eine Abwehrreaktion des Körpers gegen das eigene Ungeborene, sagt die Ärztin.«

»Was für ein Stuss. Dat is ganz normal. Die Frauen müssen sich erst einmal übergeben, damit sie das Kind akzeptieren. Das musst du positiv sehen. Das ist wie so ein Staffelläufer, der dem nächsten den Stab in die Hand gibt. So ein Baby bestimmt ab jetzt, was es will, das Baby bestimmt ja auch, wann die Geburt losgeht.«

»Nä.«

»Doch, Marlon. Kannst du nachlesen. Das Cockpit ist jetzt in ihrem Bauch. Der Kleine hat schon den Steuerknüppel zwischen den Beinen.«

»Ne, die Übelkeit ist nicht normal.«

»Doch«, sagte sein Onkel, steckte sich ein Stück Fleisch in den Mund und kaute und redete: »Bei unseren Frauen ist das sowieso normal. Das haben deine Mutter und deine Tante auch gehabt, obwohl Silke gar nicht blutsverwandt mit dir ist.«

»Das ist nicht logisch.«

»Ach, Jung. Sei froh, dass nicht alles logisch ist.« Albert legte die Gabel hin, kaute, nahm Marlon in den Arm und drückte ihn wie einen kleinen Jungen. Und wie einem kleinen Jungen rieb er ihm mit der Faust über den Kopf. Es tat ein bisschen weh, aber es erinnerte Marlon an Kindheit, und deshalb war es gut.

»Glaub mir, Jung, alles wird jut. Deine Smilla wird uns die Zukunft schenken. Aber jetzt zum Büdchen. Du willst ja, dat dat Ding möglichst schnell wieder auf die Beine kommt.«

»Herr Jojoe braucht dringend das Geld.«

»Wir ja auch, Jung. Zum Glück haben die Rechten das Ding weggebombt. Der Stadtrat hat deshalb Geld für den Aufbau bewilligt. Wenn diese Fanatiker von rechts einem armen Chinesen das Büdchen wegbomben, muss ich doch daran verdienen. Jedenfalls sind für den Wiederaufbau vier Jobs vorgesehen.«

»Das ist doch nur ein winziges Büdchen.«

»Ich finde es riesig. Und genauso riesig wie vorher soll es auch wieder werden. Nur halt neu und schick: ein richtiger Palast für unseren Chinamann.«

»Herrn Jojoe«, sagte Marlon, dem dieses unterschwellige Chinesenbashing auf den Geist ging.

»Jaja, is jut. Wir sind alle Weltbürger, alle gleich. Die einen sind gleicharm und die anderen werden gleich noch reicher. Und ich sag dir, wie wir reicher werden.« Sein Plan war einfach, und Marlon sollte ihn sogleich in die Tat umsetzen.

Doch bevor er gehen durfte, sollte er noch was probieren. »Geh mal zum Kühlschrank und hol mir die Flasche, auf der ›Mile‹ steht. Und zwei Gläser und Eis.«

»Kein Alkohol.«

»Darum geht es nicht. Ich will das Zeug vertreiben. Ich brauch deine Meinung. Musst nur testen.«

Sein Onkel war ein sturer Hund. Zurück im Wohnzimmer musste sich Marlon einen *Green Mile* aus der Flasche eingießen und ihm natürlich auch.

»Wie findest du die Flasche?«

»Schick. Schriftzug schwarz von oben nach unten, dann diese Linien und dann alles in Grün. Irgendwie stylisch.«

»Und jetzt probier.«

Marlon nippte.

»Geil, ne.«

Er nippte noch einmal. »Ja, fruchtig. Was ist denn da drin.«

»Geheimnis.«

»Onkel!«

»Acht Zehntel Orangensaft, acht Zehntel Maracujasaft, drei Zehntel Whisky und zwei Zehntel Blue Curaçao. Macht zusammen rund 16 Umdrehungen.«

Marlon schmeckte der *Green Mile*.

»Das wird den Tischler und mich reich machen.«

»Das ist vom Tischler?«

»Ja – und der hat noch mehr Cocktails. Ich hab auch schon eine Idee, wann wir *Green Mile* auf den Markt bringen.«

»Wann?«

»Das wird eine Überraschung. Erst mal fährst du jetzt zur Platenstraße und legst los mit dem Büdchen.«

So entstieg er zwei Stunden später an der Platenstraße seinem Golf. In einem der heruntergekommenen Bürgerhäuser hatte ein Geschäftsfreund eine Wohnung an ukrainische Arbeiter vermietet. Dort lebten neun Ukrainer auf zwei Zimmern. Sie waren über Russland und Lettland nach Europa eingereist, kamen, um zu arbeiten, und blieben, um illegal zu schuften. Nur der Chef der neun Ukrainer, ein gewisser Anatolij, besaß Papiere, er hatte auch den Mietvertrag unterschrieben.

Er klingelte, aber die Tür zum Haus war gar nicht abgesperrt. Anatolij und seine Mitarbeiter lebten im vierten Stock. Der Chef war alleine, die Arbeiter ausgeflogen. Marlon folgte dem vierschrötigen barfüßigen Typen, der trotz der Hitze mit einer Kappe sein Glatze bedeckt hatte. Es roch nicht gut in der Wohnung, und es war so heiß und stickig, dass Marlon kaum noch Luft bekam.

»Nimm Platz.«

Das tat Marlon. Der Tisch bestand aus drei Tischen, die aneinandergeschoben worden waren und über denen eine abwaschbare Wachstuchtischdecke lag.

»Kaffee? Tee?«

»Was ist dir lieber?«

»Kaffee ist nur für Betrunkene«, sagte Anatolij. Er schüttete ihm aus einer kleinen Kanne Teekonzentrat in die Tasse und aus dem Wasserkocher heißes Wasser. Dann nahm er zwei kleine Gläser von der Spüle, öffnete den Kühlschrank und nahm eine Flasche Wodka aus dem Schrank. »Der gute vom *Lidl*. Nicht teuer, aber hat genau so viele Prozente wie der vom *Aldi*.«

Das war ein Argument. Anatolij goss die Gläser voll, und Marlon schaute ihm auf die Hände. Sie waren in all ihren Falten schwarz. Als habe jemand Tinte dort eintätowiert.

»Dein Onkel hat gesagt, es geht um vier Jobs?«, sagte Anatolij in gebrochenem Deutsch.

Marlon sagte »Ja.«

»Darauf müssen wir trinken. Vier Jobs ist viel.«

Marlon wollte nichts trinken, aber es schien in der Platenstraße Brauch zu sein. Also legte er den Kopf in den Nacken.

»Is gut?«

»Is gut«, sagte Marlon, obwohl für ihn ein Wodka wie der andere schmeckte.

»Wie hast du dir das vorgestellt mit den vier Jobs?«

»Zwei für uns, zwei für dich.« Marlon zeigte vier, dann zwei mit den Fingern.

»Darauf müssen wir trinken. Zwei für mich, zwei für euch.«

Die Gläser machte er so voll, dass die Spannung darauf zu sehen war.

Wieder legten sie den Kopf in den Nacken. Alle Klischees, die er über Ukrainer hatte, schien Anatolij hier und heute bestätigen zu wollen.

»Warst du schon mal in der Ukraine?«, fragte Anatolij.

Nein, dort war Marlon noch nie.

»Das ist gut. Sehr gut. Dann kann ich dir jede Geschichte erzählen, und du wirst alles glauben.« Daraufhin kippte er die Gläser wieder voll und …

Marlon schätzte ihn auf Mitte 40.

»Wann fangen wir an?«

»Schnellstmöglich«, sagte Marlon.

»Morgen ist schnell?«

»Ja.«

Wieder gab es einen Wodka, aber Marlon wollte nicht mehr. Und dann trank er doch. Denn Anatolij sagte, dass er seine Männer nicht mit einem Mann beeindrucken könne, der nicht gerne trinkt. Und er müsse sie beeindrucken, damit sie morgen pünktlich auf dem Lenauplatz seien. So verlief das Gespräch, und am Ende war Marlon betrunken.

Schließlich umarmte Anatolij ihn zum Abschied und wollte ihm auch noch die Hand geben. Doch er zögerte einen Moment. »Kommt von Autos. Fast 20 Jahre Schrottplatz bei Kiew und zwei Jahre bei Bogdani. Das Öl ist in der Haut. Es ist wie ein Tattoo.«

Beim Hinausgehen schaute Marlon noch in das Zimmer, das kein Klo war. Dort lagen Matratzen auf dem Boden und standen Spinde an den Wänden.

Egal, wie schmuddelig es in der Wohnung auch gewesen war, am kommenden Morgen legten die Ukrainer schon los. Sie sperrten die Baustelle vorschriftsmäßig ab. Chef Anatolij beobachtete den Fortgang der Arbeiten persönlich von einem Klappstuhl aus, den er unter dem Kastanienbaum gleich beim Stromkasten postiert hatte. Eine Tasse Tee oder ein Bier in der Hand saß er von nun an da. Die Leute auf dem Lenauplatz wunderten sich über die Baukolonne ohne Helm, ohne entsprechende Arbeitskleidung und ohne Firmenzeichen. Wenn einer eine Frage an die Männer stellte, fischte Chef Anatolij den Fragenden ab, und erklärte, dass seine Bauarbeiter schon bald fertig sein würden. Und dass seine polnischen Landsleute nicht so gerne Helme tragen würden wie die Deutschen.

Während die Bauarbeiten auf dem Platz voranschritten, bekam Hannes Druck: »Ich hab dem Smilla versprochen, dass der Saal gestrichen wird. Und du sorgst dafür.«

»Aber wir haben doch Zeit. Der Bauch von dem Mädchen ist ja noch flach wie 'ne Bierdeckel.«

»Du hast auch nur *Kölsch* im Kopp. Ich will, dass endlich was passiert. Habt ihr die Farbe schon benutzt?«

»Wir sind uns mit dem Ton noch nicht einig. Das ist schwierig.«

»Wehe, ihr macht den grün oder so.«

»Der Rutsch und ich sin doch nit farbenblind. Das wird genau der Uterusfarbton. Glaub et mir. Dat Kind wird gar nicht bemerken, dass es nicht mehr in der Mama ist.«

»Naja, beeilt euch.«

Bekanntlich arbeitet das Gehirn der Kölner am besten unter Druck, und daher passierte es, dass Hannes und Rutsch an einem Montagmittag vor Rutschs *iPad* im *Iltis-Eck* saßen und Uterusfarbe googelten, denn Hannes traute der Steak-medium-Farbton-Variante nicht so wirklich.

»Aha, dat is erwiesen: Rot macht den Raum kleiner. Wenn du also eine Turnhalle rot streichst, denkst du am Ende, du stehst in 'ner winzigen Höhle.«

»Ja. So is et ja auch«, sagte Hannes.

Die beiden durchforschten Seiten zur Farbpsychologie.

»Wohnhöhlen voller Geborgenheit können mit Rottönen geschaffen werden«, las Hannes und fand das Wort »Wurzelchakra« befremdlich. Er wiederholte »Wurzelchakra« und bestellte zwei *Kölsch*. Aber Hannes hielt den Köbes davon ab zu zapfen und sagte: »Ne, lieber noch zwei Kaffee. Das muss jetzt akkurat laufen.«

Hannes hatte Mittagspause und war genervt. »Dafür komm ich mit dem *iPad* hierher, um mich mit Kaffee umzubringen.«

»Das ist nicht einfach Kaffee. Der hat extra Kaffeee vom *Schamong*. Das ist wie Gold aus Ehrenfeld. Älteste Rösterei der Stadt. Rita will, dass wir uns informieren und nicht volllaufen lassen. Unsere Sinne sollen hellwach sein.«

»Was Rita will, ist nur wichtig, wenn Rita da ist. Wenn Rita nicht da ist, zählt, was Hannes will.«

»Ja, is klar«, sagte Rutsch. »Sind das deine Tagträume? Was träumst du denn nachts? Lass uns weitermachen. Und jetzt trink den Kaffee.«

Das tat Rutsch, und er schmeckte ihm. Hannes meinte: »Mir gefällt das Wort Chakra nicht. Es klingt so kratzig. Ich spür et auch schon im Hals. Ich glaub, ich brauche doch noch ein *Kölsch,* um das runterzuspülen.«

Doch Hannes blieb hart an der Sache, und nach dem dritten Kaffee war klar, wie der Raum auszusehen hatte. Obwohl Rutsch beteuerte, dass er nicht so lange Mittagspause machen könne, standen sie eine halbe Stunde später im Baumarkt und kauften vier Farbeimer: rot, orange, lila und hellrot.

»So geht Uterus«, sagte Hannes. Rolle und Pinsel hatten sie noch im Keller gefunden. Die Leiter würde Rutsch im Krankenhaus haben. Schließlich war er Hausmeister. »Aber dich lass ich nicht mehr auf die Leiter. Wenn du runterfällst, hast du gleich Schenkelhalsbruch. Das ist dann das Ende in deinem Alter.«

Hannes traf es innerlich, wenn er auf sein hohes Alter angesprochen wurde, aber er ließ es sich nicht anmerken, wie sie jetzt alles so durch den Garten von Sankt Franziskus und hinein in die Hausmeisterwohnung trugen.

Rita musste an diesem Montag alleine bleiben. Denn nur montags konnten die beiden in den Entbindungsraum 3. Die beiden ersten Kreißsäle waren immer belegt, aber montags brachten die Frauen in Köln nicht so viele Kinder auf die Welt. Irgendwie war der Tag, statistisch gesehen, kein guter Gebärtag, und so schraubte – als der Kreißsaal leer war – Rutsch den Wasserzulauf zum Waschbecken mit seiner Rohrzange in Kreißsaal 3 auf. Sofort spritzte das Wasser raus, und unbemerkt machte er sich wieder davon und ließ dem Wasser seinen Lauf.

Eine halbe Stunde später, es war jetzt 17.18 Uhr, klingelte sein Handy. Eine der Krankenschwester hatte den Wasserschaden entdeckt, da sie das EEG-Gerät von Kreißsaal 3 in Kreißsaal 2 schieben wollte.

»Ich komme sofort mit der Rohrzange«, sagte Rutsch. Das tat er dann auch und stellte das Wasser ab. In den nächsten beiden Stunden brachten er und zwei Schwestern den Saal wieder auf Vordermann. Die leitende Ärztin der Gynäkologie-Abteilung, Doktor Ayşe Sander, sagte, dass die Wände neu gestrichen werden müssten. Schließlich sei der Wasserschaden bis über die Fußleiste zu sehen. Rutsch nickte: »Wird erledigt.«

Die Ärztin fügte hinzu: »Ich bitte Sie übrigens, den Saal in Uterusfarben zu streichen. Das war ja ohnehin schon für das kommende Kalenderjahr angedacht.«

Rutsch war baff, aber er nickte brav.

»Sie wissen, wie der Uterusfarbton ist?«

Rutsch sagte wie aus der Pistole geschossen: »Es ist eine Mischung aus Rot, Orange, Lila und Hellrot.«

»Sie überraschen mich. Woher wissen Sie das?«

»Ich interessiere mich für Chakras. Uterusfarben ist ein Wurzelchakra und steht für Urvertrauen.«

Nun war Doktor Ayche Sander baff: »Äh, bis wann können Sie das denn in Angriff nehmen?«

»Sofort. Wurzelchakra hab ich immer da.«

Eine Stunde später klebte Hannes im Kreißsaal ab, zwei Stunden später rief Rita an, wie denn der Plan aussähe. Hannes telefonierte mit ihr über Video und zeigte ihr den Fortgang der Arbeiten.

»Das sieht ja jut aus. Reißt euch zusammen, trinkt kein *Kölsch* und lurt keinen Fußball, dann seid ihr schnell damit durch, und Smilla kann entbinden.«

Hannes legte wieder auf und zeigte Rutsch einen Vogel.

»Die Rita ist manchmal völlig durchgedreht. Das dauert noch bis Rosenmontag, ehe das Mädchen entbindet. Aber ejal.«

»Eben.« Für Rutsch hatte die ganze Angelegenheit einen weiteren Vorteil, denn Frau Doktor Ayche Sander war seit diesem Tag sehr von ihm überzeugt.

DER KÖNIG VOM LENAUPLATZ
UND EIN GREEN MILE

Wenige Tage nach dem Anstrich im Kreißsaal wurde das neue alte Büdchen eingeweiht. Die Übertragungswagen waren zurück, *ARD*, *RTL*, *ZDF* und *CNN* hatten ihre Leute postiert, genauso wie *Stadtanzeiger*, *Express*, *Bild* und die *Rundschau*. Auf dem Platz herrschte ein Andrang wie beim Fall der Mauer. Fehlten nur noch David Hasselhoff und die *Skorpions*. Stattdessen standen *Rolly Brings und die Brings* auf einer Bühne neben dem Stromkasten. Für die Einweihung war das Büdchen extra in recyceltes und recycelbares Papier gewickelt worden à la Christo. In Neuehrenfeld musste alles ökologisch einwandfrei ablaufen, schließlich war es ein grüner Wahlbezirk. Und der neue grüne Bezirksbürgermeister Findus Kreuzmenger wollte nun bei der feierlichen Einweihung vom Büdchen gar nicht aufhören zu reden. Wann, bitte sehr, hatte er auch schon mal die Chance, in so viele Kameras zu blicken. Marlon stand neben ihm auf dem Podest vorm eingewickelten Büdchen.

»Diese Explosion auf unserem Lenauplatz wurde auf der ganzen Welt gehört. Und deshalb soll die ganze Welt auch sehen, wie wir heute das Büdchen wieder einweihen. Es ist ein Symbol dafür, dass wir nicht aufgeben in unserem Kampf gegen rechte Gewalt.« Jahrelang hatten der Ehrenfelder SPD-Mann als Bürgermeister gewirkt, und er hatte es gut gemacht. Aber die Ampeln schlugen überall im Land von Rot auf Grün um, und der neue Grüne ergriff seine Chance, um zu zeigen, was er drauf hatte.

Kreuzmenger verwies auf die lange Tradition des Kölner Widerstandes. »Nicht erst mit dem legendären Konzert Arsch huh, Zäng ussenander haben die Kölner schon vor genau 20 Jahren gezeigt, dass sie für Demokratie und Freiheit, für die Menschenrechte und gegen den Faschismus stehen. Daher freuen wir uns besonders über *Rolly Brings und die Brings* hier und heute auf dem Platz, die damals schon gegen rechts klar und deutlich Stellung bezogen haben. Sie sind der Herzschlag von unserem Viertel und vom Lenauplatz.«

Sofort applaudierte die Menge. Einige wollten gar nicht erst die Enthüllung vom Büdchen abwarten, sondern stimmten sogleich »Denn ich bin nuuuur ne kölsche Jung« an.

Der Bürgermeister lobte noch die Geschwindigkeit des Baus und verwies darauf, dass die Stadt sich mit einem beträchtlichen Betrag daran beteiligt habe. Marlon war selbst überrascht gewesen, wie schnell die Ukrainer in den vergangenen Tagen Steine, Zement, Regale, Kühlschränke, Auslagefächer, Fenster und sogar von Naschgummis bis zu den Getränken alles herbeigeschafft hatten. Niemand fragte, ob es hierbei mit rechten Dingen zugegangen war und welche Arbeitsstunde wann abgerechnet wurde. Jetzt war Zeit zum Feiern und nicht Tag der Abrechnung.

Schließlich endete Kreuzmenger seine Rede mit dem Satz: »Deshalb ist es mir eine Freude, heute Herrn …«

»… Jojoe«, zischte Marlon Kreuzmenger zu.

»Jojoe«, sprach Kreuzmenger ins Mikrofon, »ihn hier zu uns zu bitten.«

Der kam nun auf den Bezirksbürgermeister und Marlon zu und sagte ins Mikro: »Ich danke vor allem Herrn Nagel, denn er hat unserer Familie in der Not geholfen. Genau wie ihr alle. Ich bin so froh, ein Ehrenfelder zu sein.« Das war ergreifend aus dem Munde des Mannes, den jeder kannte. Während der Platz applaudierte, stellten sich die vier Arbeiter um den Kiosk, und Findus Kreuzmenger nahm noch einmal das Mikro an sich und sagte: »Hiermit wird der Kiosk feierlich …!«

Und dann fiel die Hülle.

Die Handys filmten, die Kamerateams filmten, die Fotografen fotografierten und Marlon, Kreuzmenger und Herr Jojoe rissen gemeinsam mit den Arbeitern das riesige Geschenk auf. Dahinter verbarg sich der wohl schönste Kiosk der Welt mit einer Reklame auf dem Dach von *Green Mile*. Noch wusste kaum jemand, was das war. Aber bald würde es halb Köln trinken. Alle hatten jedenfalls ihr Bild und die Welt einen fröhlichen kölschen Chinesen, der sich für die Kameras im Büdchen so postierte, als würde er gerade einem Kind etwas durchs Fensterchen verkaufen und hinaus in die Welt lächeln.

Jetzt war Marlon genau da, wo ihn seine Oma haben wollte: vor einer Kamera, gut aussehend und für etwas Gutes stehend. Und zwar genau in dieser Reihenfolge. Rita, Hannes sowie Peter, Gisela und sogar Samantha waren gekommen, um ihren Helden zu bewundern, wie er nun vor den Kameras als Wohltäter posierte, sich noch einmal das Mikro griff und außerplanmäßig sagte: »Ja, Ehrenfeld und die Ehrenfelder lassen sich nicht unterkriegen. Denn mer sin kölsche Junge un kölsche Mädcher.« Marlon fühlte den König in sich, den verkannten Prinz Karneval, der er als Kind mal werden wollte.

Das Leben war eine Wohltat, es gab Freibier, und ein gigantischer *Green Mile*-Truck stand Höhe Eichendorffstraße und servierte kostenlose Cocktails. Smilla lächelte

Marlon aus der Menge heraus zu. Ihr Bauch war schon ein wenig gewölbt. Sie hatte das neue Leben in sich akzeptiert. Genau wie Onkel Albert prophezeit hatte. Ob es ein Mädchen würde oder ein Junge, wollten sie noch nicht wissen.

Peter Brings von den *Brings* übernahm nun das Reden, und sein Vater Rolly besang auf der Bühne die Edelweißpiraten. Die Leute waren ergriffen. Aber dann wurde es mit dem Song »Kölsche Jung« laut, jeder kannte den Text, und die Journalisten aus der ganzen Welt waren erstaunt, was auf dem Lenauplatz plötzlich passierte. Die Eingeborenen von Ehrenfeld sprachen nicht mehr deutsch, sie verhielten sich auch nicht mehr deutsch, einige tanzten und sprangen in Schottenröcken herum. Ein *CNN*-Reporter hielt es für eine unerlaubte Demonstration der schottischen Nationalisten, ein französischer Sender erinnerte an das Verhältnis der schottischstämmigen Einwanderer in Köln. Auf alle Fälle waren sich alle in einem einig: Man muss den Arsch huh krien un de Zäng ussenander gegen rechts.

Marlon schritt auf seine persönlichen Fans zu und ließ sich feiern.

»Du bist echt Hollywood.« Rita herzte ihren Jungen und streichelte ihm übers Haar. »Das hast du toll gemacht.« Und Peter meinte: »Ich glaube, ich hab auch *CNN* gesehen. Das heißt, die kennen dich sogar in Amerika.«

»Längst«, sagte Marlon scherzhaft. Das alles bauchpinselte ihn ein wenig. Alles in allem war es eine gelungene Büdcheneinweihung, und alle waren glücklich. Nur Samantha stand ein wenig abseits und schaute hinüber zu Smilla. Gegen sie hatte sie einfach keine Chance, gegen eine wie Smilla war sie trotz bunter Tattoos und glänzender Fingernägel grau. In einem Supermarkt saß eine wie Samantha hinter der Kasse und fragte nach der Paybackkarte, und eine wie Smilla sagte »Nein«, weil sie Angst um ihre Daten hatte. In diesem Augenblick von Marlons und Ritas größtem Triumph wurde der alleinerziehenden Samantha ihre Stellung im Spiel ganz klar vor Augen geführt. Sie war eine der Bäuerinnen auf dem Schachbrett und ihr Platz zu Füßen Ritas.

Die kommenden Tage glichen einem einzigen Schaulaufen für Marlon. Jeder zwischen Zentralmoschee und *Rimowa*-Kofferwerken kannte ihn jetzt. Der spendable BWL-Student war der Retter des Chinesen vom Lenauplatz. Und Rita hatte auf *Facebook* in die Gruppe »Ehrenfeld ist die Welt« zwei *YouTube*-Videos, Fotos und Zeitungsartikel eingestellt, damit ihr Enkelchen bewundert werden konnte. Sogar die Neuehrenfelder Radsportlegende Markus Heide stellte Kinderbilder von Marlon in Pampers am Max und Moritz-Brunnen im Wasser spielend auf die Seite. Marlon nahm den Ruhm gelassen. Denn spätestens jetzt würde ihn das Kommissarteam Brandt & Gemüth in Ruhe lassen. Wer wollte schon einen Volkshelden nerven? Einige verglichen Marlon bereits in »Ehrenfeld ist die Welt« mit dem Nobelpreisträger Heinrich Böll und dem »Ehrenfelder Türken, der *Biontech* erfunden hat«, wie Hannes schrieb. Ihm gebühre die Ehrennadel der Stadt. Einzig Onkel Albert fand die ganze Geschichte nicht so prickelnd. Es sei noch nie einem Mafiosi gut bekommen, im Licht der Öffentlichkeit zu stehen. Doch Rita sah es anders, und am Ende zählte ihre Meinung.

ER SCHOSS DIE PISTOLE LEER

Die Büdchenbomber wurden noch in derselben Woche dingfest gemacht. Die beiden Aktivisten und Verschwörungsdenker – ein Pärchen aus Neuss –, die hinter dem Bekennerschreiben steckten, schworen zwar Stein auf Bein, dass sie mit ihrem Schreiben nur provozieren wollten und nur Trittbrettfahrer seien, aber niemand glaubte ihnen.

»Meine Mandanten haben den Kiosk nicht in die Luft gesprengt«, beteuerte ihr Anwalt. »Wir werden das beweisen.«

Marlon kam gerade aus der Dusche, als der Anwalt das im Fernsehen verkündete. Smilla saß am Schreibtisch. Sie trug ihr geblümtes Kleid, hatte die Beine hochgelegt und wollte eigentlich ein Buch lesen. »Egal, ob sie es gewesen sind oder nicht, diese Reichsbürger gehören ins Gefängnis.«

»Echt, findest du? So hart kenne ich dich ja gar nicht.« Er stand jetzt hinter ihr und gab ihr einen Kuss auf die Schulter.

Sie meinte: »Malush ist ein gefährlicher Idiot. Aber die beiden« – sie deutete auf das Pärchen im Fernsehen – »sind faschistische Fanatiker und gehören in eine Zelle. Die haben das Büdchen in die Luft gesprengt, weil es wohl Überlegungen gab, die Straßennamen im Chinesenviertel zu ändern.«

»Was meinst du damit?«

»Ja, das Bekennerschreiben des Pärchens. Darin geht es um die ganzen Straßen hier. Deshalb heißt doch das Viertel um den Takuplatz *Chinesenviertel.*« Marlon verstand gar nichts mehr. Davon hatte er noch nie gehört. »Die Stadt hatte mal geplant, die Taku-, die Iltis-, und die Lansstraße umzubenennen, weil der deutsche Kapitän Lans mit dem Kanonenboot Iltis das Taku-Fort am Chinesischen Meer vor 120 Jahren beschossen hatte. Das war irgendeine deutsche Kolonie.«

»Deshalb haben die den Kiosk von Jojoe in die Luft gesprengt?«

»Ja. Sie wollten damit ein Zeichen setzen. Sie wollen nicht, dass die Deutschen ihre Geschichte verbiegen und die Straßen jetzt umbenennen, nur weil sie mit Kolonialgeschichte zu tun haben. Das ist die Logik.«

»Mein Opa Hannes will auch ganz sicher, dass das *Iltis-Eck* weiter *Iltis-Eck* heißt. Deshalb sprengt der doch kein Büdchen in die Luft.«

»In den kranken Hirnen solcher Faschisten muss alles vernichtet werden, was an den Stolz der Deutschen rührt.«

»Ich glaube trotzdem, dass es Malush gewesen ist. Er ist ein Schwein und er bleibt ein Schwein.«

Wie zur Bestätigung klingelte Marlons Handy, und Mian, Jojoes Enkelin, rief an.

»Woher hast du meine Nummer?«, fragte Marlon.

»Von Opa. Im *Asia-Imbiss* gegenüber von uns ist dieser Malush.«

Marlon war verwirrt. Wie konnte sie das wissen? Sie wusste doch gar nicht, wie Malush aussah. Und wo war überhaupt ihr Opa?

»Ist dein Opa zu Hause.«

»Der steht im Kiosk.«

»Und du bist dir sicher, dass es Malush ist. Was macht er denn da?«

»Er schlägt …«

Weiter musste sie gar nicht reden. Marlon waren all die Wies?, Wanns? und Warums? egal. Er legte auf und sagte zu Smilla: »Ich muss weg.«

»Einfach so.«

»Frag nicht.«

Er griff sich die Autoschlüssel und die Fahrradschlüssel und rannte hinunter, fuhr mit dem Rad zum Wagen und nahm die Pistole aus dem Handschuhfach. Dann radelte er weiter durch die Platenstraße. Derweil spielte sich im *Asia-Imbiss* an der Venloer Straße folgende Szene ab: Malushs neuer Spannmann Boris hielt die 450-Euro-Jobberin von hinten fest, während sein Chef dem Imbissbesitzer ein Messer an die Kehle hielt und diese ein wenig einritzte. »Beim nächsten Mal, wenn ich das Geld nicht sofort kriege, blute ich dich aus wie ein Lamm.« Blut lief dabei auf die Klinge seines Messers.

Als Marlon eintraf, war ihm sofort klar, was im Kiosk passiert sein musste, denn das Glas der Tür war eingeschlagen, und drinnen hockte ein Mann auf dem Boden, und eine Frau beugte sich weinend über ihn.

Marlon lief in den Laden und fragte: »Wo ist das Schwein, das dir das angetan hat?«

Der Mann konnte nicht reden, und Marlon sagte zu der völlig verstörten Jobberin, dass sie einen Rettungswagen rufen solle. Weit konnte Malush nicht sein. Draußen standen jetzt schon Schaulustige. Vermutlich fuhr Malush die Venloer stadtauswärts hoch zu seinem Onkel. Marlon setzte sich aufs Rad und raste los. Und er sah von Weitem, wie Malush und sein Spannmann in den silbernen Daimler stiegen. Er trat in die Pedale, schob sich an einem lahmen Radfahrer vorbei und hätte Malush fast noch erwischt, doch der reihte sich schon in den Verkehr ein. Marlon fuhr wie ein Irrer, denn wie immer parkten irgendwelche Idioten halb auf dem Radweg oder liefen darauf herum.

Höhe *Schamong* am Alpener Platz holte er ihn ein, fuhr runter vom Radweg und schlug mit der Faust gegen die Scheibe von Malushs Wagen. Der Beifahrer, dessen Gesicht Marlon noch nie gesehen hatte, besaß einen fetten Kopf, kaum Haare und Stiernacken. Er ließ die Scheibe runter, und Marlon schrie in den Wagen. »Bleib stehen.« Er war so voller Adrenalin, so hemmungslos, dass er jetzt in den Wagen nach dem Typen griff, doch Malush gab Gas und Marlon fiel mit seinem Fahrrad hin. Der Jähzorn puffte in ihm auf, als ob jemand Wasser in siedendes Öl gegossen hätte. Marlon hatte nur eines im Auge: diesen silbernen Mercedes.

Weit kam Malush nicht, denn an der Äußeren Kanalstraße war die Ampel rot. Marlon saß wieder auf dem Rad, musste nochmal runter, den Lenker gerade drücken und dann raste er hinterher. Eine Ampel später hinter dem *McDonald's* hatte er ihn wieder. Doch diesmal fuhr er einfach auf dem Fahrradweg neben ihm her, er würde jetzt eine bessere Situation abwarten. Malush konnte nicht weg, er war in dieser endlosen Schlange von Autos, die sich am Westfriedhof entlang staute, gefangen. Marlon fuhr an der Schlange vorbei, bog rechts am Militärring ab, fuhr einen kurzen Umweg und wartete dann an der Einbiegung zu Bogdanis Schrottplatz. Er war außer Atem und lauerte einige Meter vom Tor des Schrottplatzes entfernt auf Malushs Daimler. Eigentlich war die Gegend hier menschenleer, aber es war laut, extrem laut, denn von der Venloer kam der Autoverkehr, der sich von nun durch Äcker schlängelte. Und gleich hinter Marlon auf dem Schrottplatz knallte die tonnenschwere Presse von oben herab – laut wie Donner war das Ding. Auto für Auto wurde dort eingestampft.

Malushs Daimler kam einige Minuten später. Marlon war nass geschwitzt und die Pistole warm in seiner Hand. Er wusste nicht genau, was er jetzt machen sollte. Aber als

Malushs Beifahrer nun ausstieg, um das Tor zu öffnen, trat Marlon aus dem Versteck und sagte: »Geh zurück in den Wagen. Zurück.«

Der Typ musste Bodybuilder sein, denn so viele Muskeln kannte Marlon sonst nur von »The Rock« Johnson. Aber die Waffe flößte ihm Respekt ein. Sicherlich hatte Malush auch irgendwo einen Revolver, aber jetzt konnte er ihn kaum aus dem Handschuhfach oder unterm Fahrersitz hervorziehen, denn Marlon hielt ihnen die Waffe ins Auto und sagte: »Hast du den Asiaten eben so zugerichtet?«

»Ist das Schlitzauge dein Freund oder was? Stehst wohl auf Asiamänner«, sagte Malush frech. »Fickt ihr? Oder was? Deine Freundin ist sowieso eine Nutte.«

Marlons Herz pumpte, wie sonst nur eine Maschine pumpt. Das Adrenalin, die Anstrengung, alles kam in ihm zusammen und sammelte sich in seinem Zeigefinger, der jetzt abzog, als in der gleichen Sekunde die Presse wieder herunterknallte. Er schoss Malush ins Bein. Der schrie entsetzt auf. Marlon schoss ihm in den Oberkörper, wieder der Lärm der Presse, er schoss ihm ins Gesicht. Drei Kugeln, vier Kugeln, Wumm machte die Presse, er schoss die Pistole leer, bis Malush ganz still war.

Nur die Autos, die auf der Venloer Straße vorbeifuhren, waren noch zu hören und der Krach der Presse. Der Bodybuilder saß stumm vor Marlon im Wagen. Er hätte Marlons Arm packen, ihm die Pistole wegnehmen, ihm den Arm brechen können, aber er tat nichts von alldem. Er saß nur da und hatte den Mund halb offen wie ein Goldfisch. Neben ihm lag leblos Malush.

Marlon überlegte nicht, er sagte nur: »Wie heißt du?«

»Boris.«

»Boris«, wiederholte Marlon. »Du hörst mir jetzt genau zu.«

Boris tat, was Marlon sagte. Und verfrachtete die Leiche von Malush in den Kofferraum. Marlon war ganz klar im Kopf, so als hätte er das schon 1.000-mal getan. Er nahm die Decke aus dem Kofferraum und legte sie über den vollgebluteten Sitz, setzte sich ans Steuer, Boris hockte nun neben ihm.

»Schnall dich an!«, befahl Marlon. Sie fuhren über die Venloer Richtung City, bogen an der Militärringstraße ab und wieder rechts nach Ossendorf.

»Bist du Albaner?«, wollte Marlon von Boris wissen.

»Nein.«

»Was denn?«

»Belarus.«

»Die Albaner haben doch viel mit den Deutschen gemein. Sie lassen nicht nur Albaner ran, sondern auch Russen.«

»Belarusse. Nicht Russe.«

»Und, Boris, wo siehst du dich in fünf Jahren nach der heutigen Aktion?«, fragte Marlon. Er war voller Energie. Boris musste auch klar sein, dass seine Aufstiegschancen im Bogdani-Clan mit Malushs Tod gen null liefen. Das Beschäftigungsverhältnis war zerrüttet. Elsaid Bogdani fackelte nicht lange in solchen Situationen und würde eine Trennung vornehmen und Boris dabei vermutlich auch die Niere und das Herz aus dem Körper trennen.

MENSCHENFLEISCH
FÜR DIE BARSCHE

Marlon lenkte den Daimler auf das Betriebsgelände des Kieswerks. Alles war so leicht in diesem Auto. Gas geben, lenken, es war ein einziges Dahinschmelzen. Er wusste, dass sein Onkel den Besitzer gut kannte. »P. Reudelschmitz« stand auf dem Schild an der Mauer. Vermutlich stand das P für Peter, dachte sich Marlon. Obwohl das Tor weit offen war, klingelte Marlon. Die Gegensprechanlage krächzte. Eine weibliche Stimme reichte Marlon weiter an eine männliche Stimme. Sie gehörte zu Peter Reudelschmitz und war genauso krächzend wie die weibliche. Marlon klärte kurz, dass er ein Paket dabei habe.

»Du bist der berühmte Neffe aus Ehrenfeld.«

»Exakt.«

»Fahrt durch bis zu Stelle zwei.«

»Wo ist das?«

»Kannst du gar nicht verfehlen, ist 'n Zaun drum. Ich komm mit dem Quad. Normalerweise bringt doch …«

»Normalerweise ist heute nicht«, unterbrach ihn Marlon. An der Gegensprechanlage wollte er keine Freundschaften knüpfen. Er hielt »The Rock« Boris neben sich im Auge. Der guckte wie ein Roboter nur geradeaus.

»Wir fahren weiter«, sagte Marlon.

Von nun an wurde es staubig, denn die Hitze hatte alles

auf dem Gelände des Kieswerks ausgetrocknet. Sie fuhren um ein riesiges Baggerloch herum, an dem gerade ein Laster von einem Kran beladen wurde. Sand war das neue Gold. Und Kies Silber. Zum Kieswerk gehörte noch ein kleines Baggerloch, es war maximal 50 mal 50 Meter. Fast zeitgleich mit Marlon kam Reudelschmitz auf seinem Quad herangebraust.

»Geil heute«, sagte er. »Ich finde es gut, dass ich dir endlich mal die Hand drücken kann. Endlich mal einer, der den Albanern die Stirn bietet. Die bringen alles durcheinander.«

Damit hatte Reudelschmitz es auf den Punkt gebracht. Er konnte ja nicht ahnen, wer dort im Kofferraum lag. »Ich hab schon gehört, dass du dir nicht die Butter vom Brot stehlen lässt. Schönes Auto. AMG. Sehr schöner Stromer. Nicht so 'ne Teslaschleuder von dem Maskenmann aus Kalifornien.«

Marlon fuhr rückwärts durch das Tor. Reudelschmitz gab ihm Handzeichen, damit er nicht womöglich zu dicht an die Kante des Lochs rangierte. Es ging dort locker fünf Meter steil einen Abhang nach unten. Rund um das Loch sah es genauso aus, es gab keinen Aufstieg und keinen Abstieg. Es gab nur das Loch, in dem sich zu viele Raubfische tummelten.

Aus der ganzen Gegend, bis hinauf nach Koblenz und herunter nach Xanten, wurden hier Pakete abgeliefert, die nicht im Rhein verschwinden sollten. Bislang hatte Marlon nur von dem Loch gehört. Wer hier hinein fiel, der kam nicht mehr hoch, egal, wie gut er schwimmen konnte.

»Pack ihn aus und wirf ihn runter«, sagte Marlon zu Boris.

Der gehorchte, obwohl ihm Marlon nicht mehr mit der Pistole drohte.

»Guter Mann. Arbeitet der nicht für die Bogdanis?«, sagte Reudelschmitz.

»Nicht mehr«, sagte Marlon.

»Übrigens: Soll ich wegen der Rechnung wie immer machen? Papier plus elektronisch?«

Marlon war perplex. Rechnung? Was für eine Rechnung?

»Klar, wie immer.«

Boris zog Malush sehr zur Überraschung von Reudelschmitz mit den Beinen voran aus dem Wagen.

»Wat is dat denn?«, verfiel der vor lauter Erstaunen ins Kölsche. »Malush! Hast du den etwa abjemurkst? Respekt. Das glaubt einem ja keiner.«

»Du wirst es niemandem erzählen«, sagte Marlon. »Was in Vegas passiert, bleibt in Vegas.«

»Na klar, wat sons? Ich mein ja nur. Die Bogdanis sind gute Kunden von mir. Obwohl die Brüder die besten Körperteile vorher immer ausweiden. Wenn die hier einen versenken, dann haben die Fischchen kaum noch was zu beißen. Die Nieren und Herz und Leber, alles, was man transplantieren kann, können die verkaufen.«

»2015, 2016 haben wir hier so viele Araber versenkt, ich hätte noch Krokodile einsetzen können. Bevor die Syrer registriert waren, hatten die schon keine Niere mehr und waren Fischfutter. Gute Kunden, die Bogdanis.«

»Das bleibt auch so, wenn das hier unter uns bleibt.«

Reudelschmitz nickte. Währenddessen schulterte Boris die Leiche so, dass er sich nicht mit dem Blut seines ehemaligen Arbeitgebers schmutzig machte.

»Warte«, sagte Reudelschmitz und zog das lange Messer aus der Satteltasche seines Quads. »Ich muss noch ritzen, damit die Fische gleich rankommen an die Stücke.« Er knöpfte Malush das Hemd auf und schnitt ein großes Kreuz in seinen Oberkörper, dass fast die Gedärme herausfielen.

»So, jetzt kanns de, Jung.« Boris ließ den Leichnam über seine Schulter hinab ins Loch gleiten. Es machte platsch, der

Leichnam verschwand unter Wasser, um nur kurz danach wieder aufzutauchen.

Marlon wollte sich schon abwenden, da sagte Peter Reudelschmitz: »Warte, gleich.«

Die drei standen oben am Rand und sahen hinab auf den im Wasser dümpelnden Malush, der jetzt in den Himmel schaute, obwohl er sicherlich nie dort ankommen würde. Etwas zupfte an dem Leichnam, dann wurde es wild, weil mehr Mäuler zupften und die Körper der riesigen Fische das Wasser aufwühlten. Marlon fühlte sich wie bei *Die Killer-Piranhas Teil 3*, aber es waren Barsche und Welse. Er sah, wie nah Boris am Abgrund stand. Er stellte sich direkt hinter ihn. Wenn er ihn jetzt stieß, gäbe es keinen Zeugen mehr.

Doch da räusperte sich Reudelschmitz: »Hm. Ich würde gerne noch das kölsche Gebet für unseren toten Malush sprechen.« Marlon faltete automatisch die Hände, weil er es als Messdiener so gelernt hatte. Und er hörte Reudelschmitz sagen: »Herjott im Himmel, erbarm dich dem Malush un loss en op bläcke Fööss in et ewige Kölle opsteije. Auf dass kein Düsseldorfer jemals in unseren Himmel komme. Amen.« Dabei bekreuzigte er sich. Ergriffen von der Feierlichkeit der Worte, tat es ihm Marlon gleich, und selbst Boris schien hier und jetzt katholisch zu werden, während dort unten nur noch die Kleider an der Wasseroberfläche trieben.

»Wir müssen weiter, Boris.«

»Kommt am Büro vorbei«, sagte Reudelschmitz. »Ich druck die Rechnung und schick sie deinem Onkel elektronisch.«

Tatsächlich kam an der Ausfahrt eine junge Frau auf Marlon zu, vermutlich Reudelschmitz' Sekretärin. Sie schob Marlon einen Umschlag durchs Fenster.

Marlon öffnete ihn. Die Rechnung belief sich auf 1.743 Euro für zwei verschiedene Tonnen Kiessorten plus

Transport und Ausbringung plus MwSt. Es dauerte nicht länger als einen Wimpernschlag, da klingelte schon sein *Siemens*. Albert war dran: »Warum hast du mir nicht Bescheid gesagt? 1.743 Euro? Bist du wahnsinnig?«

»Woher weißt du das?« Als er die Frage stellte, war ihm die Antwort schon klar. Sein Onkel hatte die Rechnung elektronisch erhalten.

»Alleine durchziehen nennst du das? Reudelschmitz ist teuer. Der Tischler macht das jetzt umsonst für uns. Schließlich bring ich dem seine *Green Mile* janz groß raus. Das wird das *Red Bull* unter den Cocktails.«

»Das konnte ich doch nicht wissen.«

»Die Driss Rechnung von Reudelschmitz kann ich ohnehin nicht absetzen, da wir für das Bauprojekt in Kalk schon zu viel Kies gekauft haben. Das glaubt mir das Finanzamt nie.«

»Du hast mir gesagt, ich hätte freie Hand.«

»Den Driss zahl ich nicht. Das tust du. Klar? Hast du verstanden?«

»Ja, natürlich.«

»Zumindest ist Malush jetzt bei den Fischen. Er und Kalef mussten weg. Leute wie die stören das Gleichgewicht.«

»Wieso Kalef? Was hast du damit zu tun, dass er weg ist?«

»Der musste sterben, Jung. Schließlich hat er uns übers Ohr gehauen. Das konnte ich nicht hinnehmen.«

Hatte Albert Kalef umgebracht? Das war bitter. Marlon schluckte. Die Wahrheit musste erst mal runter. Er war nur ein Werkzeug gewesen, um Malush aus dem Weg zu räumen.

»Elsaid hat sich dank deiner aus dem Putzgeschäft zurückgezogen. Das hat Soylu sehr beeindruckt. Gut gemacht, Marlon.«

Albert legte auf und Marlon das *Siemens* konsterniert beiseite. »The Rock« Boris saß neben ihm, und er gab Gas.

Marlon spürte die Wut, die in ihm aufstieg. Der Sitz weich, die Klimaanlage perfekt, aber »The Rock« Boris sollte sein Blitzableiter sein. Der Typ hatte nicht mal Tattoos. Muskelshirt, schwarze Jeans, nicht einmal eine Halskette. Marlon provozierte ihn: »Was grinst du so? Hast du keine Augenbrauen mehr?« Tatsächlich waren dort nur zwei schwarze Striche.

Boris sagte nichts.

»Krieg endlich das Maul auf. Wo wohnst du?« Marlon war kurz vor der Kernschmelze.

»Im Wohnwagen auf dem Schrottplatz.«

»Dein Wohnwagen?«

»Miete.«

Was für ein armes Schwein. Er konnte nichts dafür, dass sein Onkel ihn so verarscht hatte. Marlon musste runterfahren. Er atmete tief ein und tief aus und sagte: »Du musst ab jetzt in keinem Wohnwagen mehr wohnen. Wir finden schon was für dich. Und was hast du gekriegt?«

Offiziell hatte Boris einen Minijob gehabt. »Der lief über einen Toten. Alle haben Minijobs bei Bogdani. Auch Malush hatte einen Minijob über einen Toten.«

»Da wird sich der Steuerberater von Bogdani ärgern, dass sein Zombieminijob Malush futsch ist. Ihr arbeitet also auf Tote? Und Euro auf die Hand?«

»2.400.«

»Was machst du mit dem Geld?«

»Viel geht an die Familie nach Belarus.«

»Warum sprichst du so gut Deutsch?«

»Deutsche Schule in Witebsk.«

Marlon überlegte: Zuerst einmal brauchte sein neuer Freund eine Bleibe. »Hast du Papiere?«

Sein Visum war längst abgelaufen.

»Sucht dich die Polizei?«

»Weiß nicht, nicht aktiv, eher passiv. Bogdani sagt immer: ›Wenn du einmal in Deutschland bist, brauchst du keine Angst mehr haben. Das Einzige, das in Deutschland gut arbeitet, ist das Finanzamt.‹«

»Finanzamt Köln-Nord«, sagte Marlon. »Die sind da scharf wie Wasabi.« Marlon fuhr über die Zoobrücke, bog vor der Messe ein und fuhr zum *Kunstwerk*, wo Künstler ihre Ateliers hatten. »Ich muss einen Freund anrufen. Der lässt dich garantiert in seinem Atelier schlafen. Ist ein guter Ort.«

»Ich bin kein Künstler.«

»Hauptsache, du zahlst deine Miete.«

»Wovon?«

Marlon suchte im Smartphone nach der Nummer von Jonas. »Kann ein Freund von mir bei dir im Atelier schlafen?«, fragte er geradeheraus. Immerhin hatten sie in der Schule sehr viel Zeit miteinander verbracht und hatten gemeinsam unter Frau Kuzybik in Deutsch und Latein gelitten.

»Übernachten im Atelier ist nicht erlaubt.«

»Wie teuer?«

»Eine Miete«, sagte Jonas.

Marlon fragte nicht, wie hoch die Miete im *Kunstwerk* sei.

»Und ich hab Mietschulden.«

Marlon fand das nun dreist: »Ich weiß, dass du finanziell mit dem Rücken zur Wand stehst, und ich weiß, dass ihr Hungerleider unter Corona gelitten habt, aber überspann den Bogen nicht. Wo bist du jetzt?«

»Im Atelier.«

»Wir kommen. Boris braucht die Bleibe für ein paar Wochen.«

»Ein paar Wochen?«

»Was ist mit dir los Jonas? Wir waren doch Freunde.«

Ins Atelierhaus kam nur, wer einen Schlüssel hatte. Klingel gab es keine. Marlon parkte in der Feuerwehrzone, einen anderen Parkplatz gab es nicht. Jonas hatte sich die Haare wieder hochgesteckt, diesmal waren die Fingernägel schwarz mit winzigen weißen Pünktchen lackiert.

Das Atelier lag im ersten Stock – ein Schreibtisch mit PC und zwei großen Bildschirmen, links davon standen Jonas' Bilder in Schubfächern und die bunten Skulpturen darüber in einem Regal. Ansonsten standen überall Plastiken herum, die tatsächlich aus Plastik waren. Jonas klebte aus *Playmobil*-Figuren, Barbiepuppen, Ponys, Dinos und Spielzeugautos Skulpturen zusammen und ließ sie blinken wie im Spielkasino von Las Vegas.

Jonas saß auf der Couch und sagte: »Privjet, Boris.«

»Sprichst du Russisch?«, wollte Marlon wissen. Wie zur Antwort bot Jonas Boris den Platz neben sich an: »Sidites!«

Der setzte sich, wobei die Couch mächtig stöhnte. So saßen nun zwei Männer, die nicht unterschiedlicher sein konnten, auf einer Couch. »The Rock« Boris und Jonas Feinglied. Würste versus Klavierspielerfinger. Marlon fand, dass dieses Pärchen gut zusammenpasste. Boris sagte: »Ich mag neue Pop Art. In Weißrussland gibt es das nicht.«

»Woher kommst du?«

»Witebsk.«

»Chagall«, sagte Jonas.

»Warst du schon dort im Museum?«

»Nein. Aber ich liebe Chagall. Ich liebe ihn.« Jonas schaute Boris in die Augen oder besser auf die Augenbrauen. Eine Million Euro hätte Marlon nun für seine Gedanken gegeben, aber er musste voran machen. »Welche Nummer hat das Atelier?«

»128«, sagte Jonas.

»Das meine ich nicht. Der Apparat da an der Wand. Hat der auch eine Nummer?« Es ging um ein uraltes mit Farbe beschmiertes Telefon, das eine Wählscheibe besaß.

»Ja, funktioniert. Du musst es über die Verwaltung vom *Kunstwerk* anrufen.«

»Die Nummer?«

Jonas wusste sie nicht, aber Marlon ging zum Apparat, zog ihn ein wenig von der Wand und fand auf der Rückseite die Nummer. »Okay. Deine Durchwahl scheint 761 zu sein.« Er zog sein *Siemens*, wählte die Nummer fürs *Kunstwerk* und hängte die Nummer 761 an. Es klingelte.

»Wer hätte das gedacht?«, sagte Jonas und klopfte Boris auf die Schulter. »Jetzt kann dich Marlon gut erreichen.«

»Aber ich habe ein Handy«, sagte Boris.

»Jetzt nicht mehr.« Ungern gab er es an Marlon ab.

Später warf dieser es bei 80 Stundenkilometern auf der Zoobrücke aus dem Fenster in den Rhein. So fand schon wieder ein Handy seine letzte Ruhe im Wasser. Würde Boris jetzt den Mund halten, würde niemand von der Geschichte erfahren. Nur der Wagen musste noch entsorgt werden. Er rief die *Gebrüder Udo & Michael* an. Die beiden waren Stuntman, spezialisiert auf Fahrzeugcrashs. Sie hatten ihre Firma *Udo & Michael Bros* in den Hallen zwischen Leyendecker- und Hospeltstraße. Nebenbei machten sie Geld mit dem Verkauf von Crashautos für Filmproduktionen. Niemand fragte in ihrem Metier nach den Papieren, denn nach dem Dreh war jeder Wagen Schrott.

»Boh, was für ein Schmuckstück!«, sagte Udo, der schon Tausende Male in Filmen gestorben war, aber dem Tod immer ein Schnippchen geschlagen hatte. Ihm fiel auch auf, dass Blut auf dem Sitz war.

»Ja, ein Neuwagen ist es nicht«, sagte sein Bruder Michael,

der den Preis runterhandeln wollte. »Was willst du denn für die Karre?«

»Nichts«, sagte Marlon.

»Das ist wenig«, sagte Udo. »Ist die Karre heiß?«

»Wie mittags der Sand in der Wüste.«

»Na gut, dann werden wir sie bei nächster Gelegenheit crashen.« Michael wischte sich den Schweiß von der Stirn. »Ist er schon sauber?«

»Vermute ja. Hat einem Mafiosi gehört. Die bauen die Ortungschips aus.«

»Deinem Onkel?«

»Frag nicht.«

Michael nahm sein Handy und öffnete die Motorhaube. Die App schlug nicht an. »Scheint sauber zu sein.«

Ein bisschen wehmütig verließ Marlon zu Fuß den Hof der Brüder. Er hatte sich schon so an die Polster und die Beschleunigung per Stromstoß gewöhnt.

Daheim wartete Smilla mit einer Nachricht auf Marlon. »Deine Oma hat mich eben angerufen. Sie weiß aus sicherer Quelle, dass wir die Wohnung in der Eichendorffstraße bekommen. 131 Quadratmeter. Parterre. Das bedeutet doch unten, oder?«

»Ja.«

»Hausnummer 97«, sagt sie.

»Ich habe heute mit meinem Onkel gesprochen. Kannst du mir mal sagen, warum er das mir nicht erzählt hat?«

Smilla war das egal. Und zehn Minuten später standen sie schon vor dem Haus mit dem mäandernden Weg. »Das ist echt Glück.«

»Ja«, sagte Marlon. »Glück und Soylu.«

»Rita hat gesagt, dass du deinem Onkel nicht erzählen darfst, dass du es schon weißt. Am liebsten würde ich gleich gucken.« Sie öffnete das Gartentürchen und lief den Gang entlang, dann schauten die beiden durch die Fenster. Die Decken waren voller Stuck und so hoch wie Giraffen. Sie erkannten einen großen gekachelten Kamin mit einer Bank.

»Des Bürgers Traum vom Schloss ist das«, sagte Smilla. »Und unser Kind wird hier aufwachsen. Aber versprich mir eines: Wir zahlen die Wohnung schnellstmöglich bei deinem Onkel ab. Eine Anzahlung können wir ja schon machen. Ich möchte nicht, dass er sie uns schenkt. Oder uns alles Geld leiht.«

»Das will ich auch nicht.«

ALL IN UND ALL OUT

Reudelschmitz' Barsche hatten ganze Arbeit geleistet. Weder Polizei noch Medien ahnten, dass Malush Fischfutter geworden war. Selbst sein großer Bruder hatte keinen blassen Schimmer, was passiert war.

So verging der August, und Marlon und Smilla flogen für eine Woche nach Malle in Alberts Finca. Das habe er sich verdient, hatte ihm Albert gesagt. Alles war gut, auch wenn Marlon jetzt wusste, dass er seinem Onkel nicht in allen Dingen vertrauen konnte.

Und das Beste: Marlons Albträume waren wie weggeblasen, so, als habe Malushs Tod alles ausradiert, als habe Marlon die Vergangenheit abgeschossen. Ab jetzt gab es kein schlechtes Gewissen mehr, ab jetzt gab es nur noch Zukunft. Yin und Yang waren wieder hergestellt. Auch Smilla befand sich im Aufwind. Sie hatte ihren Eltern von der Schwangerschaft erzählt. Die wollten Ende des Sommers für einen Monat nach Köln kommen. Bis dahin musste Marlon die schwierigste aller Prüfungen jedoch noch bestehen. Er musste seinem Freund Carlito die Bootstickets am Freitag abluchsen, denn am Sonntag, dem 30. August, legte der Zigarrendampfer *Drachenfels* in Köln ab.

Freitag, 28. August. Die Hohenzollernbrücke ist ein gutmütiges Monster aus Stahl und Stein, das Zug für Zug auf seinem Rücken erträgt. Und der Kölner Hauptbahnhof ist das riesige Maul des Monsters am Ende der Brücke. Rechts und links der Zuggleise liefen wie an jedem Sommerabend Touristen über die Rheinbrücke, sie bestaunten die Liebesschlösser und die Aussicht auf den Dom Groß Sankt Martin und die bunten Altstadthäuschen mit ihren spitzen Dächern. Fast hätte man denken können, die Kölner hätte das alles nur gebaut, um Touristen anzulocken.

Es war ein friedlicher Abend, und niemand auf der Brücke ahnte, was im Brückenpfeiler auf Deutzer Seite gerade hinter der Stahltür geschah. Marlon schaute auf sein Handy. Es war 22.08 Uhr. Der Pokertisch stand inmitten eines Boxrings, der dort seit Jahrzehnten thronte. Früher hatten im Brückenpfeiler die Champions geboxt, deutsche Meister, Europameister, alle Klassen, wilde Schläger und sogar Müllers Aap hatte hier geboxt. Das rostige Schild der *Aurora*-Mehlwerke mit dem gelben Sonnenstern hatte Marlon für den Abend extra wieder aufhängen lassen, es prangte im Hintergrund des Boxrings.

Marlon saß alleine am grünen Pokertisch. Sieben Stühle inklusive des Hockers für den Dealer warteten. Die graue Stahllampe, deren Lack abblätterte, schwebte über allem. Er hatte Mario und Raffael abkommandiert. Sie standen am Eingang, Hände hinter dem Rücken verschränkt, Brust raus. Sie würden schon durch ihre bloße Anwesenheit für Ruhe sorgen. Waffen durften keine getragen werden.

Carlito traf als Erster ein, schwarzer Anzug als wolle er zu einer Beerdigung. Begrüßung, und dann gab er Mario die 1.150 Euro Schmerzensgeld. So nannte sich der Eintritt.

»Coole Location«, sagte Carlito.

»Schön, dass du dabei bist. Mein Onkel hält große Stücke auf dich.« Das war gelogen, aber wer ein Ticket für die Bootstour will, muss freundlich sein. »Du sitzt heute neben mir.«

»Wer ist der neue Dealer?«

»Mario.«

»Kenn ich den?«

»Klar.« Marlon schaute zum Eingang.

»Wer kommt noch?«

»Lass dich überraschen. Nimm erst mal was.« Er deutete zur Bar. Bunte Flaschen in offen stehenden Spinden. Davor ein Tisch mit Gläsern und Cocktailmixern. Normalerweise war das der Handtuch- und Getränkeschrank für die Boxer.

»Selbstbedienung?«

»Hast du erwartet, dass ich dir im Bunnykostüm *Sex on the beach* serviere?«

Carlito war wie ein kleines Kind, er hatte sich sicherlich vorgestellt, dass ein paar Mädchen dabei sein würden, leicht bekleidet … ganz wie beim *Paten* oder den *Sopranos*. Marlon hatte ein schlechtes Gewissen gegenüber Carlito, der nicht ahnte, dass er heute Nacht abgezogen werden sollte.

Marlon startete einen letzten Versuch: »Gibt es eigentlich eine Chance für meinen Onkel, bei der Schiffstour dabei zu sein?«

»Du weißt, du bist mein Freund, aber die Regeln sind klar.« Carlito goss sich einen Whisky ein. »Islay Single Malts, Kinship Collection.«

»Eis?«, fragte Marlon.

Während Marlon die drei Würfel in Carlitos Glas fallen ließ, sagte Carlito: »Guck, die Kosha Nostra kommt.«

Hannah Hirsch trat ein. Ja, sie war Jüdin und sie mochte Geld. So wie einst Bugsy Siegel mit dem *Flamingo*-Hotel in Las Vegas sein Geld verdient hatte, so verdiente sie mit ihrer Schwester Mara ihr Geld mit Kunst. Sie gehörten zu den Top-Galeristinnen zwischen New York und Köln. Hannah war Mitte 40 und schlank genug fürs Schwarze. Vermutlich war ihr Hintern auch ein echter Schönstedt. Lippen aufspritzen kam für eine wie sie sicherlich nicht infrage. Die Haare kurz, gerader Pony bis knapp über die braunen Augen, die Wimpern zu lang und insgesamt absichtlich betonblass. Sexy und gebildet, das war ihr Markenzeichen. Sie ließ sich von Marlon gebührend mit Küsschen links und Küsschen rechts empfangen. Die Bar ließ sie aus, fragte Marlon lediglich nach Wasser, das er ihr schon hinauf an den Tisch im Ring brachte. Hannah und ihre Schwester Mara waren gute Geschäftspartnerinnen seines Onkels. Über sie hatte er schon gewinnbringend in Klauke, Baselitz, Kiefer und ein wenig Polke investiert, wenn er mal keine neuen Aktien kaufte. Die besten Geldanlagen hängen an der Wand. Und die Kurse stiegen garantiert. So lautete der Wahlspruch der Hirsch-Schwestern. Aufhängen würde er sich solche Aktien nicht, verleihen wollte er seine erworbenen Kunstwerke auch nicht, aber im Freeport in Genf lagerten sie gut zwischen den übrigen Milliardenwerten, den Picassos und Matisse, die dort vor der Öffentlichkeit verborgen wurden.

Elsaid Bogdani war der Nächste. Er hatte ein Muskelshirt an, und sein Gesicht wirkte heute noch schärfer als sonst. Marlon hatte ihn eingeladen getreu dem Motto: Es ist gut, Freunde um sich zu haben, aber es ist wichtiger, die Feinde im Auge zu behalten. Soylu und Reudelschmitz tauchten ebenfalls auf.

»Habt ihr auch das Grünzeug aus der Dose?«

»*Green Mile*?«

»Jenau.«

Marlon nickte. Der ganze Kühlschrank war voll. Albert hatte recht gehabt, die Dosen liefen noch besser als die Flaschen.

»Das macht süchtig. Dose ist besser als Glas. Ich bin echt froh, dass Rene das Zeug macht. Der war wirklich Konkurrenz für mich. Jetzt ist er reich und schreinert nur noch für deinen Onkel.«

»Und wir müssen jetzt deine Preise zahlen.«

»So ist es nun mal.«

»Dabei bringen wir auch noch das Fressen für deine Fische selbst mit.«

Das fanden alle witzig, nur Reudelschmitz nicht. »Ihr glaubt gar nicht, was die Kiesgrube für eine Arbeit macht. Ich kann ja die ganzen Klamotten der Leute nicht im Wasser lassen. Ich muss das alles immer rausfischen.«

Als Letzte kamen die Geschäftspartner Wadim Kamarow und Igor Trifonow. Der trug einen Bart, Schnäuzer und Kinndreieck, beides so akkurat geschnitten wie sonst nur englischer Rasen. Die Russen arbeiteten hauptsächlich in Chorweiler und Porz – den kölschen Polkappen. Sie organisierten jede Form von Drogen plus Mädchenhandel. Von den arabischen Clans war lediglich Saab gekommen, Bousaid und El-amin wollten nicht an einem Tisch mit den Russen sitzen. Sie hatten Streit wegen den Heroinlieferungen. Zwei Syrer waren angeblich von den Russen abgefangen und im Rhein versenkt worden.

Alle waren mit Mario als Dealer einverstanden. Den Dealerbutton hatte nun Marlon vor sich liegen. Neben ihm saß Carlito am Small Blind, Hannah am Big Blind. Es galt *Texas Hold'em* ohne Limit. An der Actionposition saß Igor Trifonow, neben ihm Wadim, es folgten Saab und schließlich schloss sich der Kreis mit Reudelschmitz. Der kleinste Chip war 50 Euro, und der Small Blind wurde jede Runde verdoppelt, was die Sache interessanter machte. Und mehr war nicht zu sagen.

Marlon wusste, wie wenig Spielerfahrung Carlito hatte.

So würde er sicherlich jede Hand zu spielen versuchen, wie es die meisten Anfänger tun, weil sie spielen möchten, weil sie dabei sein wollen, wenn es spannend wird. Er beobachtete Carlito aus dem Augenwinkel. Er war ganz gelassen. Die Runde startete. Carlito passte. Die nächste und übernächste Runde passte er ebenfalls. Anders hingegen Saab, der knapp eine halbe Stunde später mit zwei All Ins und mehreren guten Händen die Nase vorn hatte. Was ist mit Carlito?, fragte sich Marlon. Außer den Whisky wegsaufen tat er nichts. Wie sollte Marlon ihn abzocken, wenn er so passiv blieb?

Doch dann passierte es: Carlito saß in der zigsten Runde in der Actionposition und zog den Einsatz nach dem Big Blind unerwartet hoch. Wieder nahm er einen Whisky – ohne Eis. Marlon vermutete, dass er passiv gespielt hatte, um nun ab und an zu bluffen. Denn jeder würde denken, dass er ein vorsichtiger Spieler sei und nur bei einem Bombenblatt die Preise anhob. Hannah ging weiter hoch, und Carlito machte die Flasche leer, die er eben an den Tisch geholt hatte. Marlon überlegte. Nach fast zweieinhalb Stunden war das die erste Chance, Carlito bluten zu lassen. Bislang hatte es sich nie gelohnt, weil Carlito einfach zu passiv gespielt hatte. Marlon hatte ein Bauernpärchen auf der Hand. Das war nicht viel, aber auch nicht wenig. Sowohl die Russen als auch Saab waren jetzt raus, im Pott lagen 4.000. Mario drehte die nächste Karte um, der Turn kam Marlon zupass. Er hatte jetzt einen Bauerndrilling.

Marlon erhöhte um 2.000, was Carlito – ohne mit der Wimper zu zucken – vervierfachte. Jetzt glühte der Pott. Hannah zögerte. Sie schob die Karten weg, sie war raus, und Carlito lächelte. Das war für Marlon ein eindeutiges Zeichen, dass er nichts auf der Hand hatte außer Hoffnung.

Mario legte den River: Der vierte Bube zeigte.

Vier Bauern waren das jetzt. Ein Vierling. Im Pott lag viel, Marlon zögerte nicht nur, er quälte sich, denn alles, was er sich von den vergangenen Monaten zurücklegen konnte, jeden Cent, den er hätte in eine Wohnung stecken können, schob er jetzt in die Mitte des Tisches: All-in.

BLUT AM KOTFLÜGEL

Marlon knallte die Tür zum Brückenpfeiler hinter sich zu. Keine gute Geste für einen Gastgeber. Aber außer Boris, Mario und dem betrunkenen und überglücklichen Carlito war ohnehin niemand mehr im Brückenpfeiler. Alle anderen waren gegangen. Die Nacht war ein voller Erfolg für alle anderen, nur nicht für Gastgeber Marlon. Er hatte sich nicht mehr unter Kontrolle, schlug mit der Faust gegen die Wand des Pfeilers, sodass sie blutete. Er ließ einfach alles hinter sich. »Scheiße! Scheiße! Scheiße!«, schrie er. Aber er konnte seine eigene Stimme kaum hören, denn über ihm ratterte ein Zug in den Bahnhof. »All-in! All-in! Ich Arschloch!« All-out war er jetzt. Er hatte einfach das Kölsche Grundgesetz vergessen, in dem es in Artikel vier hieß: Wat fott is, is fott. Trauere nicht dem Verlust nach, denn Artikel drei besagt zudem: Et hätt noch immer jot jejange, was so viel bedeutet wie: Am Ende wird alles gut. Doch erzähl das jemandem, der gerade 70.000 Euro verloren hat. Das war die dunkelste aller dunklen Stunden für ihn.

Es war 3.30 Uhr morgens, und der Rhein kroch wie eine schwarze Schlange durch die Stadt. Smilla lag sicherlich im Bett und ahnte die Katastrophe noch nicht. Das Geld war weg, kein Ticket für Albert, und die Wohnung in der Eichendorffstraße weiter weg als je zuvor.

Sein Handy klingelte. Onkel Albert. Marlon nahm das

Gespräch nicht an. Er wollte nicht reden, morgen, übermorgen, nicht jetzt. Er setzte sich auf die Stufen vor dem *Maritim*-Hotel und lehnte sich zurück. Er hatte Carlito abzocken wollen und war selbst abgezockt worden.

»Marlon?«

Carlito tauchte hinter ihm auf. Ausgerechnet. Der grinste aber nicht überheblich oder machte sonst irgendwelche Anstalten, sich großzutun, sondern setzte sich einfach neben Marlon auf die Stufen. »Wenn du Geld brauchst, mir ist es nicht so wichtig«, sagte er. Und dass sie Freunde seien. »Vergiss das nicht, Marlon.«

»Ist schon gut.« Marlon fühlte sich als kompletter Loser. Was war er doch für ein charakterloses Schwein! Er hatte Carlito abzocken wollen, und der bot ihm jetzt einfach Geld an. Und er hatte keinen Cent mehr.

»Komm mit, Marlon. Lass uns durch die Stadt fahren. Die Straßen gehören jetzt uns.«

»Du bist doch besoffen.«

»Ich mach das immer, jede Nacht.«

»Nicht wirklich. Oder?«

»Seit Papa tot ist, wache ich ab und an auf und kann nicht mehr schlafen. Und in der scheiß Hitze bin ich dann auch noch nassgeschwitzt. Ich fahr einfach durch Köln, Neumarkt, Ringe, die Stadt gehört dann mir. Selbst die Alkis liegen schon besoffen in der Ecke. Bevor der Morgen beginnt, ist der Fuchs unterwegs. Und ich bin der Fuchs.«

»Du bist echt strack und laberst Müll.«

»Ich bin nicht strack. Lass uns losfahren.« Er erhob sich und fasste Marlon an der Schulter. »Komm! Es ist nur ein Spiel, und es ist nur Geld.«

»Das du jetzt hast.«

»So ist das Spiel. Ich hätte ja auch alles verlieren können. Aber du bist ein guter Verlierer, ein Freund.«

»Nein, du bist der Freund.« Das war nicht nur so dahingesagt, denn Marlon hatte ein schlechtes Gewissen. Was war er doch für ein berechnendes Arschloch gewesen. »Wir müssen bald mehr zusammen machen. Du musst meine Freundin Smilla unbedingt kennenlernen.«

»Steht sie auf Autos? Ich hab nämlich was Neues.«

Gleich an den *Rheinhallen* stand Carlitos neuer Wagen. Wieder ein Porsche, wieder ein Cabriolet, aber in Gelb.

»Alles vom Online-Zigarren-Geschäft, könnte mir alle 14 Tage 'nen neuen kaufen.«

Marlon zog die Tür des Porsche auf, und das Verdeck fuhr hoch. Er schaute nach oben. »Das ist Porsche, die liefern den perfekten sternklaren Himmel gleich mit dazu.« Trotzdem konnte er die Beine nicht ausstrecken, nicht die Seele baumeln lassen und das Spiel nicht vergessen. Carlito fuhr an und gab trotz der Flasche Whisky im Blut schon auf der Deutzer Brücke Gas.

»Kein Schwein unterwegs. Unsere Stadt, unser Dom. Wie ein Fels steht er in der Nacht. Hach, ich liebe es.« Carlito steckte sich an der Ampel am Heumarkt eine Zigarre an. »Du musst dir auch mal was Schnelles zulegen. Deiner Dänin wird es gefallen.«

»Die ist schwanger. Das Letzte, was sie braucht, ist Gas geben. Die hat wochenlang Tag und Nacht gekotzt.«

»Ich hoffe, du hast ihr überm Klo schön die Haare hoch gehalten.«

»Weißt du was, Carlito. Red nicht so über Smilla.«

»Ja, is gut. Warum hast du mir denn nicht gesagt, dass sie schwanger ist?«

»War noch zu früh.«

»Darauf müssen wir einen trinken. Ich freu mich ja so für dich. Habt ihr denn schon einen Patenonkel?«

Marlon grinste seinen Piloten an: »Noch nicht.«

»Dann wird es höchste Zeit.«

Brachte sich Carlito gerade selbst ins Spiel? Oder war es nur das Gerede eines Besoffenen? Carlito lenkte den Blick wieder auf die Straße, drückte den Fuß durch und ballerte Höhe *Kaufhof* durch Gelb, weil er das Grün nicht erwarten konnte. Dann stieg er auf die Bremse, um den Bogen am Neumarkt noch zu kriegen, Marlon hielt sich unentspannt an der Tür fest, Carlito lachte. »Der Wind ist so warm wie Spinat.« Wie kam er jetzt auf so einen Blödsinn. »Ich könnte mich einpinkeln«, sagte Carlito. »Du wirst Papa.« Sie rasten an *Tabak Schneider* vorbei. »Das Leben ist schön.« Dann ging er in die Bremsen, denn die Ampel war rot. Carlito stieß auf. »'tschuldigung. Ein Bäuerchen.«

Wenn Marlon ihm jetzt irgendwas Hartes über den Schädel ziehen und ihm das Geld wegnehmen würde, dann wäre alles gut. Niemand würde ihn sehen, niemand.

Carlito klopfte ihm auf die Schulter. »Du bist super. Du hast mich eingeladen. Jetzt bin ich voll drin.«

Marlon wurde wieder bewusst, was für einen miserablen Abgang er eben hingelegt hatte. Er schrieb Mario eine Nachricht, er solle sich kümmern. »Hab den Schlüssel für den Pfeiler mitgenommen. Du musst nur zuziehen und die Sachen an die Wand stellen. Ich glaub, die trainieren morgen wieder.«

»Kein Problem. Wird erledigt«, schrieb der zurück. »Boris und ich sind schon dabei.«

Carlito bog auf den Ring ein. Noch vor ein paar Jahren hatten sie hier ihre Wagen gegenseitig gemessen, wie schnell sie nach der Ampel Rudolfplatz auf Touren kamen. Jetzt war hier alles Tempo 30. »Eine Schande, was die aus unserem Ring gemacht haben. Kriechzonen und überall noch die Fahrradstreifen.«

Marlon hörte Carlitos leicht kratzende Stimme, seine ausladenden Handbewegungen. In Höhe des ruhenden Verkehrs standen sie wieder an der Ampel. Die Obdachlosen hatten es sich auf Pappen am *Ufa-Palast* unbequem gemacht. Carlito ließ den Motor aufheulen. Er war ein reiches Kind im Porsche, und Marlon hatte nichts mehr.

»Ich stell mir dich mit *Maxi Cosi* vor. Du trägst wie Rotkäppchen deinen kleinen Sohn im Körbchen.«

»Laber keinen Driss.«

»Kinder sind die natürliche Strafe für Sex. Glaub es mir. Ficken nur mit Gummi. Du bist sonst abhängig von …«

Die Ampel sprang auf Grün, und Carlito zog den ersten Gang hoch. Es war, als würde ein Löwe von der Leine gelassen. Der nächste Blitzer kam erst 500 Meter von hier an der Christophstraße. 500 Meter in einem Porsche mit über 700 PS. Marlon mochte das Aufheulen des Motors, mochte den Wind. Sie waren Piloten in einem Spiel. GTS *The Fast and the Furious*. Vielleicht war er wirklich noch zu jung für eine Kind? Vielleicht war Smilla zu jung? Carlito schaltete und drückte aufs Pedal. Die Ampel hinter der *Commerzbank* sprang auf Rot. Schneller als gedacht. Rot. »Fick dich!«, schrie Carlito. Wie wollte er die nächste Kurve kriegen?

… es knallte …

Sie waren gegen etwas gefahren, schossen quer über den Ring, der Porsche hob kurz ab, knallte mit dem Bodenblech an den Bordstein vorm Nachtflug. Sie drehten sich und standen nun in die falsche Richtung direkt an der Disco. Marlon war schwindelig, Carlito aber schon wieder voll da, er stieg aus. »Verfickte Scheiße!« Er sah auf sein Auto. »Der Kotflügel ist am Arsch wie meine Mutter!«

Marlon war noch nicht ganz klar im Kopf, aber klar genug, um auszusteigen und zurück zur Ampel zu laufen. Da lag ein Körper auf der Asphalt. Niemand war sonst auf der Straße, nur dieser Körper. Marlon rannte, und dann erst sah er die Frau. Überall war Blut, und er stand vor dieser Kleidung, vor diesem Körper in der Kleidung, vor dem zerrissenen und aufgerissenen Leben. Der Schädel war deformiert, und sie blutete aus dem Mund. Sie lag dort wie eine Tote.

»Sie ist tot!«, schrie Marlon. »Tot!«

Carlito bekam gar nichts mehr mit. Er saß mittlerweile im Wagen und fuhr langsam den Ring zurück, der Alkohol hatte ihn noch nicht ganz besiegt, noch konnte er den Gang einlegen. Marlon schaute auf die Ampel. Zwischen dem Zusammenstoß mit der Frau und jetzt mochten höchstens drei Minuten liegen. An der Ampel hing eine Kamera, auch an der nächsten. Marlon dachte nach. Diese Kameras haben garantiert alles aufgezeichnet. Alles!

Carlito parkte direkt neben ihm. Der Motor dröhnte, als sei nichts passiert. »Steig ein«, sagte Carlito.

»Mach die Karre aus!«, schrie Marlon. »Bist du total bescheuert?«

Dann erst schaute Carlito auf die Frau, machte den Motor aus und sagte: »Ach, du grüne Neune.« Ach, du grüne Neune? Der ungewöhnliche Ausdruck brachte Marlon völlig aus dem Konzept. Was war eine grüne Neue? Er sagte: »Sie ist tot! Du hast sie überfahren.«

Carlito stieg aus und brach einfach in sich zusammen, kniete auf dem Asphalt. Eben noch war er der Macker im Porsche gewesen und jetzt ein Häufchen Elend.

Marlon rief seinen Onkel an.

»Ich dachte schon, dass du dich meldest.«

»Ich muss mit Sandro sprechen.«

Mehrere Fenster öffneten sich. Es schienen auch noch Privatleute hier zu leben, nicht nur *Commerzbank* und Supermarkt. Die Gesichter schauten zu ihnen hinunter. Sicherlich war schon die Polizei verständigt. Marlon schaute sich um, er fühlte sich wie in einem Hof, beobachtete von 1.000 Augen.

»Gib mir Sandro. Ich muss jetzt mit ihm sprechen. Jetzt«, fuhr Marlon seinen Onkel an.

»Weißt du, mit wem du redest?«

»Ja, Onkel Albert. Aber ich hab Scheiße gebaut.«

»Ich weiß. All-in kann teuer werden.«

»Es geht nicht ums Pokern. Wir haben einen dicken Unfall. Hol Sandro.«

Es dauerte keine Minute, da war Sandro am *Siemens* seines Onkels und sagte: »Ja, an die Kameras auf dem Ring kommt man dran. Ich weiß nur noch nicht wie.«

»Beeil dich. Die letzten zehn Minuten müssen gelöscht werden.«

»Ich versuch's.«

Carlito weinte immer noch. Er saß mit dem Rücken zur Tür seines Wagens.

Marlon beugte sich zu ihm runter und sagte geistesgegenwärtig: »Sei jetzt gleich still. Mit der Flasche Whisky im Blut macht dich das hier zum Mörder. Hör mir zu. Ich sag dir, was du jetzt machst.«

Doch dazu war es zu spät, denn Polizeisirenen ertönten.

Marlon sagte: »Halt jetzt die Klappe. Ich rede mit der Polizei, hör einfach nur zu.«

Einen Wimpernschlag später war die Straße in Blaulicht getaucht, ein Rettungstransportwagen, ein Rettungsarzt mit Assistenten, zwei Polizeiwagen sperrten die ohnehin leere Straße ab. Eine Polizistin interviewte Marlon. Eigentlich hatte sie mit Carlito reden wollen, aber Marlon hatte gesagt: »Es tut mir so leid. Ich habe die Frau in der Dunkelheit nicht sehen ...«

»Danke dir«, unterbrach ihn Carlito. Er war einfach zu

besoffen, um Marlons Plan sofort zu verstehen. »Du bist ein Freund. Du …?«

Die Polizistin wunderte sich und sagte: »Warum bedanken Sie sich?«

Marlon übernahm wieder das Wort und stellte sich vor Carlito: »Er ist betrunken und kokst einfach zu viel. Für den ist die Welt ein Brei.«

»Was redest du da? Bist du nicht mehr mein Freund? Marlon!«, lallte Carlito. Offenkundig hatten Unfall und Alkohol ihm jetzt ganz den Verstand geraubt. Marlon nahm ihn in den Arm und zischte Carlito ins Ohr. »Halt die Klappe. Oder willst du in den Knast?«

»Du Arsch«, sagte Carlito nun noch lauter und stieß Marlon grob von sich weg. »Der Arsch hat meinen Wagen kaputt gemacht. Vielen Dank. Du bist echt ein Freund, ein scheiß Freund. Blut am Kotflügel. Das geht ja nie wieder raus.«

Das war besser gelogen, als Marlon erhofft hatte. Danach galt alle Aufmerksamkeit nur noch ihm. Marlon erzählte, wie er über den Ring gefahren sei, vorsichtig, die Blitzer lauerten schließlich überall, und wie die Frau aus dem Nichts auf die Fahrbahn gerannt sei. Sie habe wohl Panik gehabt, sie sei wie ein Schatten gewesen, der sich plötzlich aufs Auto gelegt habe. »Da war ein Typ, der sie verfolgt hat.«

»Können Sie ihn beschreiben?« Die Polizistin hatte angebissen. Sie hielt Stift und Block in der Hand, rau war die Haut, Flechte vielleicht.

»Wie groß war er denn etwa?«

»Es ging alles so schnell. Warum hat er nicht geholfen?« Marlon war ganz in seiner Rolle. So wie früher, wenn er in der Oberstufe mal die Schule geschwänzt und sich in seine Ausrede hineingespielt hatte. Er fragte mit starrem Blick, als würde er durch die Polizistin hindurchschauen: »Wo ist der Mann? Sie müssen ihn finden.«

»Ganz ruhig«, tröstete sie Marlon. »Regen Sie sich nicht auf. Haben Sie getrunken?«

»Wenn ich fahre, trinke ich nie. Ich brauche den Führerschein.«

»Gut. Sie kommen jetzt beide mit zur Wache.«

»Wieso?«, fragte Marlon naiv.

»Wir müssen das Protokoll aufnehmen. Zudem werden wir die Informationen durch die Kameras einsehen. Das Auge der Stadt hilft uns vielleicht, nicht nur den Unfall genauer zu betrachten, sondern bietet auch einen Hinweis auf diesen Mann.«

ECHTE FRÜNDE STON ZOSAMME

Auf der Wache wurden die beiden zusammen in einen Raum geführt. Jeder sollte für sich hinter einem Schreibtisch Platz nehmen. Marlon fühlte sich extrem wach und wollte nur eines wissen: ob Sandro die Ampelkameras geknackt hatte. Wo blieb das Daumenhoch, das er auf Marlons Handy schicken wollte?

Eine weitere Polizistin kam und befragte Marlon erneut. Tathergang. Der fremde Verfolger. Wieder die gleichen Fragen, die gleichen Antworten. Pferdeschwanz und glattes blondes Haar. Gab es davon ein Nest?

»Sehe ich das richtig? Sie wollen keinen Anwalt hinzuziehen?«

Sein Handy piepste.

»Darf ich?«, fragte er.

»Sie dürfen.«

Der Daumen von Sandro zeigten nach unten. Marlon wurde heiß. Er würde wegen Falschaussage bestraft und Carlito am Ende ins Gefängnis wandern. Sein Freund saß halb schlafend auf dem Stuhl schräg gegenüber, eine Polizistin aus dem gleichen Nest versuchte, mit ihm zu reden. Aber der Whisky hatte offenkundig gesiegt. Er konnte kaum die Augen offenhalten.

Marlons Polizistin wurde weggerufen, statt ihrer kam Kommissar Gemüth. Er hängte sein Jackett über den Stuhl.

Offenkundig hatte er sich nur flüchtig angezogen, jedenfalls war sein Hemd falsch geknöpft. Er rief zu seiner Kollegin, die gerade Carlito zu einer Unterschrift gebracht hatte: »Herr Schneider kann direkt nach Hause.« Sie begleitete ihn auf den Flur.

Gemüth war nun alleine mit Marlon.

»Tach«, sagte er.

Marlon brachte ein »Tach« zurück.

Gemüth suchte rechts und links in den Taschen seines Jacketts nach etwas. »Tabak«, antwortete er auf Marlons Blick.

»Ist hier Rauchen erlaubt?«

»Ne, Jung, ich rauch nit. Ich will priemen, wenn du mich schon um die Uhrzeit aus dem Bett wirfst.«

»Was meinen Sie?«

»Dat et noch früh ist. Zu früh. Unverschämt früh.«

»Nein, was ist Priemen?«

»Kautabak. Macht das dein Onkel nicht, Junge?«

Er nannte ihn wieder Junge. Gemüth war irgendwie auch Familie. Marlon fühle sich schon bedeutend wohler, jetzt, wo all die jungen Pferdeschwänze raus waren. »Und das Priemen ist erlaubt?«

»Ich darf kauen, was ich will. Echte Männer essen keinen Honig, sie kauen Bienen oder priemen. Aber jetzt zu dir.« Er las das Protokoll aufmerksam.

Marlon konnte nicht abwarten und fragte: »Haben Sie die Überwachungsvideos der Ampelkameras gesehen?«

»Leider fehlt uns die entscheidende Aufnahme. Schlicht gelöscht. Fehler im System. Und so was nennt sich digitales Köln. Ein Witz ist das, ein Witz.«

Marlon konnte nicht aus Gemüths teigigem Gesicht herauslesen, ob er sich wirklich ärgerte oder ob er die Aufnahmen selbst hatte verschwinden lassen. Der Kommissar sagte: »Lass mich erst mal das Protokoll zu Ende lesen.«

Marlon kippelte mit dem Holzstuhl ein wenig. Kippeln. Das Wort Kippeln hatte ihn die ganze Schulzeit hindurch begleitet. Es war 5.18 Uhr, draußen war es hell, und Gemüth legte das Protokoll endlich beiseite.

»Na gut. So wie ich das sehe, kann ich kein Auge zudrücken.«

»Wie meinen Sie das?«

»Die Frau ist tot, Marlon.«

»Aber ich konnte nichts dazu.«

»Sie ist trotzdem tot. Willst du diese Schuld wirklich auf dich nehmen?«

Marlon sagte, er wolle das Protokoll unterschreiben.

»Echte Fründe ston zosamme. Wirklich ehrenhaft. Es fehlen uns ja ohnehin die Videoaufzeichnungen, um deine Unschuld zu beweisen. Die sind unwiederbringlich fott.«

Jetzt war sich Marlon sicher: Der Kommissar hatte das Video verschwinden lassen. Gemüth kratzte sich am Kinn. Irgendwas musste er ja tun, wenn er den Tabak schon nicht finden konnte.

»Nun ja«, hob Gemüth an und schwieg wieder.

Warum redete er nicht weiter? Daheim saß die schwangere Smilla, das Geld war verzockt, und er würde womöglich ins Gefängnis kommen. »So.« Gemüth hob an. Marlon saß augenblicklich kerzengerade, als Gemüth sagte: »Ich glaube, es besteht keine Fluchtgefahr bei dir. Du kannst also nach Hause.« Marlon atmete erleichtert aus. Gemüth schob ihm das Protokoll zu. »Unterschreib.« Während er dies tat, erklärte Gemüth: »Du solltest uns im Mordfall Kalef Struck helfen. Wir tappen da noch im Dunkeln. Hättest du eine Idee oder einen Namen?«

»Malush Bogdani.«

»Ist das nur ein Gefühl?«

»Ein starkes Gefühl.«

»Und wie kommst du dazu? Weil er durch den Mund erschossen wurde.«

»Ist das so?«, fragte Marlon, der auf Gemüths Trick nicht hereingefallen war. Schließlich hatte die Polizei nie erwähnt, wie genau Malush erschossen wurde.

»Du willst also nicht mehr sagen?«

»Durchleuchten Sie ihn.«

Der Kommissar schwieg, dann fragte er, wie es Smilla gehe.

»Gut.«

»Sie ist schwanger, hab ich gehört.«

»Das lässt sich ohnehin bald nicht mehr leugnen.«

»Malush hat sie fast vergewaltigt, hab ich ebenfalls gehört.«

»Was wollen Sie damit sagen?«

»Dass ich weiß, dass Malush euch angegriffen hat. Ich weiß nur nicht, was mit Malushs Freund und was mit Malush selbst passiert ist.«

»Ich habe keine Ahnung.«

»Aber ein Motiv … Schließlich wäre mit Malush auch der Unruheherd aus Köln raus. Und alles wieder ganz im Lot.«

»Ich habe keine Ahnung, was mit Malush ist.«

»Bei der Pokerrunde war er nicht?«

Marlon schwieg. Woher wusste Gemüth von der Pokerrunde?

Der fuhr fort mit seinen Fragen: »Dann ist Elsaid Bogdani also ganz alleine gekommen?«

»Ist der Brückenpfeiler verwanzt?«

Gemüth hob die Lippen zu einem müden Lächeln. Er würde es niemals erzählen. »Gut, Junge. Geh zurück zu deiner Frau, und ich erledige das hier.«

Carlito hockte auf dem Flur und wartete aufs Taxi. Er hätte noch Jahre warten können, denn die Polizistin, die ihn befragt hatte, war davon ausgegangen, Carlito würde sich selbst das Taxi bestellen, und der betrunkene Carlito hatte gedacht, dass die Polizistin das Taxi bestellen würde.

Marlon stupste ihn an: »Komm.« Er reichte Carlito den Arm. So schritten die beiden durch den unendlich langen Gang und hinaus aus der Polizeiwache, ein paar Meter die Straße entlang, dann sahen sie schon den Dom. Es war 6.10 Uhr und angenehm ruhig hier. Marlon bekam am Bahnhof sofort ein Taxi. Wie so oft war der Fahrer Pakistani.

»Hei, Carlito. Wie ist deine Adresse?« Sein Freund war fast am Arm eingeschlafen. Marlon war zwar schon in Schneiders Villa in Marienburg gewesen, aber die Adresse hatte er nicht mehr im Kopf. Carlito lehnte sich hinten bei Marlon an, legte seinen Kopf auf dessen Schulter.

Carlito sagte: »Du bist der einzig wahre Freund, den ich habe. Die anderen wollen nur mein Geld und meine Zigarren. Du rauchst nicht einmal. Du liebst mich einfach.«

Marlon wusste, dass das kein Heiratsantrag werden konnte, aber seltsam war es schon. Vielleicht hätte er ihn besser auch bei Jonas abgeliefert, dann wären sie eine Dreier-WG geworden. Jeder zehnte Kölner sagte von sich selbst, lesbisch, schwul, bisexuell, trans, inter oder queer zu sein. Ein schwuler Carlito wäre ihm jetzt jedoch zu kompliziert. Am liebsten hätte er seinen Freund jetzt nach den Tickets für die Bootstour nächste Woche gefragt. Aber er wollte die Situation nicht ausnutzen. Er wollte kein Schwein sein. Denn Carlito war vermutlich sein einziger wirklicher Freund.

»Wünsch dir was«, sagte Carlito. »Willst du meine Niere? Meinen Porsche?«

»Nein, lass mal.«

»Du gehst echt für mich ins Gefängnis und wünschst dir nichts. Ich liebe dich. Du bist …« Und dann schlief Carlito unerwartet an Marlons Schulter ein. Nun saß er dort auf dem Rücksitz des Taxis mit einem blonden schnarchenden Riesenbaby.

Das Haus, vor dem sie hielten, lag mitten in Marienburg. Rechts eine Villa, links eine Villa. Hier wurde vererbt. An der Tür suchte Marlon nach Carlitos Schlüssel. Unglaublich, was die Familie in den vergangenen zehn Jahren durch den Onlinehandel mit Tabak verdient hatte. Vorher lebten sie in der Wohnung in Ehrenfeld, jetzt residierten sie im Schloss. Wobei nur noch Carlito das alles bewohnte. Marlon wollte ihm hoch in den zweiten Stock helfen.

»Nein, nein, nein«, sagte Carlito. »Geschlafen wird noch nicht.«

»Doch, du musst ins Bett.«

Aber Carlito hatte trotz Schlagseite seinen eigenen Kopf und ging nun an Marlon vorbei direkt auf das Arbeitszimmer seines Vaters zu. »Ich bin topfit«, sagte Carlito. Dann erbrach er sich auf dem Weg auf einen der Fußläufer. »Egal. Ich muss dir was zeigen.«

Marlon folgte ihm ins Arbeitszimmer. Die Mahagoni-Möbel waren wuchtig und verschnörkelt. Sie wirkten wie Dekorationen. So, als seien sie aus einer Filmkulisse aus dem 19. Jahrhundert hierher transportiert worden. Ob wirklich jemand in dem Raum arbeitete? Es gab nicht einmal einen Computer, sondern nur Stiftehalter und Lederunterlage.

»Mein Reich. Hier sitze ich mit meinem *iPad* und bin Carlito, der Boss.« Er drehte sich auf dem Schreibtischstuhl und öffnete den Tresor an der Wand. Rechts, links, rechts, links und nochmal rechts das Rädchen. Wie konnte er in seinem Zustand noch die Kombination wissen? Marlon beschlich die Ahnung, dass sein Freund häufiger trank.

»Nein, ich will kein Geld, Carlito. Ich bring dich jetzt wieder hoch.«

»Waaarte.« Carlito griff in den Tresor und holte einen Stapel Tickets für die Bootstour heraus, legte sie auf den Schreibtisch und zählte: »Eine für dich, eine für David, eine für Sandro und eine für deinen Onkel Albert.«

UND DIE SITZE VOLLER SCHEINE

Am nächsten Tag war Smilla ausgeflogen. Auch der Engel, der ihn sonst beschützte, schien auf Malle zu sein. Marlon stand in Boxershorts auf dem Balkon, die Füße im Planschbecken. Er beobachtete die beiden Arbeiter, die da in voller Montur Krach machten. Die Tanne musste dran glauben. Bröhm! Bröhm! Der eine Arbeiter mit Bauhelm und Sicherheitsseilen hing im Baum und säbelte ihn mit der Kreissäge von oben nach unten Stück für Stück klein. Warum taten sie das in der Mittagshitze? Und warum sonntags? War das erlaubt?

Marlon hatte Smilla nichts von der Nacht erzählt, sondern sich nur auf die Seite gewälzt, um weiterzuschlafen. Das Geld war futsch, eine Frau überfahren. Wer erzählt gerne darüber? Und der Weihnachtsbaum wurde auch immer kleiner.

Sein Telefon hatte schon mehrmals geklingelt. Es war Mario, der ihn zu erreichen versuchte, sowohl auf dem *Siemens* als auch auf dem Smartphone. Die Arbeiter ließen die Kettensäge ruhen, um jetzt im Schatten, an die Hausmauer gelehnt zu trinken. Sie zogen ihre Helme aus. Marlon sah, dass es die Bulgaren aus der Platenstraße waren. Deshalb also sonntags, die fällten die Tanne ohne Steuerkarte. So was gab es nur in Köln. Keiner der Anwohner würde die Polizei rufen. Denn der Sonntag war heilig, da haut man keinen in die Pfanne. Im Hof sammelte sich die Hitze und vermischte sich mit dem Duft von Holz. Marlon musste an Malle denken. Dort roch es im Wald auch genauso.

Es klingelte an der Haustür. Mario brachte die Auflistung der gestrigen Kosten für Onkel Albert. »Ich scanne es gleich ein für meinen Onkel. Willst du nicht noch 'nen Kaffee?«

Da sagte Mario nicht nein. Wie sie so auf dem Balkon standen und Marlon ihm anbot, auch die Schuhe auszuziehen und sich ins andere Planschbecken zu stellen, meinte Mario: »So lässt es sich leben.«

»Und im Restaurant? Habt ihr schon alles für heute eingekauft?«

»Längst. Mein Vater bereitet schon vor.«

»So 'n Restaurant ist 'n Knochenjob.«

Marlons Handy klingelte. »Muss ich ran, ist Smilla.«

»Muss sowieso weiter. Hier ist die Aufstellung der Kosten und Einnahmen von gestern.« Und schon war Mario aus der Tür. Nicht viel später folgte ihm Marlon. Und fuhr Richtung Körnerstraße. Da war heute Sommerfest. Alle Läden offen, eine Band und jede Menge vegetarisches Food und *Kölsch*.

Die Anwohner spielten dort seit Jahrzehnten Prenzlauer Berg: unverpacktes Einkaufen, selbst genähte Klamotten, *Second Hand*, *Industriekultur für zu Hause*, *Drahtflechterei*, *Vinery meets Käse*, *Café Sehnsucht*, *Rösterei* und noch fairere Klamotten. Prenzlauer Berg halt. Obwohl, eigentlich war es anders herum! Zuerst war da die Ursuppe Körnerstraße und später erst der Prenzlauer Berg.

Für Marlon war eine kleine Veranstaltungshalle häufig Anlaufpunkt gewesen. Das *Atelier Colonia*, einst Wagenhalle eines Abschleppunternehmers, hatte sie der König der Körnerstraße, Jürgen Schaden-Wargalla, zum Treffpunkt im Viertel gemacht. Wenn Weltmeisterschaft war, wurden dort Indoor die Spiele übertragen. Das *Kölsch* kostete nur den Flaschenpreis und die Limo nicht mehr als im Supermarkt. Mit 16 hatte Marlon zwei Freundinnen dort kennengelernt. Nun war Jürgen tot, und seine Frau führte die Halle weiter.

Marlon setzte sich aufs Rad und atmete auf der Venloer Straße Auspuffgase an den Ampeln ein.

Smilla dankte ihm für sein Kommen mit einem Kuss.

»Verziehen?«, fragte er.

»Was? Dass du ausgeschlafen hast?«

Ja, sie wusste noch gar nicht, dass er ihr Geld verzockt hatte.

»Hast du die Karten für die Bootstour?«

Er zog sein Portemonnaie und zeigte die drei Karten. Zumindest das hatte er geschafft.

Ein Vintageladen, eine Handtasche und ein Kleid später saßen sie im *Friseursalon Van Dyck*, in dem es keinen Haarschnitt gab, aber Kaffee und Teilchen.

Als sie wieder in die Hitze hinaustraten, liefen sie direkt in Hannah Hirsch und Elsaid Bogdani hinein. Was machten die denn hier? Hannah gehörte nach Rodenkirchen und Elsaid auf den Schrottplatz.

»Ich hab gehofft, heute einen ganz tollen Menschen wieder zu treffen«, sagte Hannah. »Markus Schaden. Er ist die Koryphäe, wenn es um Fotobücher geht.«

Marlon stupste kurz Elsaid an und wandte sich mit ihm im allgemeinen Getümmel der Straße ab.

»Schön, dich zu sehen.«

»Schön, dein Geld zu haben«, konterte Bogdani.

»Ja, gestern haben alle gewonnen außer mir. Aber bist du mit Hannah …?«

»Seit gestern Nacht. Wir sind doch zusammen gegangen. Sie ist ein Ungeheuer. Schwarz wie die Nacht ist alles, was sie denkt.«

Marlon schmunzelte.

Bogdani boxte ihn gegen die Schulter. »Alter. Du hattest noch keine solche Frau. Sie ist nicht jung, sie ist nicht schön, sie ist ein Vampir für Bogdani.«

»Und Malush?« Marlon wollte ihm auf den Zahn fühlen. Falls Bogdani etwas von dem Mord ahnte, dann würde er es jetzt in seinem Gesicht lesen können.

»Nichts. Mein Brüderchen ist abgehauen. Ich bin mir sicher.«

»Der Wagen ist ja auch schnell genug.«

»Und die Sitze erst.«

»Was meinst du damit?«

»Geld. Die Sitze waren voller Geld.«

»Wie?«

»Der Sack, er hat mir immer wieder Kokain gestohlen und das Geld der Deals hinten in die Rückbank geschoben.«

Marlon zuckte innerlich zusammen, aber er ließ sich nichts anmerken.

»Ist dir das nicht aufgefallen?«

»Kokain? Ich bitte dich. Es gibt so viel davon. In jeder Ritze vom Schrottplatz haben wir das Zeug. Die liebe Hannah hat es heute Nacht richtig genossen.«

Der Typ hatte irgendwie Humor, wenn auch sehr schlichten.

Marlon schaute zu Smilla hinüber, die sich mit Hannah für Schmuck interessierte.

»Ich muss weg«, sagte Marlon. »Ganz dringend.«

»Nein, nicht schon wieder.«

»Es ist eine Überraschung für dich. Schließlich wollen wir bald in der Eichendorffstraße wohnen.«

»Rede.«

»Ihr zieht in die Eichendorffstraße?«, mischte sich nun Hannah ein. »Wenn ich mal aus Rodenkirchen wegziehe, dann nur in die Eichendorffstraße.« Elsaid war auch interessiert.

Und während sich nun alle über die Straße in Neuehrenfeld unterhielten, machte sich Marlon auf den Weg und versuchte, sofort die *Produktionsfirma Udo & Michael Bros* zu erreichen.

Doch die beiden gingen nicht ran. Marlon fuhr mit dem Fahrrad dorthin, erhielt aber nur vom Nachbarn die Auskunft, dass sie heute einen Dreh hätten. Sie seien mit einem Daimler losgefahren: »Ein echter Hingucker. Und die fahren den einfach zu Schrott.«

»Wo ist der Dreh?«

»Ossendorf Industriegebiet, gleich bei den *MMC Studios*.«

Marlon radelte los, wenn der Wagen gleich im Crash sei, würde er durch die Luft gewirbelt, die Sitze würden womöglich demoliert, das ganze Geld durchs Auto wirbeln und aus der Tür heraus fliegen.

Aber es war anders. Der Wagen parkte noch vor den Studios. Er fragte am Empfang nach. Besprechungssaal IV. Er klopfte, kein »Herein«. Dann platzte er ungeduldig in die Besprechung von *Action Drive*.

Michael kam auf ihn zugeschossen: »Schlechter Zeitpunkt, Ganz schlechter Zeitpunkt.«

»Ich muss noch was aus dem Auto holen.«

»In einer halben Stunde drehen wir. Die Straße am *Selgros* ist schon abgesperrt. Ich brauch die Karre gleich.«

»Gib schon den Schlüssel.«

Woraufhin ihm Michael den Key gab, der an seinem Schlüsselbund hing.

Marlon rannte raus und öffnete den Wagen. Er überlegte, womit er die Sitze aufschneiden sollte. Im Verbandkasten gab es eine Schere. Aber die war stumpf, nur für Mullbinden geeignet. Er fluchte, legte sein Rad in den Kofferraum und fuhr los. Wie hätte er auch das Geld gleich ungesehen aus den Rücksitzen nach Hause transportieren sollen? Mit den Händen?

Er fuhr zurück zu *Udo & Michael Bros* und schloss mit Michaels Schlüssel die Wagenhalle auf. Ein alter VW Käfer und ein Ford Mondeo warteten dort auf Abenteuer. Auf dem Display seines Handys leuchtete der Name Michael. Jetzt nicht. Er fand zwischen dem Werkzeug ein Messer und schnitt die Rückbank auf. Das Polster platzte auf, wie der Body von Malush aufgeplatzt war. Darin lagen eingeschweißte Pakete mit Geld. Neun Stück an der Zahl, jedes so groß wie ein Schuhkarton. Wie viel Geld musste sein großer Bruder verdienen, dass ihm diese Menge an Koks nicht einmal aufgefallen war? Marlon packte alles in eine *Ikea*-Tüte und machte sich auf. Die Tasche war schwer. Wie viel Geld mochte das sein? So viel hatte er noch nie in der Hand gehabt.

Erneut rief Michael an. »Willst du mich verarschen?«

»Sorry. Das will ich nicht. Ich hab Mist gebaut. Du musst den Wagen bei euch in der Firma abholen, Schlüssel liegt auf'm Dach vom Käfer.«

»Ja, spinnst du? Wir drehen jetzt. Ohne Auto geht das nicht.«

»Für den Ausfall habe ich euch noch ein Paket in den Spind am Klo geschoben. Das wird euch entschädigen.«

Alles lief wie ein heißes Messer durch Butter.

Smilla war noch nicht daheim, als Marlon das Geld auspackte und zählte. Er hatte in der Küche die Vorhänge zugezogen und packte Paket für Paket aus. Die Scheine waren nicht neu, nicht markiert.

Der Schlüssel drehte sich im Schloss.

»Marlon?«, rief Smilla vom Flur aus. »Bist du …«

Als sie die Küche betrat, sagte er nichts.

»Was ist das denn?« Er ging auf sie zu und fragte, ob sie erst einmal einen Tee wolle.

»Rede«, sagte sie. »Woher ist das Geld?«

»Also Tee«, sagte er. »Setz dich hin. Alles in Ruhe.« Er ging zum Wasserkocher und füllte ihn an der Spüle auf.

Smilla hockte vor dem Haufen Geld. Und hob eines der Pakete an.

»Du kannst mir zählen helfen, es gehört uns.«

»Das muss jemand vermissen.«

»Das vermisst keiner. Glaub es mir.«

Sie kam zu ihm.

Er gab ihr einen Kuss und log. »Es ist von Malush. Malush hat es seinem Bruder geklaut. Und sein Bruder hat es aus einem Überfall irgendwo in Albanien.«

»Und der Bruder von Malush vermisst es nicht.«

»Er weiß nicht einmal, dass es existiert. Du solltest keinem davon erzählen. Wir behalten es einfach für uns. This is the end.« Er setzte sich hin. »Machst du den Tee zu Ende.« Er sortierte weiter die 5oer zu den 5oern und die 2oer zu den 2oern und die 1ooer zu den 1ooern. Das Geld war schmutzig. Es war Drogengeld. Und tatsächlich wurden seine Hände davon nicht sauberer.

»Wie viel ist in jedem Paket?«

»Im ersten waren knapp 200.000, im zweiten 270.000. Es variiert, die Stückelung ist einfach zu unterschiedlich.«

»Aha, die Stückelung.«

Sie küsste ihn am Hals und wiederholte: »Die Stückelung.«

»Ja.« Dann zog sie ihm von hinten das T-Shirt über den Kopf aus und fasste ihn an. Marlon fühlte sich gut. Er hatte Geld, die schönste Frau der Welt, und gleich würde er den besten Sex seines Lebens haben.

Doch sein Onkel rief an.

»Du bist ein Fuchs, ein echter Fuchs. Das hätte ich nicht gedacht, dass du es tatsächlich schaffst, mich noch aufs Boot zu bringen.«

Marlon wusste nicht, woher sein Onkel das jetzt schon wieder wusste. Wahrscheinlich hörte er schlicht Carlitos oder sein Handy ab, und beim Codewort Bootstour war Keyboarder Chris hellhörig geworden.

»Und ich habe noch eine Überraschung: Ich habe genug Geld, um die Wohnung direkt zu bezahlen.«

»Woher ist das Geld?«

»Es wird niemandem fehlen. Zieh dir einfach morgen was Maritimes an und lass uns den Tag auf dem Zigarrendampfer genießen.«

Ganz zufrieden war sein Onkel nicht mit der Antwort. Aber er war so gut gelaunt, er hätte vor Freude zum Angedenken an Plüschmett in den Pool pinkeln können. »Ist doch alles schön«, sagte er. »Und weißt du, was noch schön ist?«

»Ne, erzähl«, sagte Marlon und nippte am Sonnenaufgang.

»Hör mal.« Es machte ein zischendes Geräusch.

»'ne Cola?«

»Ne.«

»*Red Bull*?«

»Dann trink ich lieber Ochsenpisse pur. Rat mal, Junge.«

»*Green Mile.*«

»Exakt. Wir haben gerade einen Deal gemacht. Das Zeug wird jetzt in ganz Europa vertrieben. Unser Tischler kann sich demnächst die längste Hobelbank Europas kaufen und seine Jacht neben unserer im Hafen parken. Ist das nicht geil?«

»Sehr geil.«

DREIMAL KÖLSCHER KLÜNGEL
UND EIN RING AM FINGER

Punkt 15.30 Uhr sollte es losgehen. Der Zigarrendampfer lag ruhig in der nachmittäglichen Sonne am Kai der Hohenzollernbrücke. Noch war es ruhig und beschaulich! Doch Albert Nagel näherte sich. Weiß-rot kariertes Hemd, weiße Hose, weiße Kappe, sehr große Sonnenbrille. Und er war nicht gut gelaunt. Marlons Onkel und David hatten am Domparkhaus geparkt und sich mit Marlon an der Domblume vor dem Hauptportal getroffen. Sie überquerten gerade die Domplatte. Es ging vorbei am *Römisch Germanischen Museum*, vorbei am *Museum Ludwig*, und Albert moserte: »Schöner ist das hier auch nicht geworden. Besser, du guckst von Obererde auf die ganze Sache runter.« Wachpersonal wies jeden ab, der den roten Platz am *Museum Ludwig* zur Rheintreppe entlanggehen wollte. »Die Politiker sind so blöd. Die bauen ein akustisches Wunderwerk unter der Erde. Und dann darf keiner über den Platz laufen. Dass die in Kölle ihr Licht nicht ins Rathaus tragen, ist alles.« Jetzt redete sein Onkel wie ein alter Mann. »Mensch, das ist nun wirklich ein alter Hut«, sagte Marlon. »Das ist Köln. Keine andere Stadt hätte so einen Ort für ihren Konzertsaal gewählt. Dat jitt et nur nur nur in Kölle.« »Macht es aber nicht besser für einen wie mich ...«

»… der seine Stadt liebt«, sagte David ironisch. Solche Töne war Marlon gar nicht von ihm gewöhnt. Die drei Männer, die etwa gleich groß waren, standen nun oben an der Treppe zum Rhein hinunter und sahen schon den Zigarrendampfer dort unten dümpeln. Rot und weiß und braun war das zweigeschossige Schiff mit dem Schornstein, aus dem nur Wasserdampf kam.

»Wegen dir sind wir hier auf den letzte Deu«, sagte Albert. Er konnte sich diese Bemerkung einfach nicht verkneifen. »Nur wegen dir und deiner Julia.«

»Wegen Marie«, korrigierte David. »Deiner Enkelin geht es nicht gut.«

»Und die Mutter von meiner Enkelin tickt nicht ganz richtig.«

»Jetzt guckt doch mal«, unterbrach Marlon die beiden Streithähne. »Ich glaube, du warst schon lange nicht mehr hier, Albert.« Tatsächlich fuhr er selten hinunter nach Köln. Und von seiner heimlichen Eskapade auf seiner Jacht wussten nur Silke und der tote Hund im Rhein.

»Seht ihr. Da steht Carlito an der Landungsbrücke und gibt jedem die Hand. Der Junge macht sich.« Er betonte das *der*. »Mer sin immer auf den letzten Deu«, wiederholte er.

»Jetzt lass endlich David in Ruhe. Ich hab mir echt den Arsch aufgerissen, um die Karten zu kriegen, und jetzt bist du stinkig wie so ein altes Maultier. Guck mal, wie schön es heute ist.«

»Opjepass«, raunzte jemand Albert von hinten an.

Der drehte sich um und sah in das Gesicht von Kommissar Gemüth. Er schob die Brille hinauf auf die Stirn.

»Was machst du denn hier?«

»Bin eingeladen.«

»Und natürlich zu spät. Typisch Polizei.«

»Das sagt der Richtige.«

»Zieh bitte die Brille wieder auf«, sagte Marlon. Doch sein Onkel wollte den Kommissar erst mal in den Arm nehmen, während Marlon und David sich umschauten. Wenn ein Fotograf vom *Express* in der Nähe wäre, wäre das die Sensation des Tages. Schlagzeile: »Der Pate von Köln und Kommissar Gemüth liegen sich in den Armen.« Aber da war niemand.

Dann erbarmte sich Albert und zog doch die Brille wieder auf. Die vier schritten sonnenbebrillt die Stufen hinunter, und Gemüth wollte von Marlon wissen, ob sie schon die Möbel in der Eichendorffstraße hätten.

»Wie kommen Sie darauf?«

»Hab sowas läuten hören.«

»Ja, wat du schon hürs«, sagte Albert. »Der Junge will das alles alleine organisieren. Ich glaube, der wird uns noch viel Freude machen.«

»So sehe ich das auch.«

David flüsterte Marlon zu: »Na, wenigstens dich mögen die beiden Alten.« Er war nie eifersüchtig. Das schätzte Marlon an ihm. Wäre er in Davids Haut gewesen, er wäre sicherlich sauer.

Unten an der Promenade schlängelten sich die vier wie ein Bandwurm durch die Menge zum Steg, an dessen Ende Carlito ihnen schon mit dem Strohhut zuwinkte. »Die Prominenz kommt natürlich erst zum Ende hin.«

»Wie bei jeder Prunksitzung«, sagte Gemüth, der sich von einer der beiden Bordschönheiten eine *Cohiba* in den Mund stecken ließ, die sie schon angeraucht hatte. Die Frau trug einen knallroten Bikini der Marke *durchscheinend.*

»Wenn das Smilla sehen würde, die würde mich vierteilen«, sagte Marlon, der von der Badeschönheit im schwarzen Nichts eine Zigarre in den Mund gesteckt bekam. Er paffte und dann hustete er. So viel Frauenfeindlichkeit brannte im Mund.

Albert schlug ihm auf den Rücken. »Du bist eben kein Nagel, du bist ein echter Wagner wie dein Vater. Der hat auch nie geraucht. Der hat sich immer durchs Leben geboxt. Wir Nagels rauchen uns durchs Leben. Das ist angenehmer. Stimmt et?«

David bekam nun auch eine Zigarre aus Frauenmund und nickte paffend. Er sagte: »Carlito. Du hast es drauf. Du weißt, warum wir so scharf auf die Karten waren.«

Carlito legte seinen Arm um Marlons Schulter. »Er ist der beste Freund, den ich habe. Und ihr seid die besten Verwandten von meinem Freund.«

»Lass das nicht Rita hören«, sagte Albert.

Noch eine Überraschung war an Bord. Der Tischler. Er hatte ebenfalls eine Einladung erhalten, denn von nun an besaß er ebenfalls ein Fach bei *Tabak Schneider*. Und neben *Kölsch*, Rum und Whisky wurde von einem Barmann *Green Mile* am Bug gemixt. Statt drei Zehntel waren nun satte fünf Zehntel Whisky im Mix dabei. Er trug statt seines zigarrenbraunen Schreinerdress' heute Smoking. Ein Hauch von Bond umwehte den Undertaker mit der akkuraten Fliege. Er hatte sich die Haare ganz abrasiert.

Das Schiff legte ab. Über 50 Starkraucher waren dabei, die wenigsten offizielle Ganoven, die meisten hatten nur Geld. Banker, Lokalpolitiker, Makler, Steuerberater, Apotheker, Bauunternehmer, Steuersünder und zwei Frauen aus Marienburg im Abendkleid, die seit Jahren für ihre verstorbenen Männer kamen und nun auch rauchten.

Höhe Severinsbrücke klopfte Carlito auf den mächtigen Gong vor der Bar. Das Schiff schaukelte nun stärker. Alle hatten sich wie im Hollywoodfilm der 60er versammelt und hielten ein Getränk in der Hand. Carlito stellte sich unter den Mast und ließ sich von der *Cohiba*-Anzünderin mit dem schwarzen Bikini ein dreieckiges Päckchen auf einem Tablett bringen. Das war die offizielle Zigarrenflagge von *Tabak Schneider*. Sie wurde nun von der roten *Cohiba*-Anzünderin am Mast aufgezogen. Quer auf den blau-weißen Streifen der kubanischen Flagge prangte eine Zigarre.

»Nach dem Tod meines Vaters, nach den vielen Menschen, die wir an Corona verloren haben, nach den Jahren des Verzichts, nach den schweren Monaten, als keine *Cohiba* mehr aus Kuba zu uns geflogen wurde, als der Handel ins Stocken geriet und einige leider den Staat ausplündern mussten« – er schaute hinüber zum Apotheker und der *Steuerberatung Zander* – sind wir jetzt wieder in der glücklichen Lage, einen Lungenzug zu machen und uns einfach in den blauen Wolken der Entspannung treiben zu lassen. Lasst uns auf die Zukunft, die treuen Freunde und Freundinnen und ein gutes Jahr mit einer guten Tabakernte anstoßen. Die *Green Mile* ist nicht die letzte Meile, die wir zusammen gehen werden.«

»Der Jung hat echt wat jelernt, seit der Bap jejange is«, sagte Albert und erhielt ein Kopfnicken von Gemüth. Sie applaudierten.

»Na, wie geht es?« Bogdani und seine Vampirin Hannah tauchten auf. Ihm war leicht übel. »Typisch«, sagte Albert. »Ihr feiert keinen Karneval. Uns liegt das Schunkeln schon im Blut, deshalb müssen wir keinen Seegang fürchten.«

Hannah fragte, ob nun alles wieder im Lot sei?

»Wieso?«, wollte Albert wissen.

»Ja, weil ich gehört habe, dass es ein neues großes Bordell in Köln geben soll. *Pasha 2.0*. Dann gibt es keinen Streit mehr.«

»Woher hast du das?«

»Von unserem Seekranken«, sagte sie.

Bogdani schaute Hannah entsetzt an. »Das ist nur eine Idee. Sonst nichts.«

»Ich glaube, wir müssen uns unterhalten«, sagte Albert. »Ich will keinen Ärger mehr. Der neue Puff muss aufgeteilt werden. Wie früher kann es nicht mehr sein. Und wie heute kann es nicht bleiben. Da hast du recht, Elsaid.« Wie aus dem Nichts tauchten nun auch Igor, Soylu, Saab, El-amin und Wadim auf. Sie hätten jetzt auch *Texas Hold'em* spielen können. Aber sie entschlossen sich dazu, sich in den kommenden Wochen zu treffen, um die Sache mit dem *Pasha* zu besprechen.

»Wenn wir das fair aufteilen, mache ich mir um Köln keine Sorgen«, sagte Gemüth. »Das horizontale Gewerbe ist doch immer das Problem, ob privat oder geschäftlich.«

Etwas blass um die Nase wurde Bogdani nun von Hannah unter Deck zum Büfett geleitet. Die beiden waren ein Paar. Der Schläger mit dem Adler und der weibliche Vamp in Schwarz.

Alle waren sie neugierig, was es gab. Denn ein neuer Hausherr würde sicherlich neue Speisen zubereiten lassen. Und so war es auch, ein wilder Mix aus Kuba und Köln stand dort auf den Tischen: Früchte aller Art, Erbsensuppe, Ropa Fieja, Hämmchen, Meeresfrüchtepaella, Tartar und für die Vegetarierin Hannah einen Berg Arroz Congri. Und dazu flossen *Green Mile* und *Kölsch* in Strömen.

Marlon hingegen war es ein bisschen langweilig. Smilla hatte ihn eben angefragt, wie es sei. Er hatte einen Smileykuss zurückgeschickt, aber so wirklich triggerte ihn nichts. Er wollte zu ihr.

»Gleich kommt Rodenkirchen«, sagte David. »Albert möchte, dass wir uns auf dem Achterdeck treffen.«

»Wo ist das?«

»Weiß auch nicht.«

Sie fragten Gemüth, der gerade auf der Suche nach Albert war. Hier unten am Büfett war die Hölle los. Klimaanlage und essen und Alkohol und kein Rauchverbot. Das war der Himmel für alle. »Achterdeck. Ist da Albert?«

»Ja, wir sollen ihn da treffen, also David und ich.«

»Das ist hinten oben. Achtern heißt hinten. Holländisch. Ihr seid doch Kölsche, ihr müsstet doch Holländisch verstehen.«

Marlon und David stiegen hinaus aus der riesigen Wolke, in die der Büfettraum mittlerweile gehüllt und weiter nach oben zum Achterdeck, wo Albert wartete.

»Da seid ihr ja.« Albert hielt einen Rum in der Hand. Trotz aller *Green Mile* ließ er sich den nicht nehmen. »Warum ich euch beide heute sprechen will …« Er schaute sie jetzt nicht mehr an, sondern hinüber nach Porz Langel. »Ich liebe euch beide, das wisst ihr, Jungs.«

Wieder machte er eine Pause. Dann drehte er sich um und schaute auf das glimmende Zigarrenende. »Das ist wie ein Nervenende. Wenn du darauf fasst, dann schmerzt es. Was nicht fertig ist, das lebt.«

Der kleine Philosoph war wieder erwacht. Dann warf er die Zigarre einfach so weit weg, wie er konnte. »Ich will nicht, dass wir uns Schmerzen zufügen, ich will Klarheit. Und die werden wir jetzt erlangen.«

»Was meinst du damit?«

»Dass Marlon von nun an der Pate von Ehrenfeld ist. Und du, mein Sohn, der König des Hafens. Ihr beide habt eure Arbeit in den vergangenen Monaten besser als erwartet gemacht.«

David sah seinen Vater an und war gerührt. Er ließ sich in seine Arme fallen. »Du musst dich nicht bedanken.«

Er nahm auch noch Marlon in den Arm. »Ihr schafft das, Jungs. Und gleich werden wir noch einmal anlegen.«

Das Schiff fuhr wie vorbestellt nun kurz vor Wesseling noch einmal zum Anleger. Mittlerweile hatten sich alle übers Deck verteilt, nur Bogdani war fort, denn er hing über der Kloschüssel. Der Zigarrendampfer legte direkt an einem Silo an, und Carlito sagte durchs Mikro: »Hier und jetzt muss uns einer verlassen, denn jemand ganz Wichtiges wartet auf ihn.«

Soylu kam nun auf Marlon zu, der gar nicht wusste, wie ihm geschah. »Hier hast du den Schlüssel«, sagte der. »Für dich und Smilla. Du hast dafür gesorgt, dass wir in Nippes wieder unseren Frieden haben. Du wirst ein guter Nachbar von meinem Sohn sein, der ebenfalls in die Eichendorffstraße zieht.«

Marlon nahm den Schlüssel mit der roten Schleife und bedankte sich. Dann sagte er ins Mikro: »Eine solche Wohnung in Köln ist mehr als ein Schloss am Oberrhein. Denn die sind mittlerweile so bekloppt bei uns in Kölle, dat du gar nichts mehr kriegst ohne Klüngel.«

Und so sagte Carlito: »Ein dreifach Hoch auf den Klüngel! Hoch! Hoch! Hoch!« Ja, und alle ließen den Klüngel hochleben. Schließlich lebten sie davon wie der Fisch vom Wasser.

Am Ufer erkannte Marlon jetzt einen Mercedes EQS, ganz in Weiß, der langsam die Uferstraße hinauf fuhr. Zwei Männer warteten am Pier. Marlon stieg vom Zigarrendampfer und ging auf die Männer zu. Es waren Udo und Michael, die nun Smilla die Tür öffneten. Die schmunzelte und sagte: »Steig auf den Beifahrersitz.«

Marlon küsste sie und ging um den Wagen herum, der ihm sehr bekannt vorkam. »Nicht auf den Lack fassen«, sagte Udo noch, da war es zu spät. Marlons Unterarm war weiß von der Farbe des Daimlers, über dessen Rückbank eine graue Decke gespannt war. So fuhren die beiden weg, während der Zigarrendampfer weiter Richtung Godesberg schipperte und Bogdani die Toilette nicht mehr verließ.

Smilla sagte: »Weißt du übrigens, wen ich in den vergangenen Tagen schätzen gelernt habe?«

»Wen?«

»Deinen Freund Jonas. Und Boris.«

»Wieso?«

»Das wirst du gleich sehen. Die beiden sollten nur noch Innenräume gestalten. Und Babyzimmer.«

Wie ein Satellit umkreiste Smilla immer wieder die Eichendorffstraße auf der Suche nach einem Landeplatz für den Mercedes, bis schließlich direkt vor der Hausnummer 97 ein Parkplatz frei wurde. Und noch bevor Marlon aussteigen konnte, steckte sie ihm den Verlobungsring an den Finger.

Weitere Titel finden Sie auf den
folgenden Seiten und im Internet:

WWW.GMEINER-VERLAG.DE

Manfred Theisen
**Der Pate von Ehrenfeld
und der Kardinal in der Wanne**
Kriminalroman
288 Seiten, 13,5 x 21 cm,
Klappenbroschur
ISBN 978-3-8392-0582-2

Einmal New York und zurück. Im Handgepäck hat
Marlon – der Pate von Ehrenfeld – ein Kreuz aus
Holz. Und in dem Kreuz ist das »sanctum prae-
putium«, die heilige Vorhaut Jesu. Doch kaum hat
Marlon das verschrumpelte Stück, wollen es alle.
Auch die italienische Mafia und der Kölner Kardinal
persönlich. Es geht brutal zu, schließlich handelt es
sich um eine 2.000 Jahre alte, verschollen geglaubte
Reliquie. Als dann noch ein Killer ausbricht und
Marlons Oma beginnt mitzumischen, ist das Chaos
perfekt.

GMEINER SPANNUNG

WWW.GMEINER-VERLAG.DE
Wir machen's spannend

Olaf Müller
Adiós, Aachen
Kriminalroman
208 Seiten, 12,5 x 20,5 cm,
Broschur
ISBN 978-3-8392-0669-0

Eine tote Spanierin und ein ermordeter Bischof geben
den Aachener Kommissaren Rätsel auf. Wurde der Bischof Opfer einer Intrige? Wer ist die Spanierin mit den
vielen Identitäten? Sie hatte Beziehungen zu einem Ab-
geordneten, einem Offizier vom Fliegerhorst Nörvenich und stammte aus Fuerteventura. Plötzlich schalten
sich in beide Fälle Geheimdienste ein. Da erkennen die
Kommissare Fett und Conti die riesige Bedrohung für
die Region: Heiligtumsfahrt und Reitturnier absagen?
Oder gilt die Drohung dem Fliegerhorst Nörvenich?

GMEINER SPANNUNG

WWW.GMEINER-VERLAG.DE
Wir machen's spannend

Margit Kruse
Stille Nacht, Schicht im Schacht
Kriminalroman
288 Seiten, 12,5 x 20,5 cm,
Broschur
ISBN 978-3-8392-0734-5

Am Morgen des ersten Weihnachtstages findet Privatermittlerin Margareta Sommerfeld in der Wohnung ihrer Mutter deren Freundin Anni mit einer schweren Kopfverletzung. Von Waltraud keine Spur. Auf dem Wohnzimmertisch liegt ihr rotes Notizbuch. Thomas Scheffel, Hauptkommissar in Buer und Margaretas Lebenspartner, steht wenig später auf der Matte. Wo ist Waltraud? Entführt? Margareta sucht sämtliche Personen aus dem Notizbuch auf, auch den Schamanen Hemavati. Ist Waltraud das Seminar über die Raunächte, das sie bei diesem Kerl besucht hat, zum Verhängnis geworden?

GMEINER SPANNUNG

WWW.GMEINER-VERLAG.DE
Wir machen's spannend

Maren Friedlaender
Das Opernphantom
Kriminalroman
256 Seiten, 12,5 x 20,5 cm,
Broschur
ISBN 978-3-8392-0676-8

Eine prominente Journalistin liegt tot im Kölner
Südpark. Alle Anzeichen deuten auf eine Überdosis
Heroin hin. Mord – stellt Kommissarin Rosenthal fest.
Eine Spur führt nach Berlin zum Ehemann des Opfers:
Kulturstaatssekretär Ruppert. Und plötzlich gibt es eine
Verbindung zum Pfusch bei der Kölner Bühnensani-
erung, wo bereits eine Milliarde Euro versickerte. Da
könnte ein Mord sich lohnen. Als eine Mitarbeiterin des
Baudezernats tot im Keller der Opernbaustelle liegt,
führt eine heiße Spur in die Politik – und zur Mafia.

GMEINER SPANNUNG

WWW.GMEINER-VERLAG.DE
Wir machen's spannend